램무
Lemine

오를리
Orlie

엘티보
Eltivo

오를란느
Orlanne

Keltica
켈티카

필멸으
Mortal

아노마라드
Anomarad

론
Ron

두
Dur

Nennyaffle
네나플

Travaches
트라바체스

페리윙클 섬
Periwinkle Island

노을 섬
Red Sky Island

이카본 군도
Ichabone Islands

Children

the Rune

룬의 아이들 2부

데모닉 5

Children of the Rune -Demonic

룬의 아이들 2부

[*demonic*]

a. 악마의; 악마와 같은; 마력을 지닌, 천재적인

진실을 알아도 아는 체 말아요.

모두가 알게 되면 세상은 망해요.

contents

데모닉 5

9막 · Indeed

10막 · Secret

9막. *Indeed*

1. 말하지 않는 자

> " 네가 나를 꿈꾸지 않기에, 내가 널 꿈꾸기로 한 거야.
> 내 꿈속은 차갑고 단조롭지만, 너에게는 충분할 거야.
> 넌 나를 찾아 헤매겠지만, 떠난 자리만 보게 될 거야.
> 왜냐면 내 꿈에는 안식이 없거든.
> 위로도, 보답도, 탈출도 없거든.
> 그래서 내가 계속 그 꿈을 꾸는 거지. "

"벌써 어두워졌네요."

마주 앉은 소공작의 말에 애니스탄은 일부러 창을 돌아보았다. 실은 돌아보지 않아도 이미 캄캄하다는 걸 알고 있었다. 창 너머에는 방안의 등불빛이 흐릿하게 그려 놓은 나뭇가지가 보일 뿐이었다.

애니스탄은 고개를 바로 하며 기계적인 미소를 보였다.

"그렇게 됐군요. 그럼 저는 이만 가보겠습니다."

"참 재미있네요."

갑자기 나온 말에 애니스탄은 일어나려다 말고 눈썹을 올렸다.

"무엇이 재미있으신가요?"

소공작은 얼른 대답하는 대신 애니스탄의 얼굴을 바라보았다. 오랫동안. 애니스탄은 소공작이 그를 보는 게 아니라 생각에 잠겨 있을 뿐임을 알았다. 시선이 그에게 머무른 건 단지 마주앉았기 때문이었다. 자기 자신을 향한 생각만이, 그를 이처럼 오래 생각하게 할 수 있었다.

"예를 들어서… 이 탁자의 다리 하나가 부러져서 새 다리를 만들어 붙인다 해도 이 탁자는 여전히 이 탁자겠죠?"

무슨 이야기를 하려는 것인지 몰랐지만 애니스탄은 굳이 묻지 않고 기다렸다. 대답도 하지 않았다. 소공작이 말을 이었다.

"내 다리가 하나 잘라져 없어져도 여전히 나 자신이고, 없어진 다리 대신 나무 의족을 붙여도 여전히 나 자신이겠죠?"

애니스탄은 고개를 약간 끄덕이는 시늉을 했다.

"그러면 나무 의족은 뭘까요?"

애니스탄은 고개를 한쪽으로 기울였다.

"무슨 뜻인지요?"

"나무 의족은 나인가요? 내 다리인가요? 아니면 내가 입은 옷처럼 내가 사용할 뿐인 물건인가요?"

"글쎄요. 모르겠군요."

평소 생각해 본 일이 없는 문제였기에, 모른다는 말도 간단히 나왔다. 소공작은 고개를 저었다.

"그러지 말고, 생각해 봐 주세요. 의족이 나의 일부라면 더 생각할 필요가 없겠지만, 아니라면 뭘까요?"

소공작과는 달리, 그는 생각에 잠기자 시선을 다른 곳으로 돌렸다.

"제 생각엔, 음… 의족은 사람의 일부가 아닐 것 같습니다. 옷처럼 도구가 아닐까요."

소공작은 즉시 반문했다.

"왜 그렇죠?"

"왜냐하면 의족은 몸의 다른 부분하고 의사소통이 안 되니까요. 피도 통하지 않을 테고, 상처를 입어도 아프지 않고, 그러니 심장이나 머리의 지시를 듣지 않는 셈이고… 마찬가지로 자신의 의견을 내지도 않으니… 음, 가정에 비유하자면 식구가 아니라 손님에 불과한 존재겠지요."

말하면서 이어간 생각이었지만 맺을 즈음에는 스스로 납득할 정도로 정리가 되었다. 소공작은 고개를 끄덕이지 않았으나, 그렇다고 부정하는 기색도 아니었다. 단지 이렇게 말했다.

"그렇다면 손님이 의견을 내는 일은 영영 없어야겠죠. 계속 그래준다면 좋을 텐데, 그렇지 않으면 어쩌죠?"

애니스탄은 얼른 이해하지 못했다.

"의족이 사람의 다리로 변하는 건, 마법으로도 불가능한 일입니다."

"의족은 나무죠. 이미 죽었죠. 하지만 내게 들어온 건 그런 게 아니거든요."

소공작은 두 팔을 펼쳐 보였다. 안을 들여다보라는 것처럼. 애니스탄은 대답하지 않았다. 대답할 수 없는 자였기에. 그는 섬뜩한 기분을 애써 감추며 소공작을 바라보았다.

"무슨 뜻인지 모르겠습니다."

소공작의 목소리는 아무 것도 모르는 양 맑게 울렸다.

"알잖아요."

"……."

애니스탄은 눈을 내리깔았다. 그는 상대의 눈빛을 이길 수 없었다. 지금껏 죽 그랬다. 죄책감 때문만이 아니었다. 몇 번이나 그는 상대가 자신이 만든 인형에 불과하다는 사실을 기억하려 했다. 그러나 그를 바라보는 눈은 인형에 박아 넣은 검은 구슬이 아니었다.

"작은 정원에 사람들이 앉아 있어요. 아주 편안하죠. 모두 잘 아는 사이죠. 누군가는 돌 의자에, 누군가는 그냥 풀밭에 무릎을 세우고 앉아 있어요. 그들은 이야기를 하죠. 평등하지만은 않지만, 대체로 상대방의 의견을 존중해요. 토론이 벌어지면 자주 이기는 쪽이 있긴 해요. 하지만 늘 지는 쪽은 없죠."

소공작은 애니스탄이 눈을 맞추도록 기다렸다가 말을 이었다.

"그게 내 머릿속이에요."

그의 인형을, 유리구슬로 눈을 만들고 깃털을 넣어 몸을 만들었더라면 좋았을 것이다.

"그 중엔 마음이 약해서 남의 호의를 믿고 싶어하는 자도 있죠. 반면 주위의 조건들을 보고 가장 빨리 진실을 꿰뚫어보는 자도 있어요. 그는 가장 효율적인 대책을 내놓겠죠. 하지만 자기 세계에만 빠져서 남의 악의를 알아차리지도 못하고, 또 실은 관심조차 없는 자 때문에 가로막히기도 하죠. 또한 자신감이 넘치다 못해 오만할 정도로 자기 방식만 밀어붙이는 자도 있으니, 그와 합세한다면 모처럼 내놓은 대책도 소용이 없게 돼요."

소공작은 미소 비슷한 것을 입가에 올렸다.

"그러다가 자신을 죄의 존재로 인식하는 자학적인 자가 걸어 나와 모두의 입을 다물게 하는 거죠. 그들은 때에 따라 각각 저의 모습이 돼요. 그들은 늘 이야기를 주고받고 있고, 토론의 결과에 따라 언제든 내 모습이 될 준비를 하고 있죠. 그런데, 거기에 손님이 나타난 거예요."

소공작은 정말로 누가 들어오기라도 한 것처럼 문 쪽을 쳐다보았다.

"처음에는 그가 들어온 걸 몰랐어요. 그는 너무 조용했으니까. 모두가 이야기를 주고받느라 정신이 없다가, 조용해졌던 어느 순간, 알아차렸어요. 그는 한쪽에 가만히 서 있었죠. 움직이지도 않고 말도 하지 않아요. 말을 걸어도, 물론 대답하지 않죠. 처음엔 저러다가 곧 갈 거라고 생각했어요. 그러나 그는 떠나지 않았어요."

이 순간 소공작의 표정은 언뜻 인형 같았다. 맥없는 미소였다.

"아직까지 그는 아무 말도 하지 않는 손님이죠. 하지만 그를 불러들인 건 내가 아니었어요. 그런데 그가 어떻게 들어왔을까? 내 안의 한 사람이 말하길, 그는 무엇인가를 대신하고 있다고 하더군요. 다리가 잘린 사람의 의족처럼, 내게 있었다가 사라진 무엇의 자리에 선 거라고. 그렇다면 그는, 내 안의 판테온(pantheon)에 서 있던 한 명이 사라져, 그의 자리를 대신한 것일까? 그렇다면 그는 언제까지나 거기에 서 있게 될까?"

질문이 스스로를 향하는 순간, 시선이 천장으로 올라갔다. 그러나 소공작은 곧 다시 애니스탄을 바라보았다.

"애니스탄, 당신의 말이 옳다면 그는 언제까지나 입을 열지 않을 테고, 나도 그의 존재를 잊어버리면 되겠죠. 하지만 사람이 의족을 달 때는, 진짜 다리보다 불편하긴 하겠지만 어쨌든 걷겠다는 생각이 아닌가요? 그렇다면

그 '손님'은 거기에서 무엇을 하고 있는 거죠? 그가 있으나 없으나 똑같다면 그는 왜 들어왔을까요? 내게서 사라진 것이 무엇이기에 그는 그 자리에서 아무 것도 하지 않는 거죠?"

애니스탄은 얼른 대답하지 못했다. 의족의 역할은 다리가 있던 자리에 대신 달려 있는 것만이 전부는 아닐 것이다. 피가 통하지 않고 통증도 느낄 수 없다고 해서, 과연 의사소통이 전혀 안 된다고 할 수 있을까? 어쨌든 그는 다리 대신 땅을 딛지 않는가?

"그래서… 나는 그가 어느 순간 입을 열 것만 같네요. 역할이 없다면 그 자리에 들어올 수 없었을 테죠. 그리고 그의 역할이 내 판테온에서 의견을 주고받으며 때에 따라 내 모습이 되는 이들과 같은 거라면, 어느 날 그 손님은 바로 나의 모습이 되어 당신을 대할 수도 있는… 그런 것 아닐까요?"

소공작의 얼굴에 서서히 그늘이 덮였다. 두려움이었다.

"언젠가 그의 차례가 오면… 그의 의견이 다른 이들을 누르고… 나서서 나의 모습으로 행동하는 순간… 그 때의 나는… 과연 나인가요? 내가 말하는 건가요? 나는 그를 제어할 수가 있을까요? 다른 이들과 하던 방식으로는 의사소통이 되지 않는데? 내가 내 판테온의 그들에게 하듯… 어느 순간 그를 도로 불러 앉히고 다른 이가 나서게 할 수 있을까요? 그는 내 말을 듣지 않고, 아니 듣지 못하고……."

갑자기 애니스탄의 뺨이 경련했다. 순간 소공작이 하는 말이 무슨 뜻인지 깨달았던 것이다. 깨달음과 함께 온몸에 오한이 일었다.

"그렇게 영영 나를 차지하게 되어서… 다시는 그 자리에서 내려오지 않을 지도 모르죠."

소공작은 알고 있었다. 결코 기억할 리 없는데도. 자신에게서 무엇인가 사라진 것과… 그 대신 무엇인가 들어왔다는 것을 알아차렸다. 어떻게 그럴 수가 있을까? 사람은 자신의 머릿속을 구획 지어 놓은 농장처럼 질서정연하게 들여다볼 수는 없다. 그런데 보통 사람도 아니고 소공작처럼 복잡다단한 정신세계를 가진 자가, 알아차린 것이다. 자신에게 들어온 이물질을, 정체불명의 줄을. 심지어 그것이 자신의 정신을 지배하려 획책하고 있다는 사실까지 깨닫고… 그 존재를 은유적이지만 뚜렷하게 표현한 것이다.

바로 '본체'의 존재를.

아아, 그가 과연 인형일까? 스스로가 인형임을 알 수 있는 인형이 존재할까? 자신의 작품은 너무 완벽했기 때문에 그것조차도 알게 된 것일까? 아니면, 그걸 알아차렸다는 사실이 완벽한 인형이 아니라는 것을 반증하는 것일까?

어느 쪽이더라도… 상대는 인형이면서도 세상 어떤 사람보다 뛰어나며, 심지어 창조자조차 능가하는 존재였다. 그게 복제된 진짜의 훌륭함 때문이라 하더라도, 결과적으로 지배자조차 뛰어넘는 인형을 만든 자신이 이토록 두려울 수가 없었다.

아직은 자신이 어느 인간의 손끝에서 창조된 존재란 것까지 깨닫진 못했을 것이다. 인형이 스스로가 인형임을 깨닫는다면 그는 이미 인형이 아닐 테니까. 일상을 살아가는 것 이상의 무엇, 다시 말해 자신의 삶이 만들어진 소이를 찾으려 하고 인지하는 것은 인형이 아닌 '인간'의 특성이니까. 그러므로 그렇게 된다면, 창조자는 인형 이상의 존재를 만든 셈이 되니까.

만일 모든 인간이 그의 인형처럼 할 수 있다면… 그들 인간을 최초로 만든 자의 손길, 그리고 의지마저 추출하여 인지할 수 있을 것이다. 그렇다면, 정말로 소공작이 스스로의 창조 과정과 원인을 깨닫게 된다면. 그런 인형,

아니 인간을 만든 애니스탄 자신은… 신의 일을 해낸 것인가?

"내가 재미있게 생각하는 것은……."

소공작은 추위를 느낀 것처럼 두 뺨을 감싸 쥐었지만, 눈만은 빛났다.

"이런 상태인데도, 제게 의욕이 있다는 거죠. 어떻게든 해보겠다는 의욕. 그가 입을 여는 날이 분명 오겠지만, 그동안 저라고 준비하지 말란 법은 없는 거죠. 그가 나를 설득할 수 있을까? 그 답을 모르듯 내가 그를 설득하지 못한다고 정해진 것도 아니죠. 그가 내 안에 들어온 이상 나의 일부이거나 또는 내 것이니까. 지금은 정체를 알 수 없는 존재라 할지라도 결국은 의족처럼 내가 다루는 대상이 되어 줘야겠죠. 그리고 그가 어떻게 내게 왔고, 과연 무엇을 대신하고 있는 것인지 알아내는 것도. 그러니 나는 내 안에 대적자(對敵者)를 갖고 있는 셈이에요. 이것 참 재미있는 일이 아닌가요?"

소공작은 왜 애니스탄에게 이 이야기를 하는 것일까? 그가 정말로 그를 창조하고, 그리고 대적자 또한 창조한 자가 애니스탄이라는 것을 조금이라도 짐작하고 있을까? 아니, 예감이라도 할 수 있을까?

알 수 없었다. 그의 인형은 데모닉(Demonic)이었기에.

날씨는 맑았지만, 그뿐이었다.

아무리 작은 범선이라 해도 고작 세 사람이 조종한다는 건 쉬운 일이 아니었다. 더구나 그들 중 진짜 선원은 한 명뿐이니 더욱 어려운 상황이 아닐 수 없었다. 다행스런 점이라면 날이 밝을 즈음에는 비록 작은 섬이지만 사람이 사는 곳에 도착할 수 있다는 것, 그리고 순풍이 불어주어서 실제로 해야 할 일은 거의 없었다는 것 정도일까.

언제 풍랑이 일지 모르는 바다 위에서 이는 대단한 행운일지도 모른다.

그러나 조슈아, 막시민, 마일스톤 세 사람은 그런 행운을 느낄 겨를이 없었다. 선실에 누워 있는 소녀는 시시각각 상태가 나빠져 갔다.

배에 탄 뒤로 의식이 돌아오지 않는 것은 물론이고, 호흡도 불규칙했다. 줄곧 흐르는 식은땀에 이불은 물론 머리카락까지 흠뻑 젖었다. 셋 다 응급 처치 이상의 의술 지식은 없는 터라 얼마나 안 좋은 상태인지, 과연 아침까지 버틸 수 있는 것인지도 알지 못했다. 모르니 더욱 입술이 바작바작 탔다.

의사가 아닌 그들이 유일하게 할 수 있는 거라곤 맥박을 살피는 것뿐이었다. 그러나 맥이 너무 일정하지 않아서 저러다 멈춰버리지 않을지 겁이 날 지경이었다. 한 사람은 반드시 곁에 앉아 지켰는데, 리체의 손목을 잡고 있던 조슈아가 갑자기 비명을 지르면, 나머지 둘이 뛰어와서 저마다 맥을 짚느라 수선을 피우는 일이 밤새 몇 번이나 되풀이됐다.

세 사람은 정말 할 수 있는 일은 다 했다. 떨어지는 체온을 유지하려고 뜨거운 물주머니를 갈아댔고, 배 안에 있는 이불이란 이불은 모조리 가져다가 덮어주는 바람에 남자들은 담요 한 장도 없는 신세가 됐다. 그런데도 리체의 손발은 흡사 죽은 사람처럼 찼다.

"더 따뜻하게 해 줄 방법이 없을까?"

조슈아는 리체의 손을 감싸 쥐고 있다가, 등 뒤에서 인기척을 느끼고 말했다. 아무리 쥐고 있어도 손은 따뜻해지는 기색이 없었다.

막시민이 말했다.

"네가 밤새 껴안고 있는다 해도 이보다 더 따뜻하게 할 순 없을걸."

"그런 짓을 했다가 리체가 살아나면 우리 생명이 위험해져."

"글쎄, 그럴지도."

모호하게 대답한 막시민은 새로 데워 온 물주머니를 넣기 위해 이불을

몇 장 젖혔다. 미지근해진 물주머니는 꺼내서 내려놓았다. 그리고 다리 쪽에 괴어 놓은 베개를 살펴서 바로잡았다.

"괜찮아야 할 텐데."

어젯밤부터 지금까지 서른 번도 넘게 한 말이었다. 막시민은 아무 대답도 하지 않았지만, 뮤치아가 죽었을 때 조슈아가 울던 모습을 떠올렸다. 그러면서 생각했다. 아무도 사랑하지 않는다는 것은 어떤 의미일까. 사랑이라는 건 책임감, 동정심, 다정함, 죄책감과는 다른 감정인 걸까.

"괜찮아질 거야."

단순한 대답이었지만, 이 순간 유일하게 의미 있는 답이었다. 조슈아가 잠시 후 말했다.

"뮤치아처럼은… 되지 않았으면 좋겠어."

조슈아도 같은 순간을 떠올렸던 모양이었다. 막시민은 고개를 저었다.

"그 여자보다는 강해. 리체는."

물론 막시민은 뮤치아가 어떤 식으로 죽었는지 알지 못했지만, 만일 같은 상황이라면 리체가 더 잘 버틸 거라는 이유 없는 확신이 들었다. 그가 지금껏 리체를 특별하게 평가해 왔던가? 아니, 알 수 없다. 하지만 이 순간만은 그렇게 생각되었다.

"내 주위에 폭풍이 맴돈다고 했지. 나는 한가운데 서 있기에 오히려 피해가 없는데, 주변 사람들이 자꾸만 다치고… 어떻게 해야 할까. 누군가 휘말릴까봐 나아가는 것이 겁나고, 어떨 땐 땅 밑에 파묻히고 싶다."

이 순간 조슈아의 어조는 넋두리가 아니라 사실을 설명하듯 평온해서 오히려 기묘하게 들렸다.

"이럴 때면 말이야, 다른 사람의 운을 휩쓸어 뒤엎는다는 이야기… 그걸 믿든 안 믿든 괴롭게 생각돼."

막시민은 즉시 뭐라 대답하려다가 생각을 바꾸어 말을 삼켰다. 그리고 어조를 바꾸어 말했다.

"가을이 되어서 익은 감이 나무 밑으로 떨어졌는데, 그게 지나가던 바람 탓이냐?"

조슈아는 얼굴을 약간 굳혔다.

"그러면 이게 리체 자신 때문에 생긴 일이란 말이야? 설마 진심으로 하는 얘기는 아니겠지?"

"그런 뜻이 아니. 잘 생각해 봐. 소설책에는 말이야, 주인공이란 게 있어서 주인공 아닌 녀석들은 다 주인공의 인생을 위한 양념이지만, 진짜 세상에서는 한 녀석만 주인공인 게 아니란 말이야."

"나도 알아. 하지만 이번 일은……."

"남의 인생을 네 위주로 해석하지 마. 결과를 만드는 원인은 한두 가지가 아니까. 리체에게 일어난 일은 리체의 일이야. 리체의 인생에 들어 있는 변수들이 일으켰지. 너도 그 중 하나고. 리체가 주인공인 소설책이 있다면, 넌 그 옆에 지나가는 녀석에 불과하다는 걸 잊지 말라고. 남의 인생에 도움을 주는 것도 어렵지만, 치명적인 뭔가가 되는 것도 쉬운 일은 아니. 대체 네가 뭔데 남의 인생에서 매번 중요한 역할을 하겠냐? 그렇게 생각하는 것도 병이지 뭐냐? 뮤치아가 주인공인 소설에서, 너는 사소한 복선에 불과하단 말이야. 게다가 뮤치아가 죽는 순간 소설은 끝이 나버렸다고."

밖에서 마일스톤이 갑판을 두드리는 소리가 들렸다. 나와 보라는 의미였다. 막시민은 자기가 나가려다가 생각을 고친 듯 조슈아에게 말했다.

"네가 나가 봐. 얘기도 하고, 좀 쉬어. 여긴 내가 있을 테니까."

조슈아는 처음엔 고개를 저었다. 그러나 조금 후 끄덕였다.

"여기 있어야겠다고 생각하지만. 그래, 나 지금은 세상 무엇보다도 혼자 있고 싶다."

조슈아가 나가고 문이 닫혔다. 막시민은 닫힌 문을 잠시 보다가 리체의 얼굴로 시선을 돌렸다. 그렇게 보아서인지 눈꺼풀이 약간 떨린 듯한 느낌이 들었다.

이브노아의 죽음, 뮤치아의 죽음, 그리고 죽을지도 모르는 리체. 조슈아는 분명 그들 때문에 괴로워했다. 그러나 동시에 괴로워하기를 원치 않았다. 그래, 책임감이나 다정함은 사랑과는 다르다. 그의 친구는 어떤 일도 일어나지 않기를 바랐을 것이다. 그들을 사랑해서? 어쩌면 그들의 방해를 원치 않아서.

이런 일이 일어났을 때 괴로워하는 마음을 지녔기에 사람이다. 그러나 마음 깊은 곳에 그런 고통조차 방해로 느끼는, 심해의 바닥처럼 어둡고 움직임 없는 마음은 데모닉의 세계다. 그곳은 아주 자족적이어서 방문객은 한 명도 필요가 없다.

혼자 있어서 누구도 건드리지 않으며, 건드려지지도 않는 세계.

아주 길었던 밤이었지만 시간은 분명하게 갔다. 밤이 저물고 해가 솟기 시작했다.

날이 밝는 것과 함께 리체의 맥박이 정상으로 돌아와 모두가 한숨 돌렸다. 체온도 점차 오르는 듯했다. 쇼크는 이겨낸 듯하니 한시라도 빨리 섬에 도착하고, 그 섬에 의사가 있기를 바라는 것밖에 할 수 있는 일이 없었다.

수평선 너머로 섬이 나타났다. 그 섬이 마일스톤이 목적지로 잡은 카드릴 섬임을 확인했을 때까지는 모든 것이 순조롭게 흘러가는 듯했다. 카드릴 섬은 작기도 하거니와 인구도 백 명이 채 안 되는 곳이라고 했다. 그러니 제대로 된 선창이나 부두를 기대하진 않았다. 그런데 부두의 윤곽이 눈으로 확인될 즈음, 뱃전에 서 있던 마일스톤과 막시민은 미간을 찡그렸다가 얼굴을 마주봤다.

"어떻게 된 거지?"

"글쎄."

조금 더 가까워지자 어렴풋이 짐작한 사실이 확실해졌다. 바다 쪽으로 길게 내민 부두와 배다리가 절반 넘게 파손되어 있었다. 배다리의 상태를 보니 들것으로 옮겨야 하는 리체가 내릴 때는 꽤 수고롭게 될 것 같았다. 게다가 부둣가에 얼씬거리는 사람이 한 명도 없었다.

마일스톤이 말했다.

"폭풍이라도 몰아친 모양이야. 하지만 부두가 저 꼴이 됐는데 고칠 생각을 않다니, 단체로 관광 여행이라도 떠난 건가."

막시민이 좀더 나쁜 상상을 하면서 대꾸했다.

"그렇다면 차라리 좋겠지만."

카드릴 섬의 동쪽 해안은 작긴 해도 천연항이라 부두가 부서진 것과 관계없이 배를 댈 수 있었다. 닻이 내려지자 조슈아와 막시민은 리체를 데려오기 위해 선실로 내려가고, 마일스톤은 부서진 배다리로 뛰어내렸다. 부둣가를 휘둘러 본 그는 더욱 의심쩍은 표정이 되었다.

"정말로 인기척이 없어."

그뿐이 아니었다. 부두에 마땅히 있어야 할 것들이 대부분 사라지고 없었다. 밤중에 횃불을 올리는 탑, 거룻배를 묶는 말뚝, 부려진 짐짝들, 낡은

그물이나 노 따위 항구에 널려 있기 마련인 잡동사니들, 모두가 없었다. 그리고 배가 없었다. 그들이 타고 온 한 척밖에는.

　마일스톤은 다시 갑판으로 올라갔다. 그는 선실 쪽을 향해 소리쳤다.

　"내리기 전에 섬을 좀 둘러봐야 될 것 같은데! 내가 다녀올 테니 두 사람은 배에서 기다리라고!"

2. 밀짚모자 약사의 집

아무도 없는 거리를 혼자 걷는 꿈을 꾸었어.
깨고 보니, 그 거리엔 사람들이 많이 있었어.
내가 꿈꾸는 동안, 사람들은 어디로 간 걸까?
난 다시 잠들어 꿈을 꾸었어. 역시 아무도 없었지.
난 걷고 또 걷다가, 드디어 한 명을 만났지.
그에게 다른 사람들은 어디로 갔느냐고 물었어.
그는, 그들이 내가 없는 꿈을 꾸느라 바쁘다고 하더군.

섬에는 아무도 없었다.

문이 열린 집집마다 사람 대신 하얀 산호 조각들이 머물렀다. 얕은 바다
에 잠겨 있었을 죽은 산호의 뼈들은 무슨 이유인지 뭍으로 밀려 올라왔다가
다시 쓸려갔다. 그러면서 문이 열려 있던 많은 집 안에 자취를 남겼다.

그에 비해 사람이 남긴 자취는 보잘것없었다. 야트막한 언덕을 따라 지어진 하얀 집들은 사흘 전까지 사람이 살던 곳 같기도 하고, 수십 년째 버려진 곳 같기도 했다. 멀리서는 평화로워 보여도 정작 안에 들어가 보면 남아있는 가재도구가 거의 없었다. 열린 채로 방치된 문과 창으로 햇빛이 들어와 텅 빈 방에 무늬를 넣고 있을 따름이었다. 가끔 문이 잠긴 집 몇 곳을 제외하면 거의 다 그랬다.

집 안에 있어야 할 장롱이나 침대 따위가 언덕 꼭대기에 엉망진창으로 쌓여 있는 것도 눈에 띄었다. 거기까지 가서 살펴보고 온 마일스톤은 이곳에 해일이 닥친 것 같다고 결론 내렸다.

이야기를 전해들은 막시민은 인상을 찌푸렸다.

"요샌 해일이 닥치면 사람 대신 장롱들이 언덕 꼭대기로 대피하나?"

"그건 잘 모르겠지만, 어쨌든 사람들은 모두 사라진 모양이야."

"얼마나 큰 해일이 닥쳤기에 사람들이 한 명도 남지 않는단 말이야? 어디 다른 곳에 대피해 있는 것 아냐?"

"그렇게 숨을 만한 곳이 전혀 안 보이니까 하는 말이지. 이 섬에는 제대로 된 산조차 없단 말이야. 게다가 우리가 오는 동안 바다에 심상치 않은 기색이라고는 없었으니, 해일이 왔다 해도 지나간 지 꽤 된 것 아니겠어? 그렇다면 대피했던 사람들은 도로 마을로 나왔어야 정상이지."

"그러면 다 죽었다고?"

"아니면 다른 섬으로 이주했거나."

"고향을 이런 식으로 내버려두고? 게다가 한 명도 남김없이? 의견일치에 행동통일까지, 보통 섬이 아니네."

"해일이 닥쳐오는 것을 미리 알고 다른 섬이나 대륙으로 대피한 것일지도 모르잖나."

그때 상갑판에서 내려오던 조슈아가 말했다.

"혹시 동물들도 보지 못했어요? 쥐 한 마리도?"

마일스톤이 고개를 젓자 조슈아는 섬 쪽을 보며 중얼거렸다.

"그렇다면 정말로 바닷물이 섬 위를 한바탕 쓸었나 보네."

"이것 참 큰일이구만. 그러면 리체를 치료해 줄 의사는 도대체 어디에서 찾지?"

막시민의 말에 모두 동감이었다.

리체가 아니라면 이 섬에 굳이 머물러야 할 이유도 없었다. 하지만 마일스톤은 다른 섬까지 또 이렇게 안전하게 간다고는 장담할 수 없다고 했다. 사람 사는 섬이 근처에 있긴 하지만, 그중 가장 큰 카드릴 섬이 이런 꼴이니 가보지 않아도 뻔한 상황이었다.

그렇다고 의사를 찾는답시고 며칠이나 걸릴지 모르는 긴 항해를 시작하는 것도 안 될 말이었다. 리체가 지금까지 잘 버텨준 것도 운 좋게 바다가 평화로웠기 때문이었으니까.

마일스톤이 생각에 잠겨 있다가 말했다.

"그리 큰 해일이 아니었을 수도 있지. 너무 얕아서 조금만 바다가 높아지면 쉽게 물바다가 될 것 같은 섬이잖아."

조슈아가 고개를 갸웃거렸다.

"그렇다면 이런 해일이 어제오늘 일은 아니겠네요. 설마 이 섬에서는 해일도 당연한 일상이고, 그래서 모조리 도망가 버리는 것도 일상이고, 그런 걸까?"

"해일이란 게 생각처럼 자주 닥치는 일은 아니라고."

현실적인 막시민이 고개를 휘휘 저으며 결론을 내었다.

"해일이야 어찌됐든 좋아. 다시 오지만 않으면 알게 뭐냐. 마을로 올라가서 의사나 뭐 그런 놈이 살았을 것 같은 집을 찾아보자고. 뭐라도 남아 있을지 모르잖냐?"

막시민의 말은 그 상황에서 최선이었지만, 최선을 다한다고 반드시 결과도 좋은 건 아니었다.

리체의 호흡이 안정된 것을 확인하고, 세 사람은 한 시간 안에 돌아올 작정으로 배를 떠났다. 마치 떼강도라도 되는 것처럼 삽자루나 도끼, 곡괭이 따위를 하나씩 어깨에 둘러메고 문이 잠겨 있던 집들을 찾아 무슨 수를 써서든 열어봤다. 몇 번 부딪쳐도 열리지 않는 문짝들은 경첩을 떼거나, 그게 안 되면 반쯤 부숴서라도 들어갔다.

해안에서 가까운 비탈 거리는 단체로 물청소라도 한 것처럼 깔끔했다. 그러나 언덕바지로 오를수록 상태가 나빠졌다. 정상에 가재도구를 쌓아 만든 탑이 있다더니, 거리도 올라갈수록 흙과 잡동사니가 잘 반죽된 채 이겨 발라져 있었다. 어떤 집은 이런 반죽으로 절반이나 메워져 들어갈 엄두조차 낼 수 없었다.

햇빛이 쨍쨍 내리쬐었고 거리는 고요했다. 세 사람의 발소리 외에는 날벌레가 가끔 윙윙대는 소리를 낼 뿐이었다. 하늘도 기가 막히게 맑았다. 한심한 착각이긴 해도, 사람들이 사라지고 엉망이 된 도시는 무척 한가로워 보였다.

"더워."

열 몇 번째로 발견한 잠긴 집의 문짝을 뜯어내고, 비교적 멀쩡한 바닥에 주저앉은 참이었다. 만일 주인이 돌아온다면 도둑이라고 펄펄 뛸 테지만, 이미 그럴 리 없다는 생각에 사로잡힌 것인지 걱정하는 빛을 보이는 사람은 아무도 없었다. 버린 지 몇 년은 된 집인 양 흙발로 잘도 들어와 앉았으니 말이다. 막시민은 진흙 묻은 신발을 벗어 한 구석에 던져 놓았다. 조슈아는 힘든 와중에도 양탄자를 한쪽으로 밀어놓는 양심을 발휘했다.

"여름이지."

막시민이 일어나 창문도 열어놓으려 했지만, 뭔가가 낀 것처럼 잘 열리지 않았다. 몇 번 세게 흔들었더니, 아예 경첩이 분리되면서 덧창 한 짝이 떨어져버렸다. 등 뒤에서 창문이 떨어지는 요란한 소리를 들었지만 조슈아는 돌아보지 않은 채 기지개를 켰다. 정말 한가로운 무단침입에 기물파손이었다.

문도 창도 닫혀 있던 곳이라 집안 공기는 후끈했지만, 어찌어찌해서 다 뜯어놓고 나니 바람이 통해서 점차 시원해졌다. 반질반질하게 닳은 나무판자를 잇댄 바닥은 서늘해서 앉아 있기 좋았다. 흰 벽에 걸린 밀짚모자가 창으로 들어오는 바람에 흔들거렸다. 막시민은 모자를 보더니 '저걸 쓰고 다니면 덜 덥겠는데' 하고 중얼거렸다.

"그럼 쓰라고."

마일스톤이 아무렇지도 않게 말하자 막시민은 모자를 벗겨내어 한 번 써보았다. 조슈아는 웃음을 참는 표정이었지만 '썩 잘 어울리네' 하고 말해주었다.

"네가 써."

막시민은 모자를 벗어 조슈아의 머리에 푹 씌웠다. 눈가까지 눌러진 모자챙을 밀어 올리는 조슈아를 보자 막시민도 웃지 않을 수 없었다.

"시골뜨기 회색쥐 같네."

"넌 시골로 좌천된 세관원 같았어."

둘은 거의 동시에 웃음을 터뜨렸다. 그러나 막시민은 곧 웃음을 그치고 말했다.

"우리 지금 웃고 놀 때가 아닌데."

"저기 좀 봐. 이 집 어쩐지 그럴듯한데."

마일스톤이 가리키는 대로 찬장 쪽을 보니 수십 개는 될 듯한 정체불명의 병들이 선반마다 줄지어 놓여 있었다. 몇 개는 자두 절임이나 말린 월계수 잎, 토마토퓌레 같은 것으로 보였지만 다른 것들은 뭔지 전혀 알 수 없었다. 몇 개 집어서 뚜껑을 열어 봤지만, 알 수 없는 것은 마찬가지였다.

"약인가?"

"독일지도."

조슈아는 고개를 갸웃거리다가 말했다.

"평범한 사람들이 사는 마을에 독약이 든 병을 즐비하게 늘어놓고 지내는 사람이 있다면 쫓겨나기 딱 알맞지 않을까?"

"그렇다고 약이라는 보장은 없지. 우리가 알 수 없는 동네 특산 설탕 절임들일지도 모른다고."

"한 번 먹어볼까?"

"미쳤냐?"

마일스톤이 맨 위 선반에 놓인 병들을 만지작거리다가 이름표가 붙어 있는 것을 하나 발견했다. 하지만 읽을 수가 없는 글자였다. 조슈아가 넘겨받아 보았지만 그도 모르는 글이기는 마찬가지였다.

조슈아가 어색한 표정으로 변명했다.

"대륙에서 공용어를 사용한 지도 오래됐지만, 이런 지방에서는 옛 말을 그대로 쓰는 수도 있다더라고."

"유추해 봐. '부러진 뼈를 치료하는 데 특효' 이런 글귀인지 아닌지만 알면 된다고. 그렇다, 아니다, 가능성은 반반."

"그렇게 씌어 있으면 리체에게 먹일 거야?"

조슈아의 질문에 막시민은 잠시 멈칫하다가 대답했다.

"아니."

그럴 수밖에 없었다. 세 사람은 찬장을 더 조사했지만, 주인이 돌아오기 전에는 어떤 것도 확신할 수 없으니 결국 놓고 돌아설 수밖에 없었다. 그런데 신발을 신고 나가기 직전에 마일스톤이 뭔가를 발견했다.

"저거, 일지처럼 생겼는데."

막시민이 집어 들어 펼쳤다. 일지 안에는 뜻밖에도 읽을 수 있는 글자가 빼곡히 적혀 있었다. 날짜와, 어떤 실험을 했는데 성공했고, 또는 왜 실패했고, 그런 것들이 적힌 노트였다.

막시민은 후루룩 넘겨 맨 끝장부터 확인했다. 마지막 날짜는 올해 3월 15일로 되어 있었다.

조슈아가 노트를 건너다보며 말했다.

"그럼 여기에 해일이 닥친 게 그때란 말이야?"

막시민은 어깨를 으쓱했다.

"단순히 이 자가 게을러져서 그 후로 실험을 하지 않은 것일지도."

그러나 막시민은 추측만 하고 있지 않았다. 방 한쪽에 커튼으로 가려 놓은 침대가 있었다. 막시민은 커튼을 젖히고 침대의 이불을 확인했다. 이불은 제법 두툼했다. 요즘처럼 더운 때 덮을 만한 것은 아니었다.

조슈아도 일지를 다시 거꾸로 넘기고 있었다. 수십 페이지 가량 살핀 후

그가 말했다.

"일지를 보니 이 사람은 쉬지 않고 실험을 했던 것 같아. 약사나 연금술사일까? 어쨌든 날짜별 진행상황을 보면 어느 날 갑자기 그만둘 것 같진 않은 느낌인데."

마일스톤이 말했다.

"그렇다면 정말 그때 해일이든 뭐든 닥쳤다고 보는 게 맞겠군. 적어도 해일이 닥칠 거란 예고는 받은 거겠지. 그런데 말이야. 우리가 떠나온 칼라이소는 여기서 고작 하루 반나절 거리라고. 올해 3월이면 나도 칼라이소에 있었고. 그런데 이 정도로 섬을 초토화시킨 해일의 존재를 어째서 몰랐을까? 나뿐 아니라 칼라이소 사람 전부가 몰랐다니 이것 참 납득하기 힘든데."

조슈아가 고개를 갸웃거리며 생각에 잠겨 있는 동안, 막시민은 장롱 서랍을 일일이 열어보고 침대 밑에 넣어둔 바구니 따위를 뒤져보기도 했다. 잠시 후 그는 결론을 내렸다.

"이 사람은 중요한 것을 챙겨서 떠날 여유가 없었던 것 같군. 다른 가능성이 있다면 섬에 일이 닥치기 전에 볼일을 보러 나갔다는 정도겠지. 침대 밑에는 돈도 있고, 나름대로 비약이라고 생각한 건지 약병도 몇 개 고이 모셔 났군."

세 사람은 집을 나섰다. 살펴볼수록 의혹이 증폭될 뿐이었다. 해는 슬슬 중천으로 올랐고, 밤을 새운 세 사람에게도 피로와 졸음이 몰려왔다. 리체를 너무 오래 혼자 둬선 안 되었다. 일단 배로 돌아가 리체의 상태를 보고 다음 할 일을 논의하기로 했다. 하지만 언덕을 내려왔을 즈음엔 누가 먼저 눈을 붙일 지가 가장 중대한 논제가 되어 있었다.

지독한 여름이 머릿속에도 몸속에도 있었다. 그게 얼마나 길었는지 리체는 알지 못했지만, 기분만으로는 한 철이나 흐른 듯했다.

그래서 눈을 떴을 때 자신을 둘러싼 것이 뭔지 깨닫기도 전에 달아나려고 몸을 비틀었다. 즉시 지독한 통증이 밀려왔다. 어디가 아픈 건지 구별이 안 될 정도로 온 몸이 다 아팠다.

한참 만에 정신을 차렸지만, 여전히 눈앞이 흐리고 정신이 혼미했다. 그렇지만 이렇게 더운 이유가 자신의 몸을 겹겹이 싼 이불 때문이라는 것은 알 수 있었다. 리체는 왜 이렇게 해놨는지 생각해보기도 전에 화부터 치밀었다. 이 한여름에, 사람을 삶아 죽일 작정이 아니라면 이렇게까지 둘둘 말아 놓을 수가 있을까?

하지만 도움을 청할 사람이 없었다. 손끝 까닥할 힘도 없었지만 통증보다 더위의 괴로움이 더 강했다. 리체는 아픔을 참으며 벗어나려고 버르적거렸다. 그러나 이불을 얼마나 잘 말아 놨는지, 한 겹 제치지도 못한 채 땀만 흠뻑 났다. 숨이 막히도록 덥고, 온 몸이 끈적거렸다. 그런 상태로 십여 분 동안 애쓰자니 세상에 이보다 나쁜 상황은 없을 듯했다.

실은 조금 전까지만 해도 죽느냐 마느냐 하는 기로에 놓여 있었고, 그녀가 의식을 되찾은 것을 이곳에 없는 남자들이 알았다면 만세라도 불렀을 게 틀림없는데 말이다.

결국 이불에서 빠져나오는 것을 포기하고 이번에는 덥지 않다고 자기 최면을 걸어 보려 했다. 아주 추운 곳에 있다가 방금 따뜻한 이불 속에 들어왔다고 말이다. 성공 가능성이 거의 없는 이 일에 정신을 집중하느라 눈을 감고 있을 때 누군가가 문고리를 만지는 소리가 들렸다.

즉시 눈을 뜨고 이불을 벗겨 달라고 해도 되었을 텐데, 리체는 묘하게 민

감해진 정신으로 뒤따라 들린 목소리를 감지했다. 조슈아였다.

"리체."

부르긴 했지만 조슈아는 대답을 기대하지 않았던 듯했다.

"아직도 대답하지 못하는구나."

다가와 앉는 기척이 들렸다. 리체는 눈을 뜨려 하다가 이상하게 눈꺼풀이 무거운 것을 느끼고 잠시 기다렸다. 상대의 팔꿈치가 이불에 닿아 부스럭거리는 소리를 냈다.

"눈만이라도… 떠 준다면 좋을 텐데."

그 즈음에는 눈을 뜰 수도 있을 것 같았지만 리체는 망설였다. 그런 말이 들리자마자 눈을 번쩍 뜨고 싶은 여자는 없는 법이니 말이다.

리체는 이곳이 어디인지 몰랐다. 자신이 부상당한 것은 기억했기에 아마도 의사의 집이겠지 생각하고 있었다. 다만 팔이 부러졌다고 사람이 죽는다는 생각은 안 해봤으므로, 스스로가 심각한 상태였다는 것은 몰랐다. 단지 너무 오래 잤다고 생각했을 뿐이었다.

아무 소리도 들리지 않자 리체는 눈을 가늘게 떠 봤다. 다듬지 않아서 비죽비죽 들뜬 회색 머리카락이 먼저 보였다. 조슈아는 침대에 팔꿈치를 짚고, 고개를 숙인 채 두 손으로 얼굴을 가리고 있었다. 그런 상황이니 눈이 마주칠 염려는 없었다.

"……."

말은 없었지만 리체는 이상한 분위기를 느꼈다. 조슈아는 너무 오래 잠든 그녀를 깨우러 온 것이 아니었다. 이제는 그를 불러야겠다고 생각하고 리체는 말하려 했다.

할 수 없었다.

"……."

입술이 움직였을 뿐이었다. 아무 소리도 내지 못한 채. 조슈아가 고개를 들지 않는 걸 보니 자신의 귀에만 안 들리는 것도 아니었다. 리체는 입을 크게 벌리며 다시 한 번 '조슈아'라고 말하려 했다. 그러나, 소리는 나지 않았다.

아직 잠에서 덜 깬 걸까? 자신은 꿈속에서 말했고, 현실에 있는 조슈아는 들을 수 없고, 그런 것은 아닐까? 또는 가위에 눌린 걸까? 그것도 아니면… 자신은 정말로 죽어서 유령이 돼 있는 건가? 자기가 죽었다는 걸 모르는 그런 유령 말이다.

고개를 숙이고 있던 조슈아가 무어라 말하는 듯했다. 처음엔 웅얼거리는 소리로밖에 들리지 않았다. 조금 후에야 알아들을 수 있는 몇 마디가 흘러나왔다.

"…그 제안은 잘 알겠어. 하지만… 난 너를 믿지 않아."

조슈아가 무슨 말을 하는 것인지 이해가 안 갔다. 혼수상태에서 막 깨어났고 열에 들뜬 터라, 머리가 얼른 돌아가지 않았다.

"분명히 말하지. 난 너를 믿지 않아."

그제야 조슈아가 보이지 않는 누군가와 대화하고 있다는 것을 알았다. 리체는 더럭 겁이 났지만, 켈스니티를 떠올리고 스스로를 안심시키려 애썼다. 그러나 그런 노력도 소용없게 되었다.

"켈스의 의견을 먼저 듣도록 하겠어. 너희가 그를 속인다면… 아마 결과가 좋지 않겠지?"

켈스니티가 아니었다. 게다가 '너희'였다. 하나가 아니란 말인가?

리체는 저도 모르게 눈을 꽉 감았다. 그러나 눈을 감으니 보이지 않는 뭔

가가 온 몸을 건드리는 기분이 들어 오히려 참을 수가 없었다. 벌떡 일어나 달아날 수조차 없는 자신이었다. 리체는 견디지 못하고 다시 눈을 가늘게 떴다. 크게 뜰 용기는 없었다.

고개를 서서히 드는 조슈아가 보였다. 손을 내리자 얼굴도 드러났다. 허공을 쏘아보는 조슈아의 눈빛은 리체가 한 번도 본 일이 없는 것이었다. 지금껏 리체가 본 조슈아의 모습들, 사람들을 휘어잡는 오만한 배우, 천재답지도 귀족답지도 않은 순진한 친구, 스스로를 부서뜨릴 정도로 미친 자, 어느 쪽도 아니었다. 조슈아는… 냉담했다.

상대가 자기를 어떻게 보든, 마음이 상하든 말든, 효율적인 해결책만을 생각하는 냉담함이었다. 리체는 조슈아가 천재라는 것은 알았지만 지략가라고 생각해 본 일은 없었다. 계획이나 지략에 능한 쪽은 오히려 막시민이라고 생각했다. 그러나 이 순간만큼은 아니었다.

"난 말이야, 너희와 최소한의 거래만 해. 내가 너희를 믿을 때, 그건 날 믿는다는 의미일 뿐이야. 주도권은 내게 있어. 너희가 나를 삼킬 수 없다는 건 알고 있어. 너희 같은 자들이 사람을 삼킨다는 건, 너희의 강렬한 의식이 그 사람의 정신을 흩어 버린다는 거겠지? 그런데 말이야, 난 동시에 너희 전부와 이야기할 수 있고 그러면서 생각에 잠길 수도 있거든."

"난 너희가 이카본 폰 아르님을 괴롭히지 못한 이유를 알 것 같아. 그는 말이야… 너희 따위는 죽을 때까지 아무렇지도 않았던 거야. 그 증거를 봐. 사람은 세상에 이루지 못하고 남은 바람이 있을 때 유령이 된다지. 그런데 이카본은 유령이 되지 않았어. 편히 가버렸지. 너희가 떠들든 말든 아랑곳 않고 소멸해 버렸단 말이야."

"켈스는 나 이전의 데모닉들도 유령을 만났을 거라고 했어. 물론 그 유령이 너희들은 아니겠지만. 유령 탓에 그들이 미쳤던 것일지도 모른다는 얘기도 했지. 글쎄, 난 그들이 유령 때문에 미쳤을 거라고는 생각 안 해. 왜냐면 나를 봐. 너희가 나타나기 전에도 이미 미쳐 있었다고. 너희 따위와는 상관없이. 데모닉은 자신 때문에 미쳐. 다른 누가 건드릴 수 있는 게 아니지."

이 순간 조슈아의 목소리는 너무 단호해서 리체조차도 그 말을 의심하기가 힘들었다. 조슈아는 어떻게 저렇듯 확신을 가질 수 있을까? 조슈아가 유령에 대해 켈스니티보다 더 잘 이해할까? 켈스니티는 수많은 유령들을 보았고, 그 스스로도 유령이었다.

그러나 켈스니티는 데모닉이 아니었다. 데모닉은 조슈아였다. 이것은 세상 누구와도 비교되지 않는 천재가, 다른 누가 아닌 그 자신에 대해 하는 이야기였다.

"…그래, 이제 그만 가라. 다음에 너희를 부를 때는 켈스가 나와 함께 있을 거다."

순간, 방 안의 공기가 확 가벼워졌다. 움직이지 못하는 리체조차 한결 편해지는 느낌이었다. 느끼지 못했던 무언가가 그 동안 내리눌렀던 것처럼.

조슈아는 누워 있는 리체에게 시선을 돌렸다. 그러더니 눈이 커졌다.

"리체?"

조슈아는 리체가 깨어났다는 사실에 놀란 것이었지만, 리체는 자신이 조슈아의 이야기를 엿들은 셈이 된 것 같아 당혹스런 표정을 지었다. 결코 의도한 바는 아니었지만 말이다. 그러나 조슈아는 그런 것에 신경 쓰는 기색이 아니었다.

"아… 깨어났구나. 정말 다행이다. 정말로……."

리체는 말을 하고 싶었다. 어떻게 된 것이냐고, 또는 고맙다고, 미안하다

고도 말하고 싶었다. 그러나 한 마디도 할 수 없었다. 꿈도 아니었고, 유령이 된 것도 아니었다.

　조슈아는 곧 눈치를 챘다.

　"왜 그래? 리체? 너… 말이 안 나오니?"

3. 잃어버린 목소리

사라진 소년을 소녀가 구하는 이야기는 이 세상에 단 하나 있는데 소년을 구해 온 소녀는 한숨을 쉬며 '이제 다시 인형놀이를 하자'고 말했다더군.

일행은 의논할 필요도 없이 자연스럽게 밀짚모자 약사의 집을 차지했다. 지붕이 남아 있고, 탁자도 있고, 꺼내어 깔 모포도 남아 있으니 뭘 더 바라겠느냐고 생각하면서.

하룻밤이라도 여기서 잘 거라고 생각하자 다들 신발도 밖에 벗어 놓는 등 달리 행동하는 신중함도 보여 주었다. 날이 저물자 공기가 싸늘해져서, 제멋대로 뜯어냈던 문짝을 도로 달아야 했던 것만은 신중하지 못한 행동의 결과였지만 말이다.

막시민은 모포를 있는 대로 꺼내어 집안 전체에 양탄자처럼 깔아 놓았다. 덕택에 바닥에서 뒹굴며 이야기를 해도 좋았다. 막시민은 자신의 잠다

한 지식에 의거하여 '산스루리아 식'으로 꾸며 났다고 말했지만, 산스루리아에서 정말로 그렇게 하는지는 아무도 몰랐다. 따라서 뭐라 부르던 신경 쓰는 사람은 없었다.

그리하여 '산스루리아 식'으로 비스듬히 누운 채 사인 회담이 시작되었다. 참가자는 넷이지만, 셋만 말하는 회담이었다.

"난 도저히… 팔이 부러졌는데 벙어리가 되는 상황을 이해할 수가 없어."

막시민이 고개를 절레절레 젓더니 의심쩍은 눈길로 리체를 쳐다봤다. 대뜸 받아치는 리체의 목소리가 들리지 않는 것도 낯설었다. 의식이 돌아온 리체는 약사의 침대에 누운 채 커튼을 반쯤 젖히고 이야기를 들었다. 일어나 앉을 정도는 아니었지만 정신은 비교적 맑았다.

"리체라고 이해가 되진 않을 거야."

조슈아는 심각한, 다시 말해 책임감을 느끼는 표정이었다. 마일스톤이 둘을 번갈아 보다가 말을 보탰다.

"쇼크 때문에 여러 가지 일이 일어날 수도 있잖아. 우리가 의사도 아니고 어떻게 알겠나."

"쳇, 그럼 쇼크 때문에 고양이로 변했다고 해도 그럴 수 있다고 생각해야 되는 거냐?"

문득 리체가 몸이 아프지 않았더라면 이 순간 막시민의 다리를 한 대 걷어찼을 거라는 생각이 들었다. 조슈아가 고개를 드니 막시민도 똑같은 생각을 했던 듯한 얼굴이었다. 조금 후 막시민은 '쳇' 하고 혀를 차며 눈을 내리깔았다.

"그럼 막시민 네 생각은 뭔데? 좋은 추리라도?"

마일스톤이 별다른 기대를 갖고 질문한 것은 아니었다. 그러나 막시민은

'추리'라는 말을 듣자 뭐든 궁리하여 대답해야 한다고 느낀 듯했다.

"그럼 차근차근 따져보자고. 우선 리체 너, 깨어나면서부터 그랬던 거야? 아니면 괜찮다가 갑자기?"

리체는 물론 대꾸하지 않았다. 고개를 끄덕일 수도, 가로 저을 수도 없는 질문이었으니 말이다. 막시민도 즉시 깨닫고 자기 머리를 툭 쳤다.

"이렇게 물어서야 대꾸가 안 되겠지. 다시 묻자. 깨어나면서부터 말을 못한 거냐?"

"……."

여전히 대꾸가 없었다. 막시민은 눈을 깜빡이며 리체를 봤고, 둘의 눈이 마주치자 리체는 답답한 표정을 지었다.

조슈아가 말했다.

"'예'나 '아니오'로 대답할 수 없을 수도 있잖아. '아마도'라든가, '잘 모르겠어' 같은 것도 있으니까."

"정말 상상력 동원하게 만드는군."

막시민은 투덜댔지만, 상황의 심각성을 몰라서 그러는 건 아니었다.

"종이나 펜이 있으면 편할 텐데."

마일스톤이 그렇게 말하지 않아도 이미 온 집을 뒤집어 가며 한바탕 찾아본 처지였다. 물론 둘 다 발견되었지만 잉크는 그동안 딱딱하게 말라붙어 쓸 수가 없었다. 집주인 밀짚모자 약사는 잉크병조차 열어놓고 나간 모양이었다.

"다른 집에서 좀 찾아보지."

마일스톤이 밖으로 나갔다. 막시민은 한숨을 쉬며 머리를 긁적이다가 조슈아를 보았다.

"그래, 널 좀 써먹자."

조슈아는 어리둥절한 표정을 지었다.

"날?"

"손 줘봐."

막시민은 조슈아의 손을 끌어다가 리체의 손에 쥐어 주었다.

"손바닥에다가 써. 처음엔 또박또박. 하지만 조금 있으면 저 자식이 순식간에 이해하기 시작할 테니 쉬울 거야."

다른 수가 없었다. 띄어쓰기는 밑줄 한 줄로 약속한 다음, 리체가 조슈아의 왼손 손바닥을 잡고 글자를 써나가기 시작했다. 그러자 조슈아도 즉시 키득대기 시작했다.

"간지럽잖아!"

"좀 참아."

그래도 결국 한 문장을 다 쓸 수는 있었다. 조슈아는 정리하느라 허공을 쳐다보고 있다가 말로 옮겨 주었다.

"사람을 쪄 죽이려고 그렇게 이불을 덮어 놨니?"

막시민은 어안이 벙벙해졌다가 곧 소리쳤다.

"누가 지금 그런 얘기나 하래!"

즉시 리체는 조슈아의 손바닥에 다시 썼다. 조슈아가 말했다.

"내가 너희하고 꼭 같은 주제에 심취할 이유라도 있니?"

"그럼 넌 이 상황이 어찌되든 상관없냐? 다들 네 걱정 하느라 이러는 거 몰라?"

가뜩이나 의사소통이 느린 판에 이런 식으로 다툼이 되어버리면 제대로 얘기를 나눌 수 있을 리 없었다. 잠시 후 조슈아는 리체가 새로 써 준 문장을 이해하고 있다가 웃음을 참느라 얼굴이 하얘졌다.

"리체 말이 우리가 이불을 하도 덮어놔서 열병에 걸려 목소리가 막힌 게 틀림없다고 하는데."

막시민이 리체의 얼굴을 흘끔 보니 농담하는 표정은 아니었다. 막시민은 최대한 심각하게 고려해보려는 듯 미간을 짚으며 코에 주름을 잡았다.

"음, 그러니까 열병에 걸려서 벙어리가 됐다는 말의 신빙성은 그렇다 치고, 열병이 너무 더우면 걸리는 건가… 그것도 넘어가고, 그 더위가 이불을 많이 덮어서 올 수도 있다는……."

누가 들어도 엄청난 비약이었으므로 깊게 생각할 가치는 없어 보였다. 그런데 막시민이 갑자기 미간에서 손을 떼더니 말했다.

"그래, 그럴 수도 있겠구나."

"그럴 수도 있다니?"

막시민은 조슈아의 반문을 듣는 둥 마는 둥 하며 고개를 끄덕거리다가 저었다가 했다. 혼자 자문자답을 해보는 모양이었다. 리체는 다시 하고 싶은 말이 있는 듯했지만, 조슈아가 고개를 저으며 잠시 기다리자는 눈짓을 보냈다.

막시민이 입을 열었다.

"열병 얘긴데……."

조슈아는 손을 빼서 리체의 이마를 가볍게 짚었다.

"열은 전혀 없어."

"그래. 열이 없으니 열병은 아니지. 그런데 열병도 종류가 아주 많은데 말이야. 우리 시골에서 열병에 걸려서 벙어리가 된 녀석이 실제로 있었어. 그런데, 열이 내린 후에도 목소리가 돌아오지 않더라고."

조슈아는 당황한 듯 눈을 크게 떴다. 막시민이 말했다.

"조슈아, 우리 동네에서 의사 노릇을 하던 수도사 양반 기억 나냐?"

조슈아가 기억하지 못할 리 없었다. 막시민이 개에게 다리를 물렸을 때 응급 처치를 해줬던 사람인 것이다.

조슈아가 대답하기도 전에 막시민이 말했다.

"하긴 네가 뭘 기억하지 못할 순 없는 거지. 어쨌든 그 수도사가 그 녀석도 돌봐줬는데 그 사람이 얘기하길 그 녀석 귀신이 들렸다는 거야. 원인도 모르고 고칠 수도 없는 병이라 그냥 그렇게 말했다고 생각하려고 해도……."

막시민은 '귀신 들렸다'는 말이 조슈아에게 어떻게 들릴지 살피려는 듯 시선을 보냈다.

"그 양반은 수도사였다고. 그 수도원은 '신'을 모시는 곳이란 말이야. 신이란 건… 귀신하고는 다르겠지만 어쨌든 눈에 보이지 않는데 힘을 행사하는 존재가 아니겠냐? 그런 걸 모시는 사람이 꺼낸 이야기인지라, 실력이 모자라서 하는 변명만은 아닐 지도 모른다고 생각하거든. 물론 난 그때만 해도 내가 귀신과 얘기해보게 될 줄은 꿈에도 몰랐기 때문에 그 말을 믿을 수가 없었어. 그래서 그 귀신이란 건 어디서 오는 거고, 어떻게 사람에게 들어올 수 있느냐고 꼬치꼬치 물어댔지. 그랬더니……."

막시민은 주위를 한 번 휘둘러봤다.

"조슈아, 켈스 이곳에 없지? 다른 귀신인지 유령인지 하는 놈들도?"

조슈아는 고개를 저었다.

"없어."

"그래. 난 이게 켈스하고도 연관이 있다고 생각되거든. 켈스가 말하길 너와 교감을 유지하면 아주 먼 곳에도 다녀올 수 있다고 했지 않냐? 그리고 그는 옛날에 그 뭐라는… 그래, '약속의 사람들'의 소원을 지금도 이루려고 노력하고 있는데, 뭔지 말해줄 수는 없다고 했어. 게다가 그는 요새 말이지, 거의 나타나지 않는 것 같단 말이야. 예전에도 종종 이랬냐?"

조슈아는 고개를 저었다.

"아니. 요즘처럼 오래 찾아오지 않는 일은 없었어."

"정말로 오지 않았단 말이지? 칼라이소에 있는 동안 한 번도?"

조슈아는 눈을 내리깔며 답했다.

"한 번도."

"그럼 그가 그 소원인가 뭔가를 위해 어딘가에 갔다고 생각할 수도 있겠지? 그리고 거긴 아주 먼 곳일 것만 같고……."

막시민은 기분이 안 좋아지는지 뺨을 문질렀다.

"그때 수도사 양반이 말하길 대륙 전체에서 가장 많은 유령이 있는 곳, 그리고 수많은 유령들이 여전히 몰려드는 곳이 있다고 했어. 마치 쥬스피앙 마법사네 집처럼. 하지만 거기보다 더욱 강한 에너지인지 힘인지 하는 게 흐르는 곳 말이야."

"거기가 어딘데?"

"필멸의 땅(Mortal Land)."

조슈아는 잠시 굳어졌다가 대답했다.

"그런 이야기는 나도 들어본 일이 있어. 거기에 유령들이 들끓는다는 이야기 말이야. 하지만 다 미친 유령이라던데? 다시 말해 켈스처럼 또렷한 정신은 갖고 있지 않은……."

"수도사 양반 얘기는 미친 유령도 미치지 않은 유령도 모두 필멸의 땅을

좋아한다는 거야. 그래서 수많은 유령인지 귀신인지 하는 것들은 그곳으로 몰려가고, 또 그곳에서 나온다는군. 좋아하는 이유는 모른다고 했지만… 지난번에 켈스가 유령들이 에너지에 부딪히고 싶어하기 때문이라고 했잖아? 하지만 그뿐이 아닐지도 모르지. 난 켈스가 네게 모든 걸 설명한다고는 생각하지 않으니 말이야. 게다가 조슈아, 네가 전에 극장 화재로 의식을 잃었을 때 의사를 불렀는데 말이야, 그 의사 말도 똑같았어. 너한테 귀신이 들린 것 같다고 했지. 그땐 의사가 진단을 똑바로 내리지 못하다보니 말을 돌리는 거라고 여겼지만, 지금 생각해 보면 헛소리만도 아니었던 것 같거든?"

그때 문가에서 마일스톤의 목소리가 들렸다.

"그러니까 자네 말은 아가씨가 아파서 의식이 없는 사이에 필멸의 땅에서 온 유령 중 하나가 아가씨의 목소리를 삼켜버렸다 이건가? 게다가 전부터 켈스라는 유령이 조슈아 군의 주위를 맴돌고 있었으니 그럴 가능성은 충분하다는 거고?"

필기구를 찾으러 간 그가 충분히 돌아올 시간이 되었지만, 돌아와 있다는 것은 아무도 몰랐다. 막시민은 조금 당황했다. 그들은 마일스톤에게 조슈아의 성을 제외하고는 각자 본명을 말해주었지만, 조슈아가 유령을 본다던가 하는 말하기 힘든 문제에 대해서는 설명하지 않았다.

막시민은 당황한 기색을 얼른 접고 대답했다.

"뜻밖의 이야기들을 듣게 됐을지도 모르지만, 놀랄까봐 말하지 않은 것뿐이니까 이해하라고. 자세한 설명은 지금 이야기가 끝난 다음에 하도록 하지. 한 가지만 먼저 말하자면 켈스는 매우 우호적인 자야. 그 자의 태도도 거짓말을 한다기보다는 진실을 덜 말하는 정도지."

막시민은 조슈아를 돌아봤다.

"하지만 내 기본적인 생각은 마일스톤이 말한 대로야. 켈스는 우리가 칼라이소에서 지내는 동안 한 번도 나타나지 않았잖냐. 그는 어디로 간 걸까? 그때 그 수도사는 유령들의 힘의 원천이 필멸의 땅에 있는 걸지도 모른다고 했지. 그리고 귀신들렸다고 하는 병들은 모두 필멸의 땅에서 온 것이라고도 했어."

조슈아는 고개를 홰홰 저었다.

"하지만 켈스는 나를 만나기 전에는 성에 지박된 존재였어. 그러니 그동안에는 필멸의 땅에는 한 번도 가본 일이 없을 거란 말이야. 그가 굳이 다시거길 찾아가야 할 이유가 있을까?"

"있을 수도 있고, 없을 수도 있겠지. 하지만 그는 너와 함께 있으면 성을 떠나 멀리 갈 수 있기 때문에 네게 붙었다고 했잖냐? 그러니 불러서 물어보자고. 지금 당장. 그는 어디에 있든 너의 부름을 들을 수 있다면서?"

조슈아는 잠시 대꾸하지 못하다가 나지막이 말했다.

"최근엔 불러도… 오지 않았어."

"네 생각엔 왜 안 오는 것 같냐?"

"……."

조슈아는 쉽사리 대답하지 못했다. 조슈아가 켈스와 함께 지낸 몇 년 동안 이런 일은 한 번도 없었던 것이다. 막시민은 한숨을 쉬더니 비스듬히 앉았던 자세를 바로 했다.

"조슈아, 물론 나도 켈스가 리체를 저렇게 만들었다고 생각하진 않아. 그럴 이유가 없으니까. 리체는 우연히 말려든 것뿐 너의 문제와 직접적 연관이 없는 애잖냐. 그러니 널 어떻게 하고 싶다고 해서 리체한테 손을 댈 일은 아니지. 하지만 어떤 의사가 온다 해도 지금 리체의 상태를 설명할 수는 없

을 거다. 고향의 수도사나 블루 코럴에서 널 살펴봤던 의사의 말을 헛소리로 넘길 수도 있겠지만, 켈스도 말했지. 지난번에 배에서 말이야. '약속의 사람들'이란 자들은 네게 적대적이고, 그들이 나나 리체를 노릴 수도 있다고 말이야. 비록 모든 '약속의 사람들'이 그런 것은 아니더라도.”

침묵이 흘렀다. 이윽고 조슈아가 눈을 내리깔았다가 바로 뜨며 말했다.

“좋아. 직접 불러서 물어보지.”

“켈스를? 그는 불러도 오지 않는다면서?”

“켈스만 부를 수 있는 건 아니야.”

“그게 무슨 소리야? 그 말은…….”

조슈아는 더 설명하려 하지 않았다. 눈을 감았다가, 조금 후 다시 떴다. 어차피 조슈아 외엔 누구의 눈에도 보이지 않는 존재이기에, 어떤 일이 일어났는지 알 수 없었다. 그럼에도 불구하고 세 사람은 당혹한 표정으로 사방을 살폈다.

조슈아가 입을 열었을 때, 그의 어조는 켈스니티를 대하던 때와 확연히 달랐다.

“몇 가지 물어보려고 불렀어. 지금 그 자리에 앉아. 다른 사람들이 놀라니까 일어나서 움직이지 말고. 그리고 다른 사람들에게도 들리도록 말해.”

「우릴 다시 부를 땐 켈스니티가 있을 거라고 하지 않았나.」

리체는 목소리를 내지 못한다는 것도 잊고 손으로 자기 입을 막았다. 마일스톤도 움찔하며 문 밖으로 물러나려 했다. 막시민만이 그나마 버티고 있었지만 그의 얼굴에도 긴장한 기색이 역력했다.

이 자의 목소리는 켈스니티와 달랐다. 부드러운 기색은 전혀 없었다. 평소 유령의 목소리가 이러리라고 기대했던 그대로, 아니 기대했던 것보다 백 배나 음산한 쇳소리였다.

조슈아만은 꿈쩍도 하지 않았다.

"때는 내가 정하는 거야. 내게 불평할 생각은 하지 마. 자, 묻겠어. 너희는 필멸의 땅에 드나드나?"

「그곳은 모든 유령들의 안식처 같은 곳이지. 히히히히히…….」

칼날을 맞대고 비비는 것처럼 날카로운 웃음소리가 귓속을 찌르르 울렸다. 모두의 어깨가 저도 모르게 올라갔다. 조슈아가 눈썹을 치올렸다.

"네 웃음소리 듣기 싫어."

「알았어. 웃지 않도록 하지.」

고분고분한 대답인데도 마치 살의를 품은 것처럼 들렸다. 켈스가 얼마나 얌전한 유령이었는지 그제야 알 듯했다. 이 유령은 목소리를 들어도 기분을 전혀 알아낼 수 없었다. 오직 불쾌함과 분노만이 느껴졌다.

막시민이 입가를 실룩이다가 물었다.

"조슈아, 너 제대로 다룰 수 있는 유령을 부른 게 맞냐?"

"내가 다룰 수 없는 유령은 없어."

막시민은 '내가 저 말을 믿어도 되는 거냐'고 말하듯 리체와 마일스톤을 향해 어깨를 올렸다 내려보였다. 나머지 둘도 같은 생각이었다. 그들은 이

상황을 견디기가 무척 힘들었다. 무엇보다도 방 전체에 한기가 돌았다. 그런데 조슈아는 정말 아무렇지도 않을까?

"그 다음. 필멸의 땅에 드나드는 너희들은 인간에게 해를 끼치는 병을 가져오는 건가? 또는 너희 자체가 인간을 그렇게 만들 수 있는 건가? 내 친구는 어제 의식을 잃었다가 깨어난 후로 목소리를 잃어버렸어. 그런 일이 유령과 관계가 있는 건가?"

「관계가 있고말고.」

처음으로 목소리 말고 쓰으윽, 하는 옷자락 소리 같은 것이 들렸다. 그것조차도 날카로웠다.

「유령은 여러 가지 힘을 갖고 있어. 인간은 버틸 수가 없다. 우리가 인간의 어깨에 타고 앉으면, 그 인간은 어깨가 무겁고 아프다가, 허리가 굽고 꼽추가 되어버린다.」

"……."

리체가 말은 할 수 없다 해도 이 순간 느낄 감정은 분명했다. 누구도 감히 위로할 수 없었다.

"자, 그러면 리체의 목소리는? 어떻게 된 거야? 설마 너희들의 짓이냐? 솔직하게 말하지 않으면 어떻게 되는지는 알고 있겠지?"

「솔직하게 말하지 않으면 어떻게 되는지는 아주 잘 알고 있지. 데모닉 도

련님.」

조슈아는 한쪽 눈썹을 올리더니 바로 내뱉었다.
"그 따위로 부르지 말라고 했을 텐데."

「흐흐흐…. 알았어. 우리의 공작이여. 난 너의 지배를 받는 종에 불과하니까.」

"웃지 말라고 했으면 웃지 마. 내 말이 말 같이 들리지 않아?"
조슈아는 갑자기 몸을 일으켰다. 그가 한 손 손가락을 내뻗는가 싶더니, 맞은편 벽에 몸을 기댔던 마일스톤이 흠칫 놀라며 물러섰다. 그는 자기 이마를 짚으며 말했다.
"벽이… 울렸어."
유령의 목소리는 한동안 들리지 않았다. 조슈아는 고개를 돌리지 않고 여전히 벽을 응시하며 말했다.
"놀라게 해서 미안해요, 마일스톤."
무슨 일이 일어난 것인지 아무도 알 수 없었다. 한참 뒤 유령의 목소리가 다시 들렸다.

「용서하라, 공작이여…….」

"용서는 한 번이면 족하지."
조슈아는 다시 자리에 앉았다. 그러더니 검지를 세워 든 채로 말했다.

"아까 한 질문에 대답해라."

「아가씨의 목소리는 우리가 한 짓이 아니다. 다른 유령이 한 짓도 아니다. 나는 정확히 모른다. 그러나 짐작할 수 있는 단서는 있다.」

이번에는 확실히 아까보다 풀이 죽은 목소리였다. 조슈아가 물었다.
"그 단서가 뭐지?"

「너의 뒤를 쫓는 자이다. 그 자의 손이다.」

샐러리맨을 가리키는 말이었다. 막시민도 리체도 이해할 수 없어 눈을 크게 떴다. 샐러리맨은 리체의 팔을 부러뜨렸을 뿐이었다. 팔이 부러져서 벙어리가 되는 일은 절대 있을 수 없었다.
"잘 이해가 되지 않는데. 그 자는 팔을 부러뜨렸어. 팔이라고."

「하지만 그는 처음에 목을 부러뜨리려 했다. 그의 손이 아가씨의 목에 닿았다. 그 자의 손이 닿고서 부러지지 않은 목은 아가씨가 처음이다. 그 자의 손은 본질적으로 사람의 목을 부러뜨리는 손이다. 그렇게 만들어졌다. 보통의 손이 아니다.」

침묵이 흘렀다. 모두 같은 것을 떠올리고 있을 게 뻔했다. 오랫동안 쫓겼던 세 사람은 물론이고 마일스톤도 먼발치에서 샐러리맨의 손을 보았었다. 그의 손은 인간의 것이라 할 수 없을 정도로 컸다. 그 자는 단지 손을 단련

했다고 말했지만, 단련을 한다고 그렇게 커질 수가 있을까?

그 점을 깊이 생각해 본 일은 한 번도 없었다.

"그 자의 손에 어떤 힘이 깃들어 있는 거지?"

「모른다. 그러나…….」

유령은 무언가 생각하는 듯 지체했다. 조슈아도 이번엔 다그치지 않았다.

「이미 말했지만, 지난번에 부둣가에서 공작의 몸을 지배한 것은 '약속의 사람들'만이 아니다. 우리만이었다면 공작이 기억하지 못할 정도로 지배하는 일은 할 수가 없다. 훨씬 더 많은 유령들이 달라붙었던 것이 분명한데, 그들의 정체를 하나하나 알 순 없었다. 너무 숫자가 많았다. 아마 그 항구에서 전부터 떠돌고 있던 유령들이었을 것이다. 그들 중에는 강한 힘을 가진 자들도, 마법을 가진 자들도, 지식을 가진 자들도 있었다. 그들 모두가 공작의 부름을 듣고 몰려들었던 거다.」

막시민과 리체는 처음 듣는 말이었지만, 조슈아는 이미 아는 사실인 듯했다. 처음에 배에서 깨어났던 조슈아는 부둣가에서 자신에게 일어난 일을 알지 못했다. 물론 조슈아라면 그 후 언제라도 지금처럼 유령을 불러 대화를 나눌 수 있었을 것이다.

막시민이 나지막이 말했다.

"조슈아 너, 네가 다룰 수 없는 유령은 없다면서?"

조슈아는 뜻밖으로 피식 웃었다.

"글쎄, 정원 초과였나 보네."

그러나 두려워하는 기색은 없었다. 막시민이 보기엔 정체불명의 자신감이었지만, 어쨌든 그랬다.

「그때 그 유령들 중 하나가 공작의 입을 빌어 말을 했다. 그 자, 커다란 손을 가진 자에게. 그 손은… 가나폴리에서 생긴 것이지, 라고 말했다.」

"가나폴리라면, 필멸의 땅에 있었다던 위대한 마법 왕국이 아닌가?"

마일스톤의 목소리였다. 그는 이 이야기에 흥미를 느끼기 시작한 듯 상체를 앞으로 내밀고 있었다.

"그렇다면, 그 자의 손은 가나폴리에서 온 힘으로 만든 것이고, 그 손이 닿았던 리체 양에게 영향을 끼친 것도 가나폴리의 힘이란 말인가? 그 모든 것은 마법인가?"

마일스톤은 샐러리맨을 그때 한 번 보았을 뿐이었다. 그러나 몇 번이나 만나고 심지어 마주보고 대화를 나누기까지 했던 세 사람은 마일스톤처럼 쉽게 납득하지 못했다. 샐러리맨의 괴이한 손이 과거에 사라져 폐허만 남은 마법 왕국과 관련이 있다니, 도대체 어떤 식으로? 샐러리맨은 인간이 아니란 말인가?

잠시 후, 조슈아가 가라앉은 목소리로 말했다.

"그 말의 진위는 어찌 됐든 좋아. 내가 가장 알고 싶은 건, 리체의 목소리를 원상태로 돌려놓을 방법이 있는가야."

「있을지도 모른다. 그 자라면… 알지도 모른다.」

"누굴 말하는 거지?"

「코르네드.」

다른 사람은 잊었을지 몰라도 조슈아는 그 이름을 뚜렷이 기억하고 있었다. 조슈아는 미소를 떠올렸다.

"코르네드라면 켈스니티가 조심하라고 했던 마법사, 아니 마법사의 유령이었지. 그래, 이 일이 가나폴리에서 왔다는 힘과 관계가 있다면 마법사에게 묻는 게 빠를 수는 있겠지. 그 자도 마법사다 이건가? 하지만 이게 마법사를 부르기만 하면 해결할 수 있는 문제인가?"

「코르네드는 단순한 마법사가 아니다. 그 자의 마법은 가나폴리의 마법과 매우 가깝다. 이 대륙의 모든 마법은 가나폴리에서 나온 것이지만, 세월이 흘러 변질되었지. 하지만 아노마라드가 건국되던 당시에 생존했던 코르네드는, 이 세상 어느 마법사보다도 가나폴리와 가깝다. 공작이 그 시절의 마법사에게 힘을 빌리고 싶다면 코르네드가 유일한 대안일 것이다.」

"그래서, 만나면?"

「코르네드라면, 자신이 그 마법의 기운을 씻어낼 수 있는지 아닌지 분명히 알 것이다. 그를 불러라, 공작이여. 그도 내가 그렇듯 너에게 복종할 수밖에 없을 것이다.」

"그건 내가 결정할 문제지. 됐어. 그만 돌아가."

다른 세 사람은 유령이 어느 순간 사라졌는지 알지 못했다. 조슈아가 돌아보고 미소를 지었지만, 왠지 간담이 서늘해지는 미소였다.

막시민이 가장 먼저 입을 열었다.

"너, 그런 식으로 유령을 막 대해도 되는 거냐? 언제부터 그랬던 거지? 켈스니티가 지난번에 경고할 때만 해도… 넌 유령들에 대해 정확히 알지 못했는데?"

"지금이라고 다 알진 못해."

"다 알지도 못하면서 그놈들을 하인 부리듯 다뤄서 원한을 사면 좋은 일이 있냐? 켈스의 경고를 잊었어?"

"원한은 말이야, 이미 샀다고."

조슈아는 이마를 감싸 쥐며 고개를 숙였다. 아주 잠깐의 휴식이었다. 그리고 고개를 들어 말했다.

"먼저 내가 그렇게 대하는 자들은 '약속의 사람들' 중 일부만이라는 걸 말해 둘게. 그들이 내게 그렇게 해 달라고 했어. 자신들을 친절하게 대하지 말고 적대적으로 여겨 달라고, 그렇게 말했어. 그들은 내게 아주 약간의 호감도 품고 싶지 않대. 그렇기 때문에 내가 잘 대해 주는 것은 참을 수가 없다는 거야. 이보다 더 잔인하게 대해 달라고 했지만, 난… 이 이상으로 잘할 수가 없었어."

"그렇게 해 달라고 한다고, 해 준단 말이냐? 좋은 의도로 하는 소리가 아닌 건 뻔한 노릇이잖냐! 넌……."

"하지만, 내가 이제 와서 저들을 어떻게 대하든 변치 않아. 나 개인이 어떤 사람이든 저들에게는 아무 의미도 없어. 나는 배신자의 자손일 뿐이지.

아르님의 이름을 타고난 데모닉이지. 내가 상냥하게 대하든, 무릎 꿇고 빌든, 수백 년 쌓인 원한이 한순간에 없어지는 일은 없어. 그들은 내게서 초대 공작의 그림자를 볼 뿐이야. 난 그림자라고. 단지 그뿐이야."

막시민은 대답하려던 말을 삼킨 채 조슈아를 쏘아보고 있었다. 그러더니 천천히 숨을 고르며 목소리를 낮추었다.

"그래. 조금 전 그 자는 널 공작이라고 불렀어. 어째서냐? 넌 아직 공작이 아닐 텐데."

조슈아의 목소리도 낮아져 있었다.

"저들에게 내 아버지는 공작이 아니라고 하더군. 적어도 저들을 지배하는 공작은 아니야. 저들에겐 데모닉만이 아르님 공작인 거지. 왜냐하면… 데모닉만이 저토록 오래되고 집요한 혼들을 지배할 수 있기 때문에."

"지배한다고?"

막시민의 목소리에는 의혹 외에 다른 감정도 섞여 있었다. 그는 이 상황의 뒷면에 해당하는 진실을 유추하려 했다. 유추하면서… 이미 나쁜 결과를 예측하는 마음 말이다.

"지배. 그들을 부르고, 물러가게 하고, 답을 요구하고, 벌을 줄 수 있는 지배."

"어째서 너한테 그런 일이 가능하지?"

"언제부턴가 내가 마음만 먹으면 그들을, 과거 그랬던 것처럼 비취반지 성에 도로 묶어놓아 버릴 수도 있다는 걸 알게 됐어."

모두 말문이 막혔다. 상상도 하지 못했던 이야기였다.

"그들은 결단코 그걸 원치 않지. 얼마나 긴 세월이 흘러 얻은 자유인데 내놓고 싶겠어? 그것뿐만은 아닐지 모르겠지만, 그것만으로도 내 앞에 무

를을 끓을 이유가 충분히 되는 거야. 이런 상황에서 내가 무얼 할 수 있을까? 조상의 잘못을 용서해달라고 애걸하는 어린 자손의 역할? 지금부터라도 친해져보자고 미소를 띠고 다가가는 새 동료? 아니야. 안 돼. 애정이 한 조각도 없기 때문에 결국 지배밖에 남지 않아. 나는 그들의 공작이고, 그들에게 명령해. 그들과 나 사이에 가능한 건 오직 그것뿐이었어."

"그 말은 조슈아, 너… 언제부터 저들과 이야기하고 있었던 거냐."

예전에 켈스니티가 조슈아에게 경고한 후로 조슈아가 다른 사람들 앞에서 '약속의 사람들' 이야기를 꺼낸 일은 없었다. 유령들이 다시 나타나지 않고 잠잠하게 지내는 까닭은 몰랐지만 조슈아가 그들과 대화를 나누고, 심지어 그들을 지배하게 되었으리란 것은 상상조차 못했다. 이것은 하루 이틀 사이에 일어날 수 있는 일이 아니었다.

조슈아가 막시민이나 리체와 오래 떨어져 지낸 때는 칼라이소에서 공연을 준비하던 시기밖에 없었다. 그때는 조슈아 혼자 해내야 하는 일이 너무 많았다. 몸이 세 개라 해도 부족할 정도로 바빴기 때문에 이런 일이 일어나고 있으리라는 생각은 아무도 하지 못했다. 그 시기 동안, 막시민조차도 조슈아와 별다른 이야기를 나누지 못했던 것이다. 샐러리맨이 흰옷을 보내왔던 그 날 밤 외에는.

"조금… 됐어. 칼라이소에서 공연 준비하던 때부터."

"왜 그런 짓을 한 거지?"

"나도 잘 모르겠어. 어쩌면 켈스가 오지 않게 되면서… 무어라 설명하기 힘든 부족함이랄까, 그런 것이 있었어. 누군가가 곁에 있어야 될 것만 같은… 그런 생각이 들었어."

"넌, 너 자신으로 충분하지 않은 거냐? 곁에 유령이 있어야만 너 자신이야? 게다가 왜 말하지 않았지?"

"내가 저들을 지배할 방법을 찾아내기 전까진… 말할 수가 없었어."

막시민은 평소처럼 소리를 지르지 않았다. 걱정이 너무 앞서서 화를 내야 한다는 생각조차 떠오르지 않는 듯했다.

"저들은 일찍부터 내게 말을 걸어왔어. 쥬스피앙 마법사의 집에서 떠나던 그때, 그 강령 사건 이후로 몇 번이나. 처음에는 켈스니티가 한 말을 생각해서 무시했었지. 하지만 귀를 막는다고 들리지 않는 것도 아니니까. 내가 무엇을 하고 있든 자연스럽게 목소리가 귓가를 파고드는 거야. 그리고 그들은 내가 알고 싶은 이야기의 실마리를 꺼내며 들으라고, 들어보라고 집요하게 따라다녔어. 난 이들이 내 주위를 맴도는 건, 내게 얻고 싶은 게 있어서일 거라고 생각했지."

"얻고 싶은 건 영매인 너의 몸일 게 뻔하지 않냐?"

"아니. 그건 안 돼. 내가 허락하지 않으면 결코 들어오지 못하거든. 일단 들어온 후에는 버티며 나가지 않으려 할지도 모르지만……."

평이한 어조로 하기엔 섬뜩한 이야기였다. 리체는 저도 모르게 몸을 움츠렸다.

"그러면 그들이 원하는 게 뭔데?"

"확실하진 않지만… 내 예상으로는 내가 그들의 소원을 들어주길 바라는 것 같아."

"네가 뭔데 그들의 소원을 들어줘?"

"막군, 생각해 봐. 유령은 갈망을 이루지 못한 자들이 죽어서도 이 땅을 떠나지 못한 상태지. 당연히 소원이 있을 수밖에 없어. 그리고 그 소원을 이루면 아마도… 그들은 유령 상태에서 벗어나 쉴 수 있게 되겠지. 하지만 그

소원이 뭘까?"

그때 리체가 조슈아의 손을 끌어당겼다. 그리고 손가락으로 썼다.

켈스니티와 같은 소원?

조슈아는 잠시 멍하니 있었다. 그러더니 고개를 끄덕거리다가, 다시 저었다.

"아니, 그래. 맞을지도 모르지만, 아닐지도 몰라. 켈스니티도⋯ 소원이 남았으니 유령이 된 거지. 그걸 이루기 위해 지금도 노력하고 있다고 말했어. 하지만 같은 소원이라면 왜 그들은 협력하지 않지? 내가 보기에 켈스와 그들은 뜻이 달라."

리체는 다시 썼다.

하지만 켈스니티는 그들과 같은 때, 같은 장소에서 죽어서 똑같이 그곳에 붙잡혀 있었어. 비취반지 성에.

막시민이 중얼거렸다.

"둘이 무슨 얘기를 하는 거야? 켈스니티와 그들이 한패인지 아닌지 연구하는 거야? 내 생각을 말하자면, 한패가 아니라면 한패가 아닌 체 숨길 필요가 있을까? 만일 다들 한패거리고 처음부터 너를 속일 작정이었다면 말이야, 모두가 켈스처럼 사탕발림을 하고 나타나면 되는데 왜 이렇게 표면적인 반목을 보여서 널 헷갈리게 하겠냐? 너도 처음부터 그 '약속의 사람들'이 켈스처럼 친절했더라면 지금처럼 의심했겠냐? 그쪽이나 저쪽이나 조상의 옛 친구라고 생각했을 거고, 그들의 소원이 있다면 웬만큼 어려운 게 아닌 한 들어줘야겠다, 뭐 그렇게 생각하지 않았겠느냐 말이야. 그게 아닌 걸 보면 그들은 진짜로 반목하고 있고, 그 소원이란 건 분명 오지게 어려운 일일 거라고. 게다가 다들 입 꾹 다물고 있는 한 켈스와 소원이 같은지 아닌지 알 수 있는 방법도 없고. 아예 그 놈들에게 물어보지 그래? 너희 소원이 뭐냐고 말이야."

"물어봤지만… 아직은 말할 때가 아니라더군."

"거 봐. 그러니 그건 엄청나게 어렵거나… 아니면 너한테 해가 되는 일이 틀림없을걸?"

막시민이 툭 던지듯 한 말은 핵심이기도 했다. 소원을 들어주길 바라면서 소원의 내용을 말하지 못하는 이유는, 당연히 조슈아가 들어주지 않을 것 같기 때문일 터였다. 조슈아가 미리 알지 못해야만 들어줄 수 있는 기묘한 소원 따위가 존재하지 않는다면 말이다.

"그래서… 이들이 원하는 게 있는 한 귀를 막고 무시한다고 해서 내 곁을 떠나진 않으리라고 생각했어. 그렇다면 그들을 다룰 방법을 찾는 것이 급선무였지. '약속의 사람들'은 한 명의 지휘자를 따르는 게 아니라 각자 생각이 달랐기 때문에, 여러 명과 번갈아 대화하다가 결국 약점을 잡을 수가 있었어. 그게 아까 말한 대로 '다시 지박시킬 수 있다'는 점이었고. 그건 켈스니티에게도 똑같이 적용된다더군."

"도대체 너한테 그런 능력이 있는 이유가 뭐야? 네가 그들을 성에 묶어 놓은 것도 아니잖아?"

"그들은 옛날에 이카본과 약속을 했었지. 그래서 '약속의 사람들'이지. 그런데 그 약속을 할 때 맹세를 관장하는 마법을 사용했던 모양이야. 맹세

를 하면서 그 마법을 걸면, 맹세를 지키지 못한 자는 미리 약속한 배신의 대가를 받게 되는 거지. 물론 이카본은 그들의 그 뭔지 모를 소원을 들어주겠다고 약속한 것이고, '약속의 사람들'은 그 대가로 충성을 바치기로 했던 거야. 그런데 그 맹세의 문구에 허점이 있었거든. 이카본이 의도한 것인지는 모르겠지만……."

이카본은 조슈아의 조상이었지만, 조슈아는 그에게 별다른 애착을 느끼는 것 같지 않았다.

"이카본은 개인이 아니라 아르님 가문의 데모닉이라는 이름으로 약속을 했던 거야. 그래서 이카본은 약속을 지키지 못했는데도 배신의 대가인 '반(半)죽음의 저주'를 받지 않았어. 왜냐하면 언젠가 아르님 가문에서 태어난 어느 데모닉이 약속을 지키기만 하면 되니까. 이카본이 죽었어도, 아르님 가문에 자손이 한 명도 남지 않아 데모닉이 태어날 가능성이 없어지지 않는 한 맹세는 깨어지지 않는 거지. 따라서 '약속의 사람들' 역시 그들이 공작으로 고른 아르님 가문의 데모닉에게 충성하고 자유를 맡긴다는 의무를 여전히 지켜야만 해. 만일 의무를 거부하면 그들은 저주를 피할 수 없게 되지. 그렇기 때문에 그들은 날 거스르지 못하는 거고."

막시민은 괴상하게 이마를 찡그렸다.

"그 '반죽음의 저주'란 건 뭐냐?"

"간단히 말해 되살아난 시체, 즉 좀비(zombie)가 되는 거야. 물론 의식이 없는 괴물이지. 그런데 그들은 이미 시체가 썩어 없어졌으니 지금의 온전한 의식을 잃고 미쳐버린다고 해. 필멸의 땅에 있다는 그 유령들처럼……."

막시민은 입맛을 다시다가 내뱉었다.

"네 조상이란 공작은 보통 교활한 게 아니구만."

조슈아는 미묘한 미소로 답했다.

"그렇다고 해도 할 말은 없겠지."

잠시 조용해졌다. 너무 엄청난 이야기가 연이어 나오는 바람에 어디까지 받아들여야 할지 다들 감을 잡기가 힘들었다. 그러나 그걸 결정하기도 전에 조슈아가 말했다.

"그래서, 코르네드를 부르려고 해. 리체의 목소리를 되찾아야 하니까."

"부른 다음에는? 상담이라도 받는 거냐? 그걸로 충분한 거야?"

"그렇진 않지."

조슈아는 다시 한 번 미묘한 미소를 지었다.

"그를 강령할 거야."

4. 작별 인사

" 밤에는 오늘에게 인사해.

오늘은 인사를 듣고 싶어해.

그 밤이 시작될 즈음 떠나서

다시는 못 만날 운명이거든.

심지어 잊혀질 운명이야.

그러니 다정하게 인사해 줘.

네가 인사를 하면

오늘은 네 손을 잡고 울어버릴 거야.

그럴 땐 그냥 다독여 줘.

영원히 기억하겠다는 맹세는 하지 마.

오늘도 알고 있어.

네 맹세가 거짓말이라는 것을.

너에겐 사랑하는 내일밖에 없지…… "

몇 시인지 알 수 없는 밤이었다. 짐작컨대 3시쯤 되었을 것 같았다. 아직 날이 밝을 기색은 없었다.

막시민이 고친, 아니 대충 걸쳐놓은 창이 삐딱하게 열려 있었으므로 별뿐인 하늘이 잘 보였다. 리체가 누운 침대 머리맡에서 아주 잘 보이는 창이었다. 아마 이 집 주인인 밀짚모자 약사도 이걸 기대하며 침대와 창 위치를 잡았을 것 같았다.

처음에는 그럴 생각이 없었다. 일어날 수 있으리란 기대도 안 했으니까. 그런데 다치고 나서 오랫동안 잤던 탓인지 한 번 깨자 잠이 오지 않았다. 그렇게 깨어 검게 갠 밤하늘을 바라보다 보니 몸이 생각보다 쑤시지 않는다는 느낌이 들었다. 아니, 그건 정말이었다. 머리가 맑았고, 다치지 않은 왼팔을 움직이는 것도 그리 어렵지 않았다.

그렇다고 일어날 필요가 있었던 것은 아니었다.

오히려 처음에는 숨을 죽이고 자는 체 했다. 세 남자들은 커튼 너머에서 모포로 몸을 둘둘 말고 한 구석씩 차지한 채 자고 있었다. 몸이 불편한 리체가 언제 도움이 필요할지 알 수 없으니 같은 집에서 자는 것이 당연했지만, 솔직히 커튼 한 장 너머에서 남자가 셋이나 자고 있다는 사실이 불편하지 않을 수 없었다. 그렇기 때문에 누군가가 일어난 것을 느끼는 순간 몸이 약간 굳어졌고, 저도 모르게 자는 체 했다.

그림자는 방 가운데 잠시 서 있었다. 물을 마시러 가거나 바람을 쐬는 것도 아니고 그냥 서 있었다. 비교적 오래 동행한 두 소년은 지금껏 몽유병 증상 따위 보인 일이 없었으므로, 리체는 혹시 마일스톤인가 싶었다. 세 남자 다 키가 컸기 때문에 그림자만으로는 분별이 쉽지 않았다.

그림자는 두 손을 모으더니 나지막이 무어라 중얼거렸다. 그러자 눈앞에

서 빛이 번쩍 했다. 잠깐이었지만 너무나 선명한 빛이었으므로 잘못 본 것이 아니었다. 빛은 방 안 전체를 비췄고, 즉시 사라졌다.

리체는 바짝 긴장했다. 혹시 침입자일까? 문이 소리 없이 열렸다 닫혔다면, 리체가 알아차리지 못했을 수도 있었다. 아니면 리체가 깨어나기 전에 들어왔을 수도 있었다. 저 빛은 무얼까? 그들 일행 중 마법을 쓸 줄 아는 사람은 아무도 없었다.

그림자는 몸을 돌렸다. 리체는 그 자의 시선이 자신을 향해 있다는 걸 느끼고 바르르 떨었다. 목소리를 낼 수 있었다면 소리라도 지를 텐데, 굳어버린 자신의 목에선 어떤 소리도 나지 않았다.

급히 주위를 둘러보니 발치의 조그마한 문갑 위에 뭔가가 놓인 것이 보였다. 막시민이 침대 밑 바구니에서 꺼낸 약병들을 대충 놔둔 것이 틀림없었다. 발을 한두 뼘 정도만 뻗으면 닿을 것 같았다. 몸을 틀자 오른쪽 어깨와 팔에 저린 듯한 동통이 퍼졌다. 필사적으로 참으며 발을 뻗었다. 겨우 닿는다 싶은 순간, 차서 떨어뜨렸다. 두 개나 되는 약병이 떨어져 박살이 나는 소리가 고요한 방 안을 울렸다.

그러나 아무도 깨어나지 않았다. 움직이는 사람조차 없었다.

그림자는 척척 다가와 커튼을 젖혔다. 리체는 이제 자는 체 하지 않았다. 오히려 눈을 크게 뜨고 상대를 올려다보았다. 상대는 몸을 굽혀 그녀의 얼굴을 들여다보았다.

"리체."

조슈아의 목소리였다. 옥죄는 듯했던 가슴이 풀어지며 한숨이 나왔다. 자신이 과민했던 것일까? 안도하려는 순간, 목소리가 어딘가 모르게 평소와 다른 질감을 가졌다는 느낌이 들었다. 분명 조슈아의 목소리였지만, 배우답게 음폭이 넓은 미성이 아니라 낮고, 묘하게 바람 소리가 섞여 있었다. 소년이 아니라 사내의 목소리랄까. 단지 속삭였기 때문일까?

"놀라지 마."

빛을 등진 눈동자와 마주쳤다. 리체는 정확히 보려 했지만 빛이 없어 눈빛을 확인할 수가 없었다. 조슈아는 더 설명하지 않았고, 설득하려 하지도 않았다. 손을 내밀어 리체가 덮고 있던 이불을 펼치더니 그녀의 몸을 감싸 덮었다. 그러더니 몸 아래로 두 팔을 넣어 그녀를 번쩍 안아 올렸다.

"……."

대답할 수 없는 리체는 계속해서 그의 눈을 쳐다볼 뿐이었다. 그 외에는 의사를 전달할 방법이 없었다.

어쩐지 이 상황이 꿈인 양 현실감이 없다고 생각했다. 모든 것이 이상했다. 이런 행동은 조슈아가 할 만한 것이 아니었다. 더구나 그는 너무도 가볍게 리체를 들어올렸다. 안고 입구로 걸어가면서도 힘든 기색이 없었다.

문은 조슈아가 몸을 굽혀 조금 밀자 간단히 열렸다. 문을 닫고 나갈 때까지도 방 안의 두 사람은 깨어나는 기색이 없었다. 막시민은 잠들었다 하면 깨우기 힘든 녀석이 틀림없지만 선원 생활을 한 마일스톤이 어째서 저렇게 아무 소리도 못 들을까, 이상하기 이를 데 없었다.

바다에서 불어오는 밤바람이 뺨을 식혀주었다. 별이 총총한 하늘 아래 꼬불꼬불한 비탈길이 바다로 뻗어갔다. 어둠이 재해의 흔적을 가리고 나자, 진흙 덮인 흰 회벽과 무너진 울타리를 가진 집들은 빛을 냈다. 섬의 고요는, 어젯밤 멀리 갔다가 돌아온 사람들이 잠들었기에 찾아온 평화인 것처럼 보였다.

말을 걸 수 없다는 것이 참으로 답답했다. 묻고 싶은 것들뿐인데, 먼저

설명해주지 않으니 아무 것도 들을 수가 없었다. 그녀를 안고도 조슈아의 걸음은 무척 가벼웠다. 리체는 점차 의심쩍어졌다. 조슈아는 평소 이렇게 튼튼한 팔을 갖고 있지 않았으니 말이다.

흔들리는 시야 너머로 차례로 고개를 내밀던 집들이 차츰 줄어들었다. 거리를 벗어나 바닷가로 가고 있다는 걸 알았다. 그들이 배를 댄 부둣가에서 조금 벗어난 곳에 백사장이 있었다. 물론 직접 본 것은 아니었다. 저녁 무렵에 세 남자들이 섬에 해일이 왔는지 아닌지 논쟁하는 걸 듣고 안 것뿐이었다.

지금은 직접 보고 있었다.

리체는 낭만적인 기분에 쉽사리 젖어드는 성미는 아니었지만, 밤바다 파도 소리가 들려오자 갑자기 이곳에 둘밖에 없다는 느낌이 뚜렷해졌다. 잔물결 속삭임 사이로 소년이 내딛는 걸음에 사박사박 무너지는 모래 소리가 났다. 이윽고, 멈추었다.

조슈아는 모래사장에 그녀를 내려놓았다. 이불을 조금 풀어 편하게 덮도록 해 준 뒤 자신은 그 옆에 앉았다. 리체는 조슈아의 얼굴을 제대로 쳐다볼 수가 없었다. 이 상황이 묘하게 신경을 자극해서 얼굴이 달아올랐다.

잠시 후, 조슈아가 길게 한숨을 내쉬었다.

"리체."

조슈아의 목소리는 평소의 것으로 돌아와 있었다. 그러나 이런 시각에 이런 곳에서 들으니 또 다른 감각으로 들렸다.

"놀랐지?"

그렇게 말하며 조슈아는 손바닥을 내밀었다. 리체는 뜻을 알아듣고 그의 손을 잡고 썼다.

많이 놀랐어.

조슈아는 고개를 끄덕였다.

"그래. 이제부터 내 말 잘 들어. 우리가 산책을 하러 나온 거라면 좋겠지만 그렇지가 않으니까. 내가 다 얘기해 줄게. 난."

조슈아는 말을 멈췄는데, 망설이느라 끊은 것이 아니라 어딘가 아프기라도 한 것처럼 갑작스러웠다. 그러나 왜 그러느냐고 묻기 전에 조슈아는 평정을 되찾고 말했다.

"괜찮아. 아직 나야. 응. 무슨 말인지 모르겠지. 후… 하아…. 지금 난 말이야, 나 혼자가 아냐. 둘이라고. 처음 있는 일은 아니니까. 너도 알 거야. 예전에 쥬스피앙 마법사네 집에서 나왔을 때, 그 때, 아주 많은… 유령들이 나와 함께 있었지."

조슈아는 손을 들어 자기 입가를 만졌는데, 자기 몸이 아닌 것을 만지는 것처럼 어색한 손짓이었다. 그리고 미세하게 손을 떨었다.

"무슨 얘긴지… 알 것 같지? 지금 내 안에 유령이 들어와 있다는 얘기야. 전처럼 많은 것도 아니고, 그냥 하나야. 너무 걱정할 것은 없어. 정말로."

그제야 조금 전의 일들이 이해가 갔다. 그러면 처음에 리체에게 말을 걸고 그녀를 데리고 나온 것은 조슈아가 아닌 다른 사람, 아니 유령의 힘이었단 말인가?

리체는 손가락으로 썼다.

너는 어디까지야? 어디까지가 너야?

"일일이 설명하기가 힘들어. 순간마다 바뀌니까. 지금 내게 들어오게 한 유령이 굉장히 힘이 강해서… 아니, 그보다 내가 좀 자리를 많이 내줬기 때문에, 사실 나 지금 정신이 깜빡깜빡 해. 너무 졸려서 깜빡 잠들었다가 깨는 것처럼 말이야. 하지만 아직은 내가 조절할 수 있어. 원하면… 수면 밖으로 나오는 것 말이야. 그렇지만……."

다시 목소리가 끊어지는 순간, 리체는 당황하면서도 천천히 생각해보았다. 지금까지 죽 조슈아가 아닌 다른 자였던 것 같진 않았다. 조슈아는 그녀를 무척 조심스럽게 안고 왔다. 모르는 사람이라면 그렇게 할까 싶을 정도로. 그리고 처음의 낯선 듯했던 목소리도 가만히 떠올려 보면 반드시 다른 자라고 확신할 수도 없을 것 같았다.

"…조금 후에는 내가 아닐 거야. 잠시 동안. 잠깐일거야. 그 때… 그하고 싸우지 마. 그가 하는 말을 듣고 따라 줘. 그것밖에는 방법이 없어. 내 말 알겠지?"

불길한 예감이 가슴 밑바닥까지 내려왔다. 언제부턴가 물결 소리가 귀에 들어오지 않았다. 리체는 망설이다가 결국 조슈아의 손바닥에 썼다.

코르네드.

"맞아."

리체는 고개를 흔들었다. 세게 흔들 수는 없었지만 할 수 있는 한 반대하려 했다. 켈스니티가 코르네드만은 강령하면 안 된다고 하던 목소리가 기억났다. 또한 저녁에 조슈아가 '그를 강령하겠다' 고 했을 때 막시민이 한 말도 기억하고 있었다. 물론 너의 책임일지도 모른다고, 열 보든 백 보든 양보

해서 이 모든 일이 너 때문에 일어났다고 쳐도, 그래도 안 된다고. 왜냐하면 이것은 너 자신을 완전히 잃을 수도 있는 일인데, 그리고도 성과가 있으리라는 어떤 보장도 없는 일이라고. 두 사람 다 소중하다고 했을 때, 둘 다를 잃는 것이야말로 가장 바보짓이며 자신은 절대로 그런 도박을 하지 않는다고.

유령을 강령했다가 그에게 육체를 빼앗기면, 조슈아의 의식은 영영 의식의 수면 아래로 묻혀버린다고 했다. 그건 죽는 것과도 달랐다. 죽으면 유령이 되거나 다시 태어날 수도 있겠지만, 다른 인격에게 눌린 의식은 영원히 잠을 자게 되는 것이다. 다른 무엇으로도 나타나지 못한 채. 기적이 일어나지 않는 한, 그의 기억과 영혼은 깨끗이 봉인되어 버리는 것이다.

리체도 알고 있었다. 막시민에게는 리체보다 조슈아가 더 중요하다는 것을. 그러니 어떤 상황에서든 선택하라고 한다면 절대적으로 조슈아를 선택할 것이 뻔하다는 것을 알고 있었다.

자신이 관련된 일이라 결론을 내리는 것은 힘들었다. 그러나 결국 마음 깊은 곳에서는 스스로도 알고 있었다. 자신이 부당하게 말려든 것뿐이고, 남의 일로 고통을 당하고 있고, 팔이 부러지고 벙어리가 될 지도 모르는 상황에 처했다고 해서, 조슈아에게 정신적인 죽음으로 연결될지도 모르는 일을 하라고 시키진 못하리란 것을. 그럴 수 있는 자신이 아니라는 것을. 화내고 따지며 소리 지르는 것과 진짜로 요구하는 것은 분명히 다르다는 것을.

그러나 그 저녁에 그들 앞에서 말하지는 못했다. 목소리가 나오지 않아서가 아니라, 말할 수 있었다 해도 말하지 못했을 것 같았다. 왜냐하면 자신도 소중하고… 아니, 실은 다른 누가 어찌되든 자신이 가장 중요한 것이 당연하니까. 벙어리가 되어 살아가는 일은 상상만으로도 숨이 막혔으니까.

하지만 지금은 달랐다.

어쩌면 벙어리가 된 지 고작 하루가 됐을 뿐이고, 너무 어이없이 일어난 일이라 마찬가지로 어이없이 나아버릴지도 모른다는, 어이없는 기대가 한 조각쯤 있었던 탓일 지도 몰랐다. 아니, 그런 이유는 지금 하나하나 따질 수 없었다. 조슈아는 남의 말에 귀를 기울이지 않고 저질러 버렸다. 친구가 어떻게 생각하든, 그리고 피해자인 자신이 어떻게 생각하든.

"코르네드가 할 수 있다고 했어. 나와 약속을 했으니까… 지킬 거야. 하지만 그러기 위해서는 그가 들어와 있는 동안 내 의식을 잠시 묻어야만 하거든. 그래야 그가… 내 몸을 빌려 마법을 쓸 수 있기 때문에. 아까도 마법을 조금 써야 해서, 그에게 자리를 많이 준 건데… 더 큰 마법을 쓰려면 내가 아예 자리를 비워줘야 해."

너무나 위험하게 들리는 말이었다.

그러지 마. 넌 이 순간 이후로 다시는 세상을 보지 못할 수도 있어.

"……."

조슈아는 얼른 대답하지 않았다. 이번만은 망설임인 것 같았다.

"리체… 나도 알고 있어. 하지만 말이야… 하지 않으면 안 돼. 코르네드가 그 자, 그 이상한 손에 대해서 얘기해 줬어. 그 손에 깃든 힘이 비록 약하긴 하지만 가나폴리를 지금처럼 황무지, 필멸의 땅으로 바꿔버린 힘과 같은 종류라고. 그 힘은 일단 무언가를 파괴하면, 그와 연결된 모든 것을 하나하나 괴사시켜버리는 힘이라고 했어. 지금까지 그 자는 늘 목을 부러뜨렸기 때문에 사람들은 즉사했고, 따라서 그 손에 깃든 힘이 작용할 필요도 없었어. 하지만 넌 목 대신 팔이 부러졌기 때문에 살아 있는데, 네가 살아 있는 것은 그 힘의 의지와 상반되는 불합리한 상황이래. 그렇기 때문에 그대로 내버려두면 넌 목소리뿐 아니라 차례로 다 잃게 된다고… 살아 있는 땅이 황무지가 되듯이… 살아 있는 사람의 힘이 전부 사라지게 된다고… 그렇게 말해줬어."

리체는 부르르 떨다가 고개를 저었다.

거짓말일거야.

"하지만 진짜일 지도 모르잖아?"

조슈아의 검은 눈이 반짝거렸다. 막시민이 종종 그 빛을 '미친놈의 빛'이라고 부르던 것이 생각났다. 그러나 지금만은 그 빛 뒤에 숨은 것이 뭐랄까… 다정함과 비슷하다는 생각이 들었다. 이 이상한 상황에서 처음으로, 조슈아가 아주 가까운 친구처럼 느껴졌다. 반경조차 없는, 그래서 누구도 같은 원 안에 설 수 없을 것처럼 보이던 데모닉 조슈아가.

밤은 불합리였다. 불합리한 결론인데도, 단지 밤 때문에 종종 하나뿐인 진실이자 길처럼 보였다. 리체는 힘주어 썼다.

하지 마. 그를 쫓아내. 난 차라리 쥬스피앙 아저씨에게 부탁하겠어. 우리 여행은 곧 끝날 거고, 그러면 배를 돌려주러 돌아갈 것 아니겠어?

조슈아는 고개를 저었다.
"그럴 시간이 없어. 그때까지 기다릴 수가 없을 거야. 코르네드의 말이

너한테 남은 시간은 열흘도 되지 않을 거래. 그리고 우리 조상이 코르네드를 비롯한 '약속의 사람들'과 한 맹세 때문에 코르네드는 날 배신할 수가 없어. 아까 말했듯 그도 자신을 잃게 될 테니까. 그러면 내 몸을 얻을 수도 없게 되겠지."

그렇게 말하더니 조슈아는 갑자기 미소지었다.

"물론 코르네드가 그렇게까지 해서라도 날 없애버리고 싶다면 별문제겠지만."

제발 그만둬.

"난 위험한 함정이 눈앞에 있어서 차마 볼 수가 없을 때는, 눈을 감고 뛰어넘는 걸 좋아해."

그만둬.

"리체, 너까지 이러지 마. 잊었어? 넌 당사자란 말이야. 너희들이 말릴까봐… 막시민이 가만히 있지 않을 게 뻔하니까… 일부러 코르네드에게 말해서 잠깐만 잠들게 해 달라고… 그렇게까지 하고서 나왔어. 다들 없는 이곳에서라면 할 수 있을 것 같아서. 하지만 나도 쉽지는 않았어……."

조슈아는 눈을 감았다. 기다리는 동안 다시 밤바다 소리가 들리기 시작했다. 리체는 일부러 귀를 기울였다. 모래를 쓰다듬는 바닷물의 소리가 이때처럼 생생했던 기억이 없었다. 섬에서 자란 자신인데도. 그 소리가 자신이 아직 살아 있다는 확인처럼 느껴졌다. 말하지 못하지만, 들을 수는 있었다.

모두 잃는다면 어떤 느낌일까.

죽는다면, 어떤 느낌일까.

리체는 이네스가 생각났다. 리체가 조금이라도 가깝게 생각했던 사람 중, 죽음을 본 사람은 이네스가 처음이었다. 많은 가능성을 갖고 있었던 현명한 소녀.

이네스가 죽었다는 이야기를 아직 조슈아나 막시민에게 해주지 못했다. 해줄 겨를이 없었다는 것도 맞았다. 이 순간 해야겠다는 생각이 들었다가, 다시 해선 안 되겠다는 생각이 들었다. 조슈아가 알아야만 할 이야기라고도 생각했고, 이 순간 짐을 더 지우고 싶지 않다고도 생각했다. 죽음을 눈앞에 뒀을 지도 모르는 조슈아에게 자기 때문에 죽은 사람의 이야기는 가혹한 것일 지도 모른다. 지금은… 조슈아가 살아 돌아오는 것이 중요하니까. 고통스러운 이기심이 그녀의 손을 붙들었다.

계속 말해주지 않는 편이 조슈아를 덜 고통스럽게 하리라는 확신이 들어 더 괴로웠다. 지금은, 지금은 생각하지 말자고 자신을 설득했다. 언젠가 말해줄 기회가 있으리라고.

"리체, 갑자기 이렇게 말하면 이상하겠지만……."

조슈아는 여전히 눈을 감은 채였다. 두 무릎을 세우고, 바다를 향해 앉아 있었다.

"작별 인사를 해도 될까?"

다시 눈을 뜨고 내려다보는 눈빛이 검디검어서 잘 보이지 않았다. 머리카락이 바다 바람에 날리고 있었다. 달빛 때문에 회색이던 머리가 은빛, 아니 흰 빛처럼 보였다.

조슈아는 리체에게 손을 주지 않았다. 대답하지 못하도록. 리체는 조슈

아의 손을 잡아당기려 했지만 조슈아는 손을 등 뒤로 숨기며 웃었다.

"걱정하지 말라고 기껏 말해 놓고 이러면 우습겠지만 말이야, 그래도 이해해 줘. 만약에, 만에 하나 정말로 마지막이라면 말이야… 여긴 너밖에 인사할 사람이 없잖아? 나, 한 사람에게라도… 인사하고 싶어."

조슈아는 검지를 세워 자기 입술에 갖다 댔다.

"대답은 안 해도 돼. 그냥 들은 셈 칠 테니까."

"……."

대답이 없는, 아니 대답할 수 없는 리체를 보며 조슈아는 입가에 미소를 올렸다. 억지로 지은 것일지 몰라도, 겉으로 보기엔 흔흔한 웃음이었다.

"너한테는 정말 미안했고, 또 고마웠어. 우리하고 같이 다닌 시절이 네겐 얼른 깨고 싶은 나쁜 꿈같았을지도 몰라. 원치 않는 일들만 일어났고, 지금도 이렇게 힘드니까. 하지만 말이야, 네가 나한테는 많이 힘이 되어서… 그래서 이렇게 미안하네. 정말로."

조슈아는 입술을 살짝 떨더니 말을 이었다.

"그리고 또 하고 싶은 말이 있지만, 이런 때라서 오히려 하면 안 될 것 같아. 음, 그리고… 막군한테는 말이야……."

조슈아는 다시 입끝을 올렸는데, 이번에는 정말로 억지웃음이었다.

"내가… 떨더란 말, 하지 마."

대답할 기회는 오지 않았다. 아주 잠깐이었다. 스르르 눈이 감기더니 쓰러질 듯 모래사장을 한 번 짚었다. 다시 눈을 떴을 때, 리체는 이미 다른 사람과 마주해 있었다.

"시작해볼까."

그 목소리가 말했다. 분명 조슈아의 목소리이되, 조슈아가 열너덧 살 정도 더 먹으면 낼 듯한, 낮고 살짝 쉰 목소리였다.

그 순간 막시민은 꿈을 꾸고 있었다. 꿈속에서 조슈아는 강물에 조약돌을 던지는 중이었다. 반짝임을 세면서. 옆에 앉아 있던 막시민은 기지개를 켜며 하품을 하다가 문득 물었다.

"바다에 가고 싶다고?"

어린 시절의 그는 그렇게 묻지 않았던 것 같은 생각이 들었다. 조슈아는 돌아보지 않고 고개를 끄덕거렸다.

"바다에 왜 가려는 건데?"

조슈아는 돌멩이 세 개를 한꺼번에 던져 넣었다. 그리고 일어섰다. 강둑 아래로 내려가는 조슈아의 뒷모습을 보며 막시민은 잠에서 깨어났다.

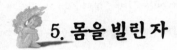

5. 몸을 빌린 자

" 세상에서 가장 조용한 섬에 밤이 오면
바다에서 솟아오른 그림자가
발자국도 없이 올라와서
섬을 맴돈다는 거야, 날이 밝도록
맨몸에 소금기만 입은 그림자가
죽은 산호로 만든 별 귀걸이를 걸고
넘어지고 비틀거리고 춤추며
섬이 닳아 없어질 때까지 걷는다는 거야 "

"아주 좋군."

조슈아, 아니 조슈아의 몸을 빌린 코르네드는 주먹을 몇 번 쥐었다 폈다
했다. 그리고 벌떡 일어나 팔다리와 어깨를 풀어 보고는 웃음을 터뜨렸다.

실로 오랜만에 얻은 인간의 몸이 새롭고 즐거운 듯, 유쾌한 웃음이 한동안 그치지 않았다.

그 모습을 보는 리체는 기분이 좋을 수 없었다. 무엇보다도 불안했고, 동시에 화가 치밀었다. 앞에 있는 자는 조슈아의 모습을 했지만 조슈아가 아니었다. 유령인지 인간인지 모를 정체불명의 존재와 한밤중에 단 둘이 있고, 자신은 말을 할 수도 몸을 가눌 수도 없는 상태였으니 당연히 불안했다. 또한 조슈아가 두려워하면서도 책임감에 따라 힘겹게 결정을 내려 잠시 얻게 된 몸을, 놀이하듯 즐기는 저 자가 그지없이 밉살스러웠다.

무엇보다도 그런 자가 조슈아의 얼굴을 하고 조슈아의 목소리로 말한다는 사실이, 그래서 쳐다보다 보면 무심코 착각한다는 사실이 불쾌했다.

"표정이 나쁘군 그래. 그런 얼굴을 하고 있으면 도와 주려다가도 하기 싫어지는 법이지. 안 그런가?"

"……."

이럴 때는 대꾸할 수 없다는 사실이 고맙게도 느껴졌다. 자신이 입을 열 수 있다면 분명 좋은 대꾸는 나오지 않을 테니 말이다. 조슈아가 이렇게까지 애써서 만든 기회를 한순간의 기분으로 날려버릴 수는 없었다.

코르네드는 조슈아의 얼굴로, 조슈아가 가벼운 실수를 했을 때처럼 빙그레 미소지었다.

"그래, 잘 참는군. 네가 말을 하지 못한다는 점을 고려한다 쳐도 말이야."

코르네드는 리체에게서 관심을 거두고 다시 자기가 입고 있는 몸을 만져 보았다. 흐트러진 머리카락, 미끈한 턱, 목, 어깨, 팔, 그리고 가슴을 천천히 쓰다듬었다. 마치 자기애(愛)에 빠진 자처럼.

그러나 그건 남의 몸이었다. 예전에 켈스니티가 말한 대로라면 저 자가

인간의 몸을 만지며 즐거워하는 이유도 알 만했다. 어쩌면 이해할 수 있을지도 몰랐다. 그러나 그의 태도가 기묘하게도 탐욕스러워 리체는 역겨움을 느끼고 고개를 돌렸다.

다만 들려오는 목소리까지 막을 수는 없었다.

"훌륭해. 조금 약하긴 하지만, 아주 좋은 몸이야. 정말로 우아하군. 내가 생전에 가졌던 몸보다도 좋아. 아, 공기가 느껴지는군. 피부란 건 아주 좋은 거지. 시원하고… 차갑군."

코르네드는 다시 리체를 보더니 피식 웃음을 머금었다.

"그럼 소개라도 할까? 물론 넌 소개를 할 수 없을 테지만, 굳이 할 필요는 없어. 너를 잘 알진 못하지만 소개할 만큼 대단한 점이 없다는 건 알고 있지."

이 자는 생전에 마법사였다고 들었다. 마법사들이 거만하다는 건 알고 있었지만 이 자는 그중에서도 최악이라 할 만했다.

"내 이름은 알고 있겠지? 난 오랫동안 살아온 마법사지. 죽은 채로 사는 것도 사는 거라고 할 수 있다면 말이야. 내 말이 모순되게 들리나? 마법사들의 말은 본래 너희 같은 평범한 인간에겐 수수께끼로 들리기 마련이야. 너무 괘념치 말고. 이것만 알면 돼. 난 위대한 마법사고, 네가 상상할 수 없는 힘을 가졌고, 긴 세월 동안 단 하나 부족한 건 인간의 몸뿐이었다는 것을."

그는 갑자기 말을 멈췄다. 그리고 모래사장을 걷기 시작했다. 몇 걸음 나아가다가 신발을 벗어버렸다. 발이 모래에 묻히는 것도 아랑곳 않고 계속 걸으며 리체의 주위를 몇 바퀴나 돌았다. 누워 있는 리체에게는 모래가 밟혀 무너지는 소리가 아주 생생하게 들렸다.

처음에는 뭘 하려는 건가 싶었다. 그러나 잠시 후, 그가 걷기에 심취해 있다는 걸 알았다. 그는 말도 없이 빠르게 걷고 또 걸었다. 이윽고 멈췄을 때도 무척 아쉬운 표정이었다. 그는 맨발을 모래바닥에 문지르며 나지막이 중얼거렸다.

"나중에… 나중에……."

리체는 켈스니티가 했던 이야기를 다시 한 번 떠올리고 저 자의 기분을 조금이라도 이해해야 할까 싶었다가, 마음속으로 고개를 흔들며 생각을 떨어 버렸다. 막시민이 잘 하는 말대로, 그런 것은 그녀가 알 바가 아니었다.

"그럼, 얼마나 진행됐는가 볼까."

멍하니 서 있던 코르네드가 주머니에서 뭔가를 꺼냈다. 조슈아가 미리 주머니에 넣어 두었던 것일 터였다. 첫 번째로 꺼낸 길쭉한 것은 나무로 된 펜대였다. 그리고 조그마한 그릇과, 뭔지 모를 물건을 하나 꺼냈다.

코르네드는 바다의 모래를 고르게 펴더니 펜대를 거꾸로 들고 무언가를 그리기 시작했다. 맨 처음에는 직각삼각형, 그리고 삼각형의 선을 따라 무슨 문자인가를 촘촘하게 써넣었다. 다 되자 모래바닥과 한 뼘 정도 사이를 두고 먼저 오른손을, 그 다음엔 왼손을 저었다. 순간, 바닥에 그려진 무늬와 글씨가 불로 지진 낙인처럼 열기 어린 광채를 내기 시작했다. 리체는 그제 야 놀라며 이 자가 정말 마법사이긴 하구나 하고 생각했다. 무슨 일이 벌어 지려는 것일까?

"아… 으… 음… 그리……."

코르네드가 입속으로 웅얼대는 것이 처음에는 주문인 줄 알았다. 그러나 잘 들어보니 그렇지가 않았다.

"부서진, 부서진 데를 찾아서… 잘 됐어. 옳지, 그렇게 되면 차례는……."

그는 단지 자신이 할 일을 중얼거려보는 것뿐이었다.

"그대로 해서, 그건 아직… 이걸로 좋을까? 아니 이것부터. 그게 낫겠

지……."

다 듣고 있어도 실제로 뭘 하는지 알 도리는 없었다. 그림에서 나던 빛도 점차 사그라져 갔다. 종내는 아무 빛도 나지 않게 되었다. 일어나 리체에게 다가온 코르네드의 손에는 조금 전 무엇인지 몰랐던 물건이 쥐어져 있었다. 자세히 보니 접었다 폈다 하는 주머니칼이었다. 그가 칼날을 펴서 들이대는 바람에 리체는 깜짝 놀랐다. 코르네드는 비웃었다.

"내가 널 죽일 작정이었다면 칼을 들고 오겠나? 마법이 있는데?"

코르네드는 주머니칼로 리체의 머리카락 끝을 한 움큼 잘라냈다. 그걸 조금 전의 작은 그릇에 담았다. 그리고 리체의 왼손을 잡아당기더니 뭘 하는지 알아차리기도 전에 한 차례 손가락을 그었다. 비명도 지를 수 없는 리체는 숨만 크게 들이쉬었다.

몇 방울의 피가 그릇 속으로 떨어졌다. 그리 큰 상처는 아니었다. 설명도 없이 일어난 코르네드는 모래사장으로 돌아가 처음 그렸던 무늬를 지워버리고 좀더 커다랗고 복잡한 그림을 그리기 시작했다. 리체는 누워 있었기에 뭘 그리고 있는지 잘 볼 수가 없었다. 머리카락과 피가 담긴 그릇은 한쪽에 놓여 있을 뿐이었다.

리체는 의혹을 품었지만, 꾸준히 기다렸다. 기다리는 것 말고 할 수 있는 일도 없었다. 하지만 속으로는 몇 번이나 묻고 싶었다. 목소리가 나오지 않는 입으로 수 번은 되풀이해 말했다. 언제까지 기다려야 해?

그랬기에 막상 닥쳤을 때는 스스로도 느끼지 못했다.

"…까지 기다려야 해? 언제까지……."

앞부분까지는 분명 들리지 않았다. 그러나 뒷부분은 또렷한 자신의 목소리였다. 말해놓고도 느끼지 못한 채 한 번 더 말하려던 리체는 갑자기 말을 멈춰 버렸다.

조슈아의 얼굴을 하고, 조슈아의 미소를 띤 코르네드가 돌아보았다. 그러나 지금은 리체가 한 번도 본 일이 없는 조소였다.

"아, 기다리는 게 지루하셨나?"

"어, 어, 어… 어떻게 된 건가요?"

목소리는 하루 종일 막혀 있었다는 것이 믿어지지 않을 정도로 자연스러웠다. 그걸 실감하니 더더욱 기가 막혔다. 코르네드는 얄미울 정도로 천천히 말했다.

"어떻게 되다니. 어떻게 될 줄 알았는데? 설마 내가 아무 것도 하지 못할 줄 알았나?"

"그, 그, 그런 건……."

"다 나은 거 아니니 떨지 말고 얌전히 기다려."

"나은 게 아니라뇨?"

"딴 데로 옮겼어. 네 몸 속 말이야."

끔찍한 한 마디를 던진 뒤 코르네드는 일어났다. 리체는 당황해서 눈을 깜빡거리다가 몸 곳곳을 조금씩 움직여 보았다. 귀가 들리고 눈이 보이는 것은 틀림없었다. 물론 숨도 쉬어지고, 다친 팔을 제외한 모든 곳의 감각도 살아 있었다.

"도대체 어디로?"

"묻지 마. 귀찮아."

코르네드는 조금 전에 모래사장에 그린 그림을 심각하게 바라보는 중이었다. 무슨 그림인지 궁금했지만 부러진 팔 때문에 몸을 일으키는 것은 무리였다. 그러나 잠시 후, 모래에서 무언가가 솟아오르는 것을 보았을 때는

아픈 것도 잊고 소스라쳐 몸을 일으키려 했다.

모래 위에 그려졌던 것은 사람이었다. 아니, 이제는 그림이 아니라 부조였다. 그려 놓은 형태 그대로 솟아올라 모래로 된 살을 갖춘, 일종의 인형이 그 자리에 누워 있었다.

"저건 뭐죠? 설마……."

리체가 보기에도 그건 단순한 모래 인형이 아니었다. 소녀의 모습이었고… 닮아 있었다. 그녀 자신과. 그녀의 인형인 것이다.

조슈아의 인형이 멀리 비취반지 성에 존재하듯.

"그럴듯하지?"

코르네드는 혼자 키득거리더니 펜대를 들고 인형에게 다가갔다. 그리고 오른팔 상박을 툭 쳤다. 모래 인형의 팔이 무너지지도 않고, 본래 한 덩어리였던 것처럼 축 처지는 것이 보였다. 모래로 만들었다는 것을 생각하면 결코 있을 수 없는 일이었다.

코르네드는 눈만 크게 뜨고 있는 리체를 돌아봤다.

"움직여 봐."

"뭘요?"

코르네드는 짜증을 냈다.

"아, 팔이지 뭐겠어. 내가 지금 뭘 했다고 생각해?"

리체는 머뭇거리다가 오른팔을 조금 움직여 보았다. 그리고 숨을 크게 들이쉬었다. 다시 한 번, 이번에는 반대로. 착각이 아니었다. 부러졌던 팔이 온전한 상태로 돌아와 있었다. 팔이 부러졌던 일이 꿈이 아니었나 싶을 정도로.

리체의 표정을 본 코르네드는 이를 드러내며 웃었다.

"신기해 죽겠다는 표정이로군?"

그 즈음 리체는 놀라기도 했지만 몸이 편해진 것이 너무나 반가운 나머지 상대에 대한 악감정도 많이 줄어들어 있었다. 그래서 솔직하게 말했다.

"고마워요. 정말로."

"고마울 거 없어. 난 공작과 약속했지 너하고 한 게 아니니까."

"그래도요. 내가 고마워하는 건 자유잖아요?"

"자유지. 하지만 내가 상관 않는 것도 자유야."

이 놈은 생전에도 보통 건방진 놈이 아니었을 것 같았다.

"그러면 이제 끝난 건가요?"

"끝나긴. 이 인형을 처리해야지."

리체는 눈을 크게 뜨며 물었다.

"이게 정말로 인형인가요? 저기, 조슈아의 인형과 같은?"

"그보다는 훨씬 초보적인… 이봐, 난 인형사가 아니란 말이야! 이건 가나폴리에서 치료 목적으로 쓰던 훨씬 실용적인……."

코르네드는 떠들다 말고 말을 멈췄는데, 무심코 자기 인형이 초보적인 거라고 말한 것 때문에 제풀에 화가 난 것 같았다.

"떠벌 떠벌 묻지 마! 내가 설명한들 네가 알 수나 있겠어? 계속 귀찮게 굴면 이 인형을 그대로 방치할 테다. 그러면 밀물이 와서 모래 인형을 쓸어버릴 거고, 그 즉시 넌 도로 팔이 부러지고 말도 못하는 상태가 될 걸?"

리체는 입을 다물었지만, 속으로는 이 자가 처음과는 말투가 많이 달라졌다고 생각했다. 처음에 이 유령은 늙은이, 적어도 마흔 살은 넘은 자처럼 행동했는데, 지금은 마치 어린애처럼 화를 내지 않는가?

물론 정말로 어린애일 리는 없었다. 실력 있는 마법사라고 들었고, 예전에 막시민이 들었다는 코르네드의 여동생 '코르벨'의 목소리도 스물은 넘

은 듯했다니 말이다. 지금 코르네드는 조슈아의 성대를 빌려 말하고 있으니만큼 실제 목소리가 어떨지는 알 수 없는 일이었다.

코르네드는 모래 인형 옆에 놓여 있던 그릇을 집어 들더니 이유 없이 리체의 코앞에 들이대어 보여주었다.

"이게 바로 본체지."

그릇 속에는 괴이한 잿빛 가루가 한 움큼 들어 있을 뿐이었다. 리체의 장밋빛 머리카락이나 핏방울 얼룩 따위는 온데간데없었다.

"이것을……."

코르네드는 그릇을 들고 한 발짝 물러섰다.

"이렇게."

코르네드가 허공에 손가락을 한 번 젓자 손가락 끝에 불꽃이 붙었다. 그는 뜨거운 기색도 없이 불꽃을 손쉽게 그릇으로 옮겼고, 그릇 속의 가루에서 불길이 확 올랐다. 탈 것도 얼마 없을 텐데 불길은 꽤 오랫동안 탔다. 그러다가 서서히 사그라지며 조그맣게 변했다.

작아진 불꽃은 이제 하얀색이었다. 코르네드는 불빛을 받아 괴이하게 일그러져 보이는 얼굴로 말했다.

"뼈 불꽃이라고 부르지."

팟, 하는 소리와 함께 불이 꺼졌다. 리체는 즉시 모래 인형 쪽으로 고개를 돌렸다. 변화가 일어나기 직전, 리체는 그 인형이 자신을 놀랄 만큼 닮았다는 걸 깨닫고 이상한 압박감을 느꼈다. 살아 있는 사람의 뼈와 살이 아니라, 모래로 만든 부조일 뿐인데도 그랬다.

인형은 느리게 허물어졌다. 윤곽이 흐려지더니, 또렷한 입체를 유지하고 있던 몸이 작은 둔덕으로 변했다. 그러고도 계속 모래사장으로 퍼져나갔다.

주위의 모래사장과 조금도 다를 것 없는 풍경이 될 때까지. 리체 대신 부러진 팔과, 잃어버린 목소리를 가지고 사라져갔다.

마지막까지 말없이 바라보던 리체는 이윽고 어떤 흔적도 남지 않게 되자 코르네드를 바라보았다. 코르네드도 심각한 표정으로 인형이 있던 자리를 지켜보고 있었다.

리체가 입을 열었다.

"저 인형… 나와 닮기만 한 거죠? 살아 있거나… 그런 건 아니었죠? 그냥 모래 조각이랄까, 그런 거죠?"

코르네드는 리체를 보았는데 기분 나쁜 표정이었다.

"가나폴리의 인형을 뭐라고 생각하는 거야? 아니면 내 마법이 우습나? 당연히 살아 있었지."

"살아 있었다고요? 하지만 모래였고, 움직이지도 않았고, 말도 안 했는데?"

코르네드는 코웃음을 쳤다.

"모래 모습인 거야, 재료가 그러니 그럴 수밖에 없는 거고. 뭐 그럼 공작의 인형은 사람의 살을 모아서 만들기라도 한 줄 아나? 그리고 너 참 웃기는데 말이야. 조금 전까지 누워서 꼼짝도 못하고 말도 못하고 있던 건 누구였지?"

리체는 당황해서 다시 모래사장을 내려다봤다.

"무, 무슨 소리죠. 그게?"

"너잖아. 너 아냐? 인형은 너 대신 팔이 부러지고 목소리를 잃었는데, 뭘 바라는 거냐? 당연히 못 일어나지. 네가 못 일어난 것처럼. 당연히 말 못하지. 네가 말을 못한 것처럼."

리체는 처음에는 가만히 있었다. 그러나 잠시 후 덜덜 떨기 시작했다.

"그, 그렇다면, 그건, 그러니까, 내 몸의 문제를 옮겨 놓지 않았다면, 저 모래 인형이 말도 하고, 일어나 앉거나, 걸어 다닐 수도, 있고, 그랬을 거란 말인가요?"

코르네드는 입을 비죽거렸다.

"본체가 시시한 거라 아마 잠깐에 불과했겠지만."

"가, 가나폴리에서는, 그러면, 이런 식으로, 항상 사람을 치료하나요? 살아 있는 인형을, 마, 만들었다가, 옮기고, 인형을 죽여, 아, 아니, 부숴 버리고, 그렇게?"

"항상 그렇진 않아. 시간이 없고, 달리 고칠 수 없는 심각한 문제일 때만 그렇지. 조금 전의 너처럼. 알았나? 이제 그만 묻지 그래? 내가 설명하면 가나폴리의 마법을 다 이해하기라도 할 것처럼 떠드는군. 하지만 그럴 리가 없잖나?"

리체는 가만히 있었지만, 떨림은 쉽게 멈추지 않았다. 코르네드는 인상을 찌푸린 채 모래사장에 앉았다. 조금 후 리체도 앉았지만 코르네드를 신경 쓰는 기색이 아니었다. 몸을 움츠린 채 혼자 생각에 잠긴 모습이었다. 코르네드는 말없이 앉아 있다가 기분 나쁜 듯 중얼거렸다.

"그것 참. 보통 사람들이란."

좀더 시간이 흘렀을 때, 코르네드는 갑자기 일어나더니 리체 옆으로 갔다. 그리고 그녀를 껴안았다.

"……."

잠시 후 리체도 그를 끌어안는 것이 느껴졌다. 아니, 끌어안았다기보다는 품으로 파고들었다는 쪽이 옳은 표현이었다. 소년의 어깨에 턱을 올린 리체가 말했다.

"조슈아."

코르네드가 입고 있는 조슈아의 몸이 움찔, 흔들렸다. 리체는 느끼지도 못하는 듯했다. 말이 이어졌다.

"나 네 기분, 이제 알 것 같아."

짧지 않은 시간이었다. 동녘 바다에 어렴풋이 붉은 띠가 드리워졌다. 새벽이 가까워왔다. 리체의 떨림이 멈추었을 즈음, 코르네드는 손을 풀고 일어섰다. 리체도 일어나더니 몇 걸음 물러섰다. 그리고 반사적으로 말했다.

"미안해요."

리체의 말투는 다시 존댓말로 돌아왔다. 코르네드도 그것을 알아차린 듯했다. 그는 눈썹을 모으며 쏘아붙였다.

"뭐가 미안하지? 나한테 미안할 건 없어."

"그래도……."

코르네드는 고개를 삐딱하게 하더니 다시금 조소를 머금었다. 조슈아의 얼굴에서 한 번도 본 일이 없는 조소인데, 이상하게 너무 잘 어울렸다.

"글쎄, 사과를 할 게 아니라 감사를 해야 하지 않을까?"

"감사라뇨?"

"좋았을 거 아냐."

코르네드는 거만한 손짓으로 손가락을 펴서 자신을 가리켰다.

"내가 공작 대신 널 안아줬으니, 좋았을 것 아니냐고."

이제 리체도 눈썹을 올렸다.

"그게 무슨 소리예요?"

"너처럼 평범한 계집애가 이렇게 잘난 공작을 보고 사랑에 빠졌을 게 뻔하잖나. 하지만 공작이라면 나처럼 널 안아줬을 리가 없으니 이럴 때 운 좋

게 대리만족, 얼마나 좋아? 그럴듯한 감사 인사나 해 봐."

코르네드는 리체를 그리 잘 안다고 할 순 없었다. 조슈아를 뒤따라 다니며 리체를 종종 보았지만, 곁에서 함께 생활하는 것과는 달랐다. 그리고 전에는 조슈아에게 관심이 있었을 뿐 리체를 굳이 눈여겨볼 이유도 없었다.

그래서 이 순간 이어질 반응도 예상하지 못했다.

퍼억!

건강을 되찾은 리체의 발길질이 조슈아의, 아니 아픔을 느낄 당사자로 말하자면 코르네드의 무릎을 걷어찼다. 얼마나 세게 찼는지 상대는 중심을 잡을 겨를도 없이 모래사장에 넘어지고 말았다. 게다가 리체는 열혈 소녀답게 한 방으로 그치지 않았다. 넘어진 상대한테 사정도 두지 않고 서너 번이나 더 발길질을 한 다음, 겨우 분을 삭이며 중얼거렸다.

"종일 누워 있다가 좀 움직이니 살 것 같네."

코르네드는 누운 채 일어나지 않았다. 일어날 수 없어서 그런 것 같진 않았다. 물론 리체의 발길질이 평범한 소녀와 비교할 바는 아니지만 말이다. 잠시 후, 코르네드는 웃음을 터뜨렸다. 사방에 퍼지는 큰 웃음소리였다.

"하하, 하하, 하하하하……."

바닥을 뒹굴며 웃는 상대를 내려다본 리체는 어이가 없었다.

"뭘 잘했다고 웃어?"

"하하, 하하하……."

웃음이 금방 그칠 것 같지 않자 리체는 한쪽 뺨을 실룩이며 허리에 손을 얹더니 소리쳤다.

"미친 사람처럼 그만 웃고 좀 일어나지 그래?"

"하하하. 아, 그래. 하하하… 미친 사람이다 이거냐? 이거 참. 후후훗."

이윽고 일어나 앉은 코르네드는 서 있는 리체더러 앉으라고 손짓했다.

"왜? 더 할 말 있어? 볼일 다 봤으면 그만 가라고."

존댓말도 어느새 수평선 너머로 사라지고 없었다. 리체가 호기심을 이기지 못하고 자리에 앉자 코르네드가 빙긋 웃었다. 그 웃음은 평소와 조슈아와 너무 비슷해서 리체는 저도 모르게 흠칫했다.

"인간의 몸을 갖는다는 건 참 좋군."

"아아, 그러니? 걷어차여도 쾌감이 오고 그래?"

코르네드는 고개를 약간 돌리며 다시 웃었다.

"위대한 마법사로 수백 년을 살아온 내게 부족한 유일한 것이었지. 인간의 몸. 아, 정말 곤란했어. 인간의 몸이 그렇게 많은 쾌락을 주는지, 잃기 전에는 몰랐지. 기억만 남은 쾌락이 그렇게 큰 고통일 줄도 몰랐어."

코르네드는 웃음을 거두더니 리체의 얼굴을 보았다. 리체는 착각하지 않으려 애를 썼다. 저 얼굴은 심각한 이야기를 하려 하는, 즉 미친 짓을 하기 전의 조슈아의 얼굴이 아니었다. 비슷할 뿐이었다. 아니, 실은 같지만 어쨌든… 표정을 짓는 당사자가 다르니까.

"그렇기 때문에 절대로 예전의 상태로 돌아가고 싶지 않거든?"

리체는 눈을 크게 떴다. 그리고 그제야 자신의 입장을 자각했다. 이래서는 안 되었다. 조슈아는 분명 코르네드가 약속을 어길 수 없을 거라고 했는데?

"다, 당신은 조슈아와 한 약속을 어겨선 안 되잖아!"

"그게 말이야. 아주 미묘한 문제거든."

코르네드는 여유 만만한 표정이었다. 리체는 더럭 겁이 났다. 어떻게 된 걸까? 조슈아가 바보가 아닐 텐데, 코르네드가 빠져나갈 구멍이 있는 약속을 했을 리 없는데?

"난 물론 공작, 그러니까 아르님 가문의 데모닉에게 신의를 지켜야만 하지. 나도 저 황무지에 떠도는 미친 유령이 되고 싶진 않거든. 빌어먹을 이카본의 계략 때문에 그 약속이 한 세대로 끝나지 않고 지금까지 이어지게 된 걸 시작하면 아르님 성을 가진 놈들을 모조리 씹어 먹고 싶지만……."

한 순간 잔인한 표정이 떠올랐는데, 그것조차도 이상할 정도로 조슈아의 얼굴과 잘 맞았다. 수십 년은 지어 온 표정처럼.

"그럴 수는 없단 말이지. 하지만 이 세상에도 똑똑한 미치광이가 하나 있어서 잘도 나한테 길을 열어줬단 말씀이야. 설명해 줄까? 나를 비롯한 '약속의 사람들'이 한 약속은 이랬지. 맨 처음에 이카본의 이름을 맹세를 집전하는 마법에 종속시키려고 하니까, 그 이름이 본명이 아니라서 안 되더란 말이야. 그게 시작인데……."

리체는 최대한 집중해서 들으려 했다. 이야기 속에 실마리가 있을 지도 몰랐다.

"이카본은 자기조차 자신의 본명을 모른다고 했어. 그는 부모도 없었기 때문에 쫓아가 물어볼 수도 없었지. 우리는 생각하기를 이카본은 무척 특이한 자니까, 다시 말해 데모닉이니까 본명을 몰라도 그 자 한 명만을 가리키는 표현은 쉽게 만들 수 있겠다고 생각했지. 아르님 성을 갖고 있고, 데모닉인 자. 아, 그 시절엔 데모닉이라는 말이 없었어. 이후에 생긴 별명이니까. 그때는 이카본을 '축복받은 아르님'이라고 불렀어. 하여튼 맹세의 집전자는 '축복받은 아르님'이 어떤 자인지 설명을 들었고, 그것으로 맹세를 집전해 주었어. 우린 그때만 해도 이카본의 그 괴물 같은 능력이 후세로 이어지는 것이리라고는 상상도 하지 못했어. 결국 이카본이 죽은 뒤 손자인지 증손자인지 하는 빌어먹을 새로운 '축복'이 태어났을 때에야, 우리의 의식이 소멸되거나 아예 새로 태어나지 않는 한, 절대로 그 맹세에서 벗어날 수 없다는 걸 알게 된 거지!"

"……."

리체는 막시민이 했던 것처럼 논평하진 않았다. 코르네드는 숨을 잠시 고르더니 말을 이었다.

"하지만 한 명뿐이야. 알아? 공작은 하나라고. 우리는 단 하나의 공작만을 섬길 뿐이야. 두 명을 섬길 의무는 없어. 지금까지 한 시대에 데모닉이 둘이었던 적이 없었기 때문에 별 의미가 없어 보이던 부분이었는데, 이번만은 뜻밖에 소용이 닿게 된 거라고. 자, 지금 아르님 가문에 데모닉 조슈아가 몇이지?"

그제야 리체도 비취반지 성에 있는 인형, 또 하나의 조슈아를 생각해 냈다. 쥬스피앙은 그 자도 단순한 복제품이 아니라 이곳의 조슈아와 똑같은 인과율 속에 놓여 있다고 했다…….

리체의 표정을 본 코르네드는 입가에 미소를 올렸다.

"맞았어. 우린 다른 하나의 공작을 섬기면 되는 것이야. 둘을 섬길 의무는 없어. 우리가 저쪽의 공작을 섬기고 이쪽을 배신한다고 해서 맹세를 어기는 것이 아니란 말이야. 그러니 난… 새로 얻은 이 몸을 느긋하게 즐겨도 되는 거지. 자, 어때? 아주 멋지지?"

리체는 대답할 말을 생각해 내려고 머리를 쥐어짰지만, 아무 것도 떠오르지 않았다. 그녀보다 훨씬 머리가 좋은 조슈아도 생각해내지 못한 일이었다. 아니, 어쩌면 '약속의 사람들'은 조슈아에게 이 맹세의 내용을 정확히 설명하지 않았을지도 몰랐다. 처음부터 이런 의도로 말이다.

"그쪽의 공작은 이쪽의 공작이 어찌되든 상관도 안 할 테니, 더더욱 잘됐

지. 오히려 죽어준다면 더 좋아하지 않겠는가 이 말이야. 난 이 몸을 오랫동안 쓸 생각이야. 아주 좋거든. 너 같은 계집애들의 마음도 뺏을 수 있고. 그 말고도 소용이 무궁무진하지. 뭐, 일단 데모닉이라는 것만 생각해도."

리체는 겨우 입을 열었다.

"처음부터 그런 생각이었다면… 왜 날 고쳐줬지?"

"너야 중요한 사람이 아니니까. 네가 죽든 살든 이 일의 판세에는 아무 영향이 없으니 말이야. 네 몸을 고쳐 주는 건 그냥 내 취향의 문제에 불과하거든."

리체는 더 이상 생각을 할 수가 없었다. 머릿속이 몽롱할 뿐이었다. 그게 정말 작별인사였단 말인가? 그토록 짧고 단순한… 그렇게 끝이 났다고? 게다가 오직 그녀하고만 두어 마디를 나누었을 뿐인데… 다른 사람들과 인사도 하지 못한 채… 세상에서 그의 존재가 지워져 버렸다고?

폭풍처럼 강한 운을 지녔다던 데모닉 조슈아가?

코르네드는 멍해 있는 리체를 쳐다보더니 목소리를 바꾸었다.

"내게 마지막으로 부족했던 걸 가지고 나니 하고 싶은 것도 아주 많군. 아… 그 옛날에 못했던 것들, 해 보았던 것들, 인간의 몸을 가져야만 할 수 있는 좋은 놀이들……."

이미 코르네드의 말은 리체에게 중언부언으로 들릴 뿐이었다. 귓가에서 윙윙거리는 날벌레 소리에 불과했다. 코르네드는 오른손 검지로 바닥에 무언가를 그리면서 말을 이었다.

"붉은 머리카락이라… 난 그런 색깔을 좋아하지."

코르네드는 상체를 리체 쪽으로 기울였다. 리체는 뒤로 물러나려 하다가, 아니 일어나려 하다가, 소스라치게 놀랐다. 몸이 다시 움직이지 않는 게 아닌가? 그것도 앉은 자세 그대로.

상대는 마법사였다. 마법사를 자주 본 일이 없는 리체는 무엇을 조심해야 하는 지도 잘 몰랐다. 하지만 방금 분명히 알았다. 모든 것이었다. 마법사 앞에서는 모든 것을 조심해야 했다. 우호적인 관계가 아니라면 달아나는 쪽이 좋았다. 그랬어야 했다.

도움이 안 될지 몰라도 말은 할 수 있었다. 리체는 눈을 부릅떴다.

"넌 최악의 인간, 아니 유령이야. 이런 사실을 알려 줬으니 그 자리에서 자살이라도 하지 그래."

코르네드는 잠시 눈을 내리깔았다. 그러나 곧, 다시 치떴다.

"내게 명령하지 마."

리체의 시야에서 별빛 빛나던 바다와 하늘이 사라졌다. 보이는 것은 한 명의 얼굴뿐. 이윽고 소년의 얼굴에서 비웃는 듯한 미소가 사라졌다. 한 순간, 조슈아가 돌아온 것인가 착각할 정도로 진심 어린 눈빛으로 그가 말했다.

"어차피 그는 하나가 아닌데, 셋이 된다고 한들 안 될 것 있겠어?"

그 말에 대한 대답이 어딘가에서 들려왔다.

"그래, 그놈이 하나도 아닌데, 이젠 셋이 되어야 한다니 이거야말로 지랄 맞은 노릇 아니겠냐?"

6. 충성과 복수의 이름

" 너희가 깨끗하다고 생각하는 그곳은, 균질한 먼지로 덮여 있을 뿐이야. "

코르네드가 벌떡 일어나는 순간, 리체는 자신을 묶었던 마력이 풀리는 것을 느끼고 재빨리 일어나 물러섰다. 딱히 도망갈 곳은 없었지만 어쨌든 곁에 있어서 좋을 건 없다는 생각이었다.

코르네드는 조슈아의 눈으로 모래사장으로 내려오는 경사 위를 쏘아보았다. 그곳에는 오래 전부터 거기 있었던 것처럼 한가롭게 앉아 턱을 괴고 있는 막시민이 보였다. 그는 쇠스랑이나 쟁기 자루였던 것 같은 기다란 나무 막대를 세워 겨드랑이에 끼고 있었다.

"네가 들을 만큼 대단한 경력이 없는지라 소개는 과감히 생략하겠다."

막시민은 벌떡 일어나더니 막대는 바닥에 내던지고 아래로 내려왔다. 리체가 소리쳤다.

"내려오지 마!"

이미 리체 곁까지 내려온 막시민이 어깨를 툭 치며 말했다.

"마법사는 말이야, 멀리 떨어질수록 위험한 거라고."

"너, 언제부터 보고 있었어?"

"별로 안 됐을걸."

"하지만… 조금 전에 소개는 생략한다고 한 말, 저 자가 나한테 했던 말이랑 똑같잖아!"

막시민은 멀뚱한 표정을 지었다.

"그랬냐?"

"그랬냐가 아니라……."

"발길질이 일품이더군."

막시민은 리체와 논쟁하러 온 것이 아니었으므로 친구의 탈을 쓰고 있는 녀석, 다시 말해 그의 관점으로 악당에 해당하는 자에게로 몸을 돌렸다. 우선 자기 손에 아무 것도 없다는 걸 보여주려는 것처럼 두 팔을 벌렸다.

"당신의 훌륭한 연설은 잘 들었는데 말이야."

코르네드는 상대가 마법사도, 전사도 아닌 걸 알고 있었으므로 겁내는 기색 없이 팔짱만 끼었다. 막시민이 말을 이었다.

"그럴듯한 생각을 해냈더군. 공작은 하나면 되고, 그게 누구든 상관이 없단 말이지. 그건 돌려 말하면 반드시 누군가 한 명을 섬기긴 해야 한다는 얘기도 되겠군. 안 그래?"

코르네드는 거만하게 고개를 모로 꼬았다.

"데모닉이 한 명도 없을 때는 아무도 섬길 필요가 없지."

"아아, 그래. 데모닉. 이 세상에 데모닉이 한 명이라도 존재하는 한 너희

는 그로부터 벗어날 수가 없군. 하지만 두 명 이상이 되면 선택의 여지가 생기는 거고, 누굴 택하든 자유란 말이지. 너희는 비취반지 성의 인형을 택해 보겠다는 건데……."

막시민은 갑자기 고개를 젖히며 하늘을 쳐다봤다. 영문 모르는 리체는 뭐가 나타났나 싶어 덩달아 고개를 들었고, 결국 마지막 하나도 분위기에 휩쓸려 턱을 쳐드는 순간이었다.

「결국 네가 날 화나게 했구나.」

리체가 잘 알고 있는 목소리가 허공을 울렸다. 그와 동시에 코르네드는 흠칫 놀라며 수인을 맺기 위해 손을 움직이려 했다. 그러나 그럴 수 없었다. 코르네드는 그 자리에서, 그 자세 그대로 굳어졌다. 두 손을 약간 내밀며 목소리가 들려온 허공을 쏘아보려고 고개를 돌린 채로.

「잘도 피해 다녔으니 본의 아니게 오랜만이 되었군. 난 늘 널 보고 싶었는데 말이야.」

켈스니티의 모습은 물론 보이지 않았다. 하지만 그건 문제도 되지 않았다. 겁내던 것도 다 잊어버렸다. 리체는 절대 보이지 않는다는 걸 알면서도 두리번거리며 소리쳤다.

"켈스니티죠? 그렇죠? 저기, 나 지금 당신이 너무 반가운 거 알아요?"

미소라도 지었을 법한 사이를 두고 켈스니티가 대답했다.

「저도 반갑습니다, 아브릴 양.」

막시민은 느긋하게 비탈을 다시 올라가 쟁기 자루를 갖고 돌아왔다. 그
때까지도 조슈아의 모습을 한 코르네드는 우뚝 선 채 꼼짝도 하지 못했다.
말을 못하는 것은 물론이었다.

「이제 숨바꼭질은 그만두자고. 마가목 지팡이의 코르네드. 이렇듯 오랜
만에 만났으니 우린 아주 긴 이야기를 해야 할 것 같군. 그러니 비록 네 몸
이 아니라 해도 그런 자세로는 힘들겠지.」

이번에는 리체나 막시민도 볼 수 있는 변화였다. 코르네드의 주위에서
반투명한 얇은 막 같은 것이 솟아올라 그를 둘러싼 벽을 만들었다가, 다시
사라졌다. 이윽고 코르네드는 손을 내리고 몸을 움직였다. 그와 동시에 얼
굴에서 조슈아가 평생 한 번도 품어본 일이 없을 악의가 드러났다.

"방해할 생각이라면 집어치우시지. 얼음 강의 아들들을 섬기는 사제여.
네가 무슨 짓을 한다 해도 난 이 일을 포기하지 않을 테니까."

이를 악문 채 한 마디 한 마디 힘주어 내뱉는 목소리였다. 물론 그 안에
든 것은 적의였지만, 그것 뿐만은 아니었다. 바닥에 깔린 것은 긴장과 두려
움이었다.

「그런 말은 적당히 하는 것이 좋을 거야. 나는 이미 화가 많이 났으니까.
네가 감히, 두려움조차 잊고서, 이카본의 핏줄에게 손을 대다니. 네가 이카
본과 한 약속은, 맹세를 관장하는 마법이 없었더라면 한 순간에 저버릴 정

도로, 깃털처럼 가벼운 것이었나?」

　화가 났다고 말하고 있지만, 대조적일 정도로 낮게 가라앉은 목소리였
다. 조슈아의 얼굴을 한 코르네드는 눈썹을 올리며 비웃음을 머금었다.
　"이제 와서 이카본과의 약속을 거론하다니, 내가 켈스니티 발미아드를
지나치게 현명한 자로 기억하고 있었나 보군. 이제 그 이름은 내게 증오심
만 돋울 뿐이야. 예전의 약속 따위, 헌신짝보다도 못하다. 오히려 그의 속임
수에 당해 수백 년이나 노예의 굴레에서 벗어나지 못하고 버러지 같은 신세
가 되어버린 나에게, 그런 나에게, 이카본과의 약속을 기억하라고? 얼마든
지 기억하지! 증오와 저주의 이름으로!"
　막시민은 리체에게 자기 쪽으로 오라고 손짓했다. 곁으로 온 리체는 이
상황이 어떻게 이뤄진 것인지 설명을 기대하는 얼굴이었지만, 막시민은 고
개를 내두르며 기다리라는 신호만 했다. 다만, 한 마디는 했다.
　"멀쩡해졌네."
　리체는 '뭐야, 불만이라도 있는 것 같은 그런 말투는' 하고 받아치려다가 말
을 삼켜버렸다. 이렇게 되기 위해 조슈아가 치른 대가가 떠올랐기 때문이었다.

「네게 수백 년이 흐른 뒤에도 한결같이 기꺼운 마음으로 이카본의 후손
들을 따르라고 요구하진 않아. 하지만 옛 마음이 품었던 신실함이 한 조각
이라도 남아 있다면, 그 후손의 몸을 빼앗아 네 욕심을 채우겠다는 생각을
해내진 못하겠지. 그리고 복제된 인형을, 예전 그렇게 신실했던 맹세로 만
들어진 '너의 공작'으로 섬기겠다고 당당히 말하지도 못할 것이다. 너는 미
친 유령이 되고 싶지 않다고 했지만, 이미 옛 마음을 하나하나 저버리고 있

어. 그걸 다 저버리고 나면, 황폐한 복수심만 남은 네 모습이 황무지의 미친 유령과 과연 다른가? 조금이라도?」

코르네드는 파르르 떨었다.

"쓸데없는 소리는 집어치워! 난 정당해. 정당한 몫을 받지 못했기 때문에 누구에게든 그걸 받아낼 권리가 있어. 게다가 그의 핏줄이지. 그래, 네 말대로 이카본의 핏줄이기 때문에, 그의 권리를 빼앗아서라도 내 권리를 채우겠단 말이야! 그놈은 그걸 내놓아야만 해!"

「거짓말은 그만두고 솔직해지는 것이 어떻겠나. 네가 정말로 원하는 건 그런 게 아닐 텐데. 네가 이카본의 핏줄이며 데모닉, 즉 너희의 공작인 자에게 진실로 원하는 건 그런 게 아닐 텐데? 너희 모두의 소원을 들어줄 수도 있는 자가 누구지? 한 명밖에 없지 않나?」

"한 명이라고? 아니지, 둘이지. 비취반지 성에 있는 자가 들어주면 돼. 난 이 자에게 빚을 받고, 다음 일은 그쪽과 얘기하면 되는 거라고. 수백 년이나 고생했는데 이 정도 이득도 안 된다고 할 자는 없을 거다. 누구도 반대하지 않을 거라고."

「그건 네 희망일 뿐이야. 모든 '약속의 사람들'이 너와 의사가 같다는 생각은 망상에 불과하다는 걸 모르나?」

"그들은 내게 설득 당하고 말걸? 난 이 몸을 얻어서 앞으로 훨씬 일을 잘

해나갈 수 있어. 오랫동안 기다린 소원이 한 발짝 앞으로 다가오게 되는데, 그들이 거절할 리가 있겠나?"

「인간의 몸을 원하는 건 네 욕심일 뿐. 너를 따르지 않는 자들은 모두 알아차릴 것이다. 네가 인간의 몸을 가지려 하는 까닭은 공작과 일을 도모하기 위해서가 아니라, 단지 너 자신이 인간의 몸을 갖고 싶기 때문이란 것을. 그리고 그 몸을 다른 누구와 공유할 생각은 전혀 없다는 것도 말이다.」

코르네드는 시선을 내린 채 숨을 고르고 있다가 고개를 번쩍 들었다.
"그래, 좋다. 부인할 생각은 처음부터 없었어. 내겐 나쁠 것이 없지. 인간의 몸으로 한 평생 다시 사는 건 내가 아주 오래 전부터 바라던 바야. 게다가 데모닉의 육체는 아주 유용해. 다른 인간의 몸도 내 혼을 받아들일 수는 있겠지만, 내가 살아생전 사용하던 마법을 완벽히 다시 쓸 수 있으려면 이처럼 강력한 영매가 아니면 안 되지. 난 지금 좋아 미칠 지경이야. 마치 본래 내 몸이었던 것처럼 자유자재로 뭐든 할 수 있단 말이다!"

「네가 원하는 것을 얻은 방법은 속임수일 뿐이야.」

"그러면 이카본이 날 얽어맨 방법은 속임수가 아니었단 말인가? 속임수에 속임수로 맞대응하는 건 내 양심에 전혀 걸리지 않는데?"
그때 막시민이 들고 있던 쟁기 자루로 바닥을 툭툭 치며 일어섰다.
"잠깐, 나도 한 마디 하고 싶은데."
막시민은 코르네드에게 돌아섰다. 상대가 조슈아의 모습을 하고 있다는 것 때문에 미간을 한 번 찌푸리긴 했지만, 그는 본질적으로 논리적인 구분에 능한 사람이었다. 상대가 친구가 아니라고 판단하자, 그의 머릿속에서 곧 두 존재는 뚜렷하게 나뉘졌다.

"착각하고 있는 모양인데 말이야. 그 무슨 어쩌고 지팡이 마법사라는 코르네드 씨. 앞뒤가 안 맞는 말을 하면서 좋아하는 걸 보니 머리가 나쁘시군. 자기 논리에 모순이 있다는 거 모르겠냐?"

코르네드는 턱을 쳐들며 코웃음 쳤다.

"마법사도 아닌 네가 내 앞에서 지식 자랑을 할 셈이냐? 어차피 켈스니티는 언제까지나 날 이렇게 묶어둘 수 없어. 구속이 풀리면 그땐 섣불리 말을 한 걸 후회하게 될 걸."

"아, 기다려. 네가 머리가 나쁘단 걸 증명해 줄게."

막시민은 어슬렁어슬렁 코르네드 쪽으로 걸어왔다.

"이봐, 넌 조슈아에게 원한을 품고 복수할 자격이 충분하다고 하는데 말이야. 그건 조슈아가, 네가 이카본과 했던 맹세의 연장선상에 있는 '아르님 성을 가진 데모닉'이기 때문이라 이거지. 조상의 잘못을 후손이 책임져야 한다는 논리도 우습지만, 일단 네 괴상한 머릿속에서는 납득이 되는 모양이니 그렇다 치고, 그 다음은? 이카본이라는 자가 널 속여서 한 일이 뭐냐? 네가 그를 공작으로 섬겨야만 하게 만들었다는 건데, 하지만 넌 방금 그걸 네 입으로 부인했잖냐? 이제부터 너의 공작은 비취반지 성에 있는 복제 인형이라고 했잖냐? 그렇다면 조슈아는 이제 너희의 공작이 아니잖아? 그냥 조슈아일 뿐이라고. 그러면 이카본인가 하는 놈이 너희를 옭아맨 맹세하고도 더 이상 관계가 없는 셈 아니냐? 자, 그럼 너희의 공작도 아닌 조슈아가 왜 너희의 원한이든 소원이든 들어줘야 하는데? 한 쪽만 택해야 하는 거 아냐?"

리체는 그 말을 얼른 이해하지 못했다. 그런데 보니까 코르네드도 알아들은 표정이 아니었다. 막시민은 웃지도 않고 말했다.

"내 말이 너무 어려웠냐? 넌 너희의 소원을 들어주고 원한에 대한 책임도 질 공작을 단 한 명만 택해야 한단 말이야. 후보가 둘이라고 해서 한쪽에게는 원한을 갚고, 나머지 한쪽을 공작으로 택하고, 그렇게 편리하게 나눌 수 있는 게 아니잖냐? 저쪽을 너희의 공작으로 택할 셈이라면 원한도 거기가서 갚아. 상관없는 조슈아는 내버려두라고. 그 자식은 일생 연극 나부랭이나 하다가 아무 데서나 뒈져버리게 놔둬. 공작인지 생선 뼈다귀인지 하는 따위는 너희가 바닥에 코를 박고 바쳐도 싫다고 할 놈이야."

막시민의 말이 갈수록 신랄해지는 것은 불쾌감이 증폭되고 있다는 의미였다. 무엇보다도 상대가 조슈아의 얼굴을 하고 있다는 것이 그의 신경을 무척이나 건드렸다.

"그런 소린……."

코르네드는 입을 열려고 하다가 다물어버렸다. 그도 대꾸할 말이 궁해진 게 틀림없었다. 조슈아를 공작으로 인정한다면 그와의 약속을 지켜 그의 몸을 돌려줘야 하고, 공작으로 인정하지 않는다면 옛 약속에 구속되지 않는 대신 복수할 명분도 없어지는 셈이니 말이다. 복수할 명분이 없다면, 지금껏 강변해 온 그의 몸을 차지할 정당성도 없어진다.

막시민은 쟁기자루를 팔꿈치로 눌러 모래 위에 세우더니 천천히 소매를 걷으며 물었다.

"자, 그 양심은 아직도 잘 있나?"

코르네드는 이를 갈며 소리 질렀다.

"네 녀석이… 고작 십 몇 년을 살아왔으면서 내 양심 따위 알 게 뭐냐! 그래, 내가, 우리가, 아직도 데모닉과 아르님에게 매여 있다면, 그쪽도 마찬가지가 아닌가? 그도 약속을 지켜서 우리의 소원을 들어줘야 할 것 아냐!"

켈스니티의 목소리가 울렸다.

「네가 정말로 그걸 원한다면, 이런 식으로 조슈아를 속이고 불신을 얻어서 좋을 것이 있나? 조슈아가 이카본이 한 약속을 대신 지켜 주길 원한다면, 너 또한 충실히 약속을 이행해야 하지 않나?」

"정말로 소원을 들어줄 수 있다면 그렇겠지. 하지만 들어줄 수 있나? 이카본도 실패한 일을 그가 할 수 있느냐고! 이카본은 거짓말을 했고, 그의 후손도 똑같을 게 뻔해!"

코르네드는 흡사 이성을 잃은 듯했다. 궁지에 몰렸기 때문인지, 또는 오래 묵은 원한을 이야기하는 일이 그를 미치게 하는 것인지, 논리도 순서도 없이 자기가 하고 싶은 말을 모조리 쏟아냈다.

그가 흥분할수록 켈스니티의 목소리는 더 차가워졌다.

「이카본이 너희의 소원을 들어주지 못한 건, 결국 너희의 잘못 아닌가? 너희가 그들의 사이를 이간질하지만 않았더라면, 네가 그녀를 질투하고 불신하지만 않았더라면, 너희는 몇 백 년 전에 소원을 이뤄 지금쯤 편히 쉬고 있을 거야. 내 말이 그른가?」

"이카본이 우리를 조금이라도 생각했다면, 우리와의 약속을 중요하게 생각하는 마음이 조금이라도 있었다면, 우릴 내버려두고 그 여자를 따라가진

않았겠지. 결국 그 때문에 우리 모두 죽어 비취반지 성의 원귀가 되어버렸고 말이다. 나도 똑같이 묻지. 내 말이 틀린가?」

「이미 몇 번이나 했던 이야기다. 이카본이 아니라 그녀가 사라졌기 때문에 적들이 성을 노린 거다. 그 때문에 이카본도 한시라도 빨리 그녀를 데려오려 했던 거지. 그녀가 떠난 이유가 너희 때문이란 것을 설마 부인하진 않겠지? 결국 똑같은 이야기의 되풀이일 뿐이다. 너희의 죽음은 이카본에게도 분하고 또 분한 일이었으니. 이카본이 일부러 너희를 내버려뒀다는 이야기는 너라 해도 할 수 없을 거야. 그리고 그때 그 일로… 나 역시 죽었다는 걸 잊지 마라.」

"이카본이 아까워하고 원통해한 건 켈스니티 너를 잃었다는 것이지, 우리가 아니었어! 결코… 우리 따위는 죽든 말든… 아니, 죽어버리면 약속을 지키지 않아도 되니 더 좋았겠지!"

막시민이나 리체가 알 수 없는 이야기였지만 이것이 둘에게 해묵은 논쟁이고, 또한 갈등의 근원이라는 사실만은 알 수 있었다. 다른 것을 억지로 다 이해한다 해도 '그녀' 라는 사람의 존재만은 처음 듣는 것이었다. 이카본이 약속의 사람들, 그리고 켈스니티조차 내버려두고 찾아갔던 '그녀' 는 누구인가?

「이카본은 네가 생각하는 것 같은 사람이 아니야. 네가 그런 식으로 상상으로 만들어 낸 원한을 쌓았기 때문에, 넌 점점 더 미친 유령에 가까워지고 있는 거야.」

"켈스니티, 켈스니티. 너는 평생토록 그랬고, 죽은 후에도 질릴 정도로 똑같아. 널 죽게 한 것도 결국은 이카본인데, 한 번이라도 원망해 봤나? 넌 원망이 무엇인지 알기나 하나? 눈이 멀고 귀도 먹은 어린애처럼, 뒤도 돌아보지 않고 이카본만을 뒤쫓지. 죽은 뒤에도 그를 옹호하러 쫓아다니는 꼴이라니. 질리도록 독한 놈. 네 편협한 이야기 따위, 모조리 이카본 위주로만 생각하는 주장 따위, 들을 가치도 없단 말이야. 알아?"

코르네드는 막시민과 리체 쪽으로 홱 고개를 돌렸다.

"들려줄까? 너희는 켈스니티가 어떤 자인지 알고 있나? 아마 전혀 모를걸? 부드러운 모습만 봐 왔다면 그를 절반도, 아니 반의반도 모르는 거지. 그는 보다시피 친절한 자이지만, 이카본을 방해하지 않는 자에게만 그럴 뿐이야. 일단 이카본과 관계되었다 하면 그에게 너그러움을 기대해선 안 되지. 그거야말로 황무지가 된 가나폴리에서 맑은 물이 솟길 기다리는 거나 마찬가지니까."

켈스니티를 볼 수 없었으므로 그가 이 순간 어떤 표정을 짓고 있는지 알 수 없었다. 그런데 이상하게도 그는 자신을 변명하지 않았다. 코르네드가 지껄이는 말을 듣고 있을 따름이었다.

"너희는 그런 자를 믿을 수 있나? 그는 조슈아 폰 아르님이 아니라 이카본 폰 아르님의 친구야. 그는 이카본을 위한 피의 사제이고, 이카본을 건드리는 자들을 모조리 저승으로 보낸 다음, 성호를 한 번 긋고 나서, 꿈조차 없는 잠을 잘 자라고!"

그는 다시 켈스니티가 있다고 생각되는 방향으로 몸을 돌렸다.

"그래, 내가 미친 유령이 된다 해도 어쩔 수 없지! 모든 것은 이카본의 탓이니까! 하지만 이제 그런 일은 없을걸? 난 그의 핏줄의 몸을 차지해버렸으니까. 인간으로 다시 한평생 살아보는 건 어떨까? 아주 근사하겠지?"

대꾸한 것은 막시민이었다.

"아마 무척 짧겠지. 그는 데모닉이니까."

코르네드가 고개를 돌렸다.

"넌 네 친구가 일찍 죽길 기대하고 있나보군? 아아, 그래. 이카본의 후손들 중 이카본과 똑같이 '축복받은 아르님'이었던 자들은 모두 일찍 죽거나 미쳐서 죽었다지? 조상의 악업이 후손들에게까지 뻗쳐서 그렇게 된 게 뻔하지. 이렇듯 많은 유령들이 원한을 품고 있는데 자손들이 잘될 리가 있나. 그래, 이젠 그런 자들을 축복도 아니고 '악마'라고 한다지? 그거 아주 잘 맞는 별명이군 그래."

그런 말이 다른 누구도 아닌, 조슈아의 입술을 통해 나오고 있다는 것은 정말 참을 수 없는 노릇이었다. 막시민의 얼굴이 굳어졌다.

"하지만 몸이 데모닉의 것이든 아니든 내 정신은 데모닉이 아니니까, 미쳐서 죽을 염려는 없다는 걸 잊었나 본데?"

그 말과 동시에 막시민의 쟁기 자루가 날아와 코르네드의 허리를 후려쳤다. 상상도 못한 대응에 놀란 코르네드는 아픈 허리를 부여잡으며 소리쳤다.

"너, 넌… 이게 네 친구의 몸이란 걸 잊었어?"

막시민이 쟁기 자루를 고쳐 들며 내뱉었다.

"거 참 아까부터 앞뒤 안 맞는 소리만 하네. 그 몸을 안 내놓겠다고 할 땐 언제고, 이제 와서 친구의 몸이냐? 게다가 난 옛날부터 그놈을 엄청 두드려 패고 싶었는데, 그놈이 때리는 영문을 모를 것 같아 참았지. 하지만 이번엔 기억도 못할 것 아냐? 이 얼마나 좋은 기회냐고. 안 그래?"

또다시 날아오는 쟁기 자루를 한 번은 피했지만, 다른 한 번은 허벅지를 얻어맞고 말았다. 그가 얼굴을 찡그리며 비명을 지르자 켈스니티가 말했다.

「리프크네 군, 안타깝지만 그렇게 때리면 그가 마법을 쓰지 못하도록 걸어 놓은 구속 주문이 깨질 우려가 있군요.」

막시민은 쟁기 자루를 내렸지만 자루 위쪽을 손바닥으로 몇 번 비비며 말했다.
"너 따위 녀석이 조슈아의 얼굴을 일그러뜨리니 기분이 대폭 더러운데."
"마… 마법사들은 통증을 참는 법 따위 배우지 않아!"
"네가 배웠든 말든 그건 내가 알 바 아니고."
켈스니티가 다시 말했다.

「유령으로 오래 지냈으니, 아주 작은 아픔도 참을 수 없게 됐겠지. 인간의 몸이란 건 생각처럼 편리한 점만 있는 게 아니니까. 쾌감이 있는가 하면 통증도 있는 거지. 네가 차지한 것이 다른 평범한 인간의 몸이었다면 고통을 피해 잠시 나왔다가 도로 들어갈 수도 있겠지만, 조슈아의 경우는 다르지. 한 번 나왔다간 다시는 조슈아가 너의 침입을 허락하지 않을 테니까. 어찌 보면 갇힌 셈이기도 하겠군.」

"참견 마… 그 정도 말장난에 내가 포기할 것 같나?"

「그뿐이 아니지. 비취반지 성에 있는 인형이 조슈아와 같은 인과율 속에 놓여 있는 것은 틀림없지만, 과연 만듦새까지 완벽할까? 더구나 그 자에게는 본체라는 약점이 있고, 그를 만든 자들은 이용 가치가 없어지는 순간 그를 죽여 버릴 지도 모르지. 그렇게 되고 나면 너는 누구에게 소원을 들어달

라고 떼를 쓸 생각이지?」

"그… 그 따위 말도 안 되는 소리는 대답할 가치도 없어!"

「글쎄. 과연 말도 안 되는 소리일까. 만일 그 인형이 죽지 않는다 해도, 한 가지는 의심해 볼 수 있지. 과연 그에게서도 새로운 데모닉이 태어날까? 핏줄은 그대로 이어질까? 이어지지 않으면 맹세에서 해방되긴 하겠지만 동시에 너에게 남은 기회는 딱 한 번뿐인 게 되는군. 어때?」

"되지 않을 이유 따윈 없지! 가나폴리의 인형술은 그렇게 시시한 게 아니야!"

「가나폴리의 인형술이라면 그렇겠지만, 이번 인형을 만든 자는 가나폴리의 마법사가 아니야. 난 지금도 그 마법사가 어떻게 그런 대단한 일을 해냈는지 무척 궁금해. 그런 만큼 그가 조금이나마 실수를 저질렀을 가능성도 배제할 수 없겠지.」

"그런 쓸데없는 걱정 따위에 귀를 기울일 내가 아니야!"
코르네드는 마음의 동요를 숨기려 했지만, 본래 익숙하던 몸이 아니었으므로 표정을 능숙하게 감추기가 힘들었다. 따라서 조슈아를 잘 아는 막시민 등은 그의 감정 상태를 쉽게 알아보았다. 죽 듣고 있던 막시민이 갑자기 손가락을 울렸다.
"그러고 보니 한 가지 가능성이 더 있군. 너희는 분명 아르님 가문의 데모닉이 존재하는 한 그들 중 하나라도 섬겨야만 한다는 거였지?"

대답이 들려오진 않았지만, 막시민은 들은 셈치고 말을 이었다.

"그렇다면 말이야. 만일 켈스니티의 말대로 두 조슈아가 모두 죽어버린다면, 단 한 명이 남는군."

"남는다고?"

"간과하고 있는 것 같은데 이 세상에는 데모닉이 한 명 더 있거든. 그러니 그때가 되면 너희는 저절로 그 사람을 섬겨야만 되겠군 그래? 그러면 아주 볼만하게 되겠는데. 그는 조슈아의 몸을 빼앗은 너를 절대 그냥 두지 않을 테니까."

코르네드는 정말로 모르는 표정이었다.

"그런…, 사람이 있나?"

"아직 죽지 않았다고. 비취반지 성에서 산 적도 있다고 했으니 너희도 알 텐데? 데모닉 히스파니에를."

이번에야말로 코르네드는 진짜 당황한 표정이었다.

"히스파니에? 그가 살아 있단 말인가?"

"꽤 잘 아는 사이 같은 말투네?"

"그 자는……."

코르네드는 한참 만에 말을 이었다.

"손상된 데모닉이지. 그 자만은 영매가 아니었어. 이카본의 후손들이 페리윙클로 가버리고 나서, 수백 년 만에 처음으로 비취반지 성에 돌아온 데모닉이었는데, 그 자는 우리를 전혀 알아보지 못하더란 말이야. 내가 그 때 얼마나 실망했는지… 너희가 알 리 있겠어?"

다시 켈스니티의 목소리가 들렸다.

「그는 손상된 것이 아니야. 그가 유령을 볼 수 없었기에, 유일하게 오래 사는 데모닉이 된 거지.」

"그게 바로 제대로 된 데모닉이 아니라는 증거야!"
막시민이 이번엔 코르네드의 뒤통수를 때렸다.
"이 자식이 듣자듣자 하니까. 말을 하려면 제대로 하라고. 그 영감쟁이는 유일하게 똑바로 된 데모닉이었어. 난 장기적으로 조슈아도 그렇게 돼야만 한다고 생각하는데."
켈스니티가 말을 이었다.

「어쨌든, 그 말은 데모닉 히스파니에가 너희의 소원을 들어줄 수 없다는 의미가 되는군. 영매가 아니니까. 하지만 그는 데모닉이란 말이야. 그렇다면 너에겐 최악의 상태가 되겠군. 맹세에 얽매여 그를 공작으로 섬겨야 하지만, 그는 너희와 대화조차 나눌 수 없을 테니.」

막시민이 이죽거렸다.
"게다가 그 영감쟁이가 네가 조슈아를 어떻게 했는지 얘길 들으면, 네 녀석이 유령이라 해도 반드시 한 번 더 죽여 버리고 말걸?"
코르네드는 더 이상 당혹감을 숨기려 하지 않았다. 그에게 닥칠 최악의 상황을 상상하는 것인지, 입을 다문 채 땅바닥만 뚫어져라 쏘아봤다.
리체가 약간 움직였다. 그녀는 팔을 모으며 몸을 움츠렸다.
"듣고 있자니까 궁금해서 견딜 수가 없는데 말예요."
리체는 켈스니티를 찾는 것처럼 고개를 한 바퀴 돌렸다.

"도대체 그 '소원'이라는 것이 뭐죠?"

대답은 얼른 들려오지 않았다. 막시민도 이제는 물어봐야겠다고 생각하던 참이었다. 결국 모든 것은 그 '소원'을 이루느냐 마느냐에 달려 있는 모양이니 말이다. 또한 그 소원을 들어줄 사람은 조슈아이고, 들어줄 수 있는 이유는 조슈아가 영매이기 때문이라고 했다. 하지만 예전에 쥬스피앙이 빌려준 배 앞에서 유령들이 몰려들었을 때 어떤 목소리인가가 '너는 소원을 들어줄 능력이 없다'고 하지 않았던가? 그렇다면 조슈아의 의지나 능력으로 이뤄주는 것이 아니라 뭔가 다른 방식으로 이루어지는 소원이란 건가?

대답이 들려온 건 엉뚱한 쪽이었다.

「그 소원은 말이야…….」

보이지 않는 자였지만, 켈스니티의 목소리가 아니었다. 목소리의 주인공은 천천히 비탈에서 내려오고 있었다.

「고향으로 돌아가는 거야. 우리들의 영원한 고향, 안식처로 돌아가는 문. 그 문 앞에 서서 우리는 고향의 노래를 부르겠지.」

7. 맹약자의 시작과 끝

> 사후세계는 삶보다 훨씬 길기 때문에, 삶을 굳이 늘리려고 애쓸 필요가 없어.
> 긴 코스 요리가 날라져 올 것이 뻔한데, 전채를 더 달라고 조를 필요는 없잖아.

또 다른 유령이 나타났다고 느끼는 순간, 켈스니티에게 조금 익숙해졌다
고 생각한 리체의 몸도 도로 얼어붙었다. 리체는 주위의 사람들을 하나하나
살펴 보았지만 그들 중 누구도 낯선 목소리의 주인공이 아니었다. 결국 물
어볼 수밖에 없었다.

"다, 당신은 또 누구예요?"

「친구도 적도 아냐. 그러니 걱정하는 것도, 안심하는 것도 안 돼. 그런데
내가 한 말이지만 엄청 그럴듯하지 않아? 날이 밝아오고 있는데 무인도의
바닷가에는 유령들만 어슬렁거리는도다. 코르네드, 꽤 자연스러워 보이는

데. 공작의 몸은 어때? 역시 기가 막히겠지?」

리체는 더 이상 말을 이을 생각을 하지 못했다. 그러자 쑥스러워하는 듯한 목소리가 들려왔다.

「어이, 아가씨. 그렇게 겁내지 말라고. 나도 괜히 튀어나와 놀라게 하고 싶은 생각은 없었어. 다른 녀석들처럼 얌전히 듣기만 하려 했는데. 하지만 저놈이 우리 사제를 욕하는 걸 듣자니 참을 수가 없어서 말이지.」

말하는 걸로 보아 우호적인 쪽 같기도 했다. 리체는 '약속의 사람들'이 모두 같은 의견이 아니라던 말을 생각해 내고 외쳤다.
"당신, 약속의 사람들?"

「난 한 명이라서 '사람들'이 될 순 없는데.」

자기가 대답해 놓고도 우스웠는지 혼자 키득거리는 소리가 들렸다. 리체는 막시민과 얼굴을 마주봤다. 이미 바다는 붉게 물들고 백사장에도 여명이 반짝거리는 때였다. 하지만 저 자의 말대로 유령이 한둘이 아니라 훨씬 많이, 쥬스피앙의 배 앞에서 그랬듯 몰려들어서, 어쩌면 관객처럼 빙 둘러앉아 경청하고 있을지도 모른다는 생각이 들었다. 그런 상상을 하고 보니 날이 밝고 있다는 것도 전혀 도움이 되지 않았다.
막시민도 똑같은 생각을 한 모양이었다. 그는 망설이다가 주위를 둘러보며 소리쳤다.

"이봐들, 거기 있다면 박수 정도는 쳐 보지 그래? 공짜로 보고 있으면 값을 하라고."

박수 소리가 들려왔다면 더 기절할 노릇이었겠지만, 어쨌든 소리는 들리지 않았다. 리체는 막시민과 등을 맞대려 애쓰며 보이지 않는 목소리에게 물었다.

"켈스니티는 어디 갔죠? 왜 직접 대답하지 않는 건데요?"

「그건 말이야…. 그렇지, 코르네드 네가 대답해 보지 그래? 지금쯤은 알고 있을 거 아냐?」

코르네드는 대답하지 않았다. 그는 조금 전부터 당황한 얼굴로 시선을 내리깔고 있었다. 그 상태로 굳어지기라도 한 듯 꼼짝도 하지 않았다. 그런데 조금 후, 그는 갑자기 손을 올리더니 자신의 입을 막았다. 뒤집히는 속을 억지로 진정시키려는 사람처럼.

목소리는 혼자 낄낄대더니 말했다.

「대답할 상황이 아닌가보구만.」

리체가 다시 물었다.
"켈스가 어딜 갔는데 그래요?"

「다이브(dive)했어. 공작의 몸 속으로.」

그 말에 막시민이 고개를 번쩍 들었다.

"그 말은 조슈아에게서 저 코르네드라는 자를 내쫓기 위해 들어갔다는 소린가?"

「뭐, 의도를 다 알 수는 없지만 그 비슷한 거 아닐까.」

"잠깐, 이봐! 그런 식으로 남의 몸을 전쟁터 삼아서 싸우다가 애가 아예 맛이 가버리면 어떻게 하려고 그래!"
목소리는 갑자기 어조를 낮추며 말했다.

「공작을 우습게보지 마. 그는 이카본의 핏줄이야.」

그 즈음 코르네드는 버티지 못하고 바닥에 주저앉았다. 똑바로 눈을 뜨고 있긴 했지만 뺨에서 계속 경련이 일어났다.

「모험이긴 해. 공작의 의식은 아주 강력해서, 수백의 유령을 한꺼번에 강령할 수도 있지만, 지금 공작의 몸을 가누고 있는 건 공작 자신이 아니라 코르네드라고. 공작의 의식이 잠든 동안, 코르네드가 공작의 몸을 과연 얼마나 잘 다룰 수 있을까? 코르네드 놈의 정신은 한 몸 속에 두 가지 의식이 있는 걸 버틸 수 있을까? 그러다가 공작이 갑자기 깨어나기라도 하면 세 사람의 의식을 감당해야 할 텐데, 할 수 있을까? 놈은 '축복받은 아르님'이 아닌데 말이야.」

"만약에 못하면? 그러면 어떻게 되지?"

「내 예상이지만 말이야. 공작은 의식의 전환을 즉각 해낼 수가 있지만, 코르네드가 그걸 못하면, 다시 말해 전환 도중에 공백이 생기면, 순간적으로 죽은 것으로 인식되어서 몸 일부에 괴사가 일어날 수도 있지 않을지…….」

막시민은 끝까지 듣지도 않고 소리쳤다.
"그걸 지금 말이라고 하는 거야!"
그때 곁에서 다른 목소리가 들렸다. 젊은 여자였으나, 예전에 들었던 코르벨의 목소리는 아니었다.

「걱정하지 마. 페란초는 괜히 겁을 주는 것뿐이야. 공작은 괜찮아. 우리의 공작인걸.」

친절하게 들린다고 해서 처음 듣는 목소리를 신뢰할 막시민은 아니었다. 그러나 막시민이 대꾸하기도 전에 또 다른 목소리가 말했다.

「리타의 말이 맞아. 기다려 봐. 켈스는 말이야… 몸과 마음을 모두 정화할 수 있는 사제라고.」

「난 켈스가 걱정돼. 그는 이런 일을 원치 않았어. 그는 공작에게 손가락 하나도 대지 않으려 했잖아.」

「흔적 때문이야. 다이브의 흔적은 결코 지워지지 않으니. 공작에게 켈스의 흔적이 남는다면 보통 일이 아닐걸.」

「공작이 무사해야 할 텐데. 아… 들어봐, 부르고 있어. 들려?」

「들려?」

「너에게도?」

리체와 막시민은 어느새 등을 맞댄 채 한 발짝도 떼어 놓지 않게 되었다. 막시민이 기분 상한 듯 중얼거렸다.

"아까 박수 쳐보랄 땐 다들 시치미 뚝 떼고 있더니."

그러자 놀리기라도 하는 것처럼 목소리들이 뚝 그쳤다. 리체가 조그맣게 속삭였다.

"막시민, 너 처음에 켈스하고 같이 왔잖아. 그런데 이들이 있는 건 몰랐어? 처음부터 있었을까?"

"켈스는 말을 걸었으니 안 것뿐이고. 내가 알 게 뭐냐. 난 조군 자식이 아니라고."

"그럼 우리 지금 유령들 앞에서 공연이라도 한 거야?"

"말했다시피, 난 모른다니까."

리체는 왠지 모르게 안절부절못하는 표정이었다. 막시민은 조슈아, 아니 코르네드를 유심히 바라봤다. 무슨 변화가 일어나는지 알아내려는 것처럼.

코르네드는 한쪽 무릎을 세운 채 당장이라도 일어날 것 같은 모습이었

다. 그 자세로 멈춰 있었다. 조각상처럼 움직임이 없는 것은 아니었다. 일어나려다가 뭔가 중요한 생각을 해내고 멈춘 사람처럼, 시선이 허공을 헤매고 있었다.

예전에 검은 새떼, 아니 새를 보았던 산꼭대기였다. 아래로 물소리, 그리고 안개가 흐르는 듯한 소리가 들렸다. 공기가 서로 몸을 비벼 사각사각 소리를 냈다. 그런 걸 바람 소리라고 하던가. 하지만 그보다는 느렸고, 젖은 듯했다.

지난번에 왔을 땐 켈스니티가 말을 걸었던 기억이 났다. 입을 열어 불러 보았다.

"켈스?"

불러도 오지 않게 된 지 오래였다. 그 생각이 나자 낮게 한숨을 내쉬었다. 대답 없는 켈스니티는 낯설었다. 칼라이소에서 공연을 준비할 때처럼 눈코 뜰 새 없이 바쁠 때도 마찬가지였다. 그는 부족함을 느꼈다. 대답이 필요했다.

그래서 약속의 사람들을 불렀을까.

고개를 흔들었다. 알 수 없는 일이었다. 그가 약속의 사람들에게 무엇을 원했는지, 무엇을 해줄 수 있다고 생각했는지. 그들은 그가 해줄 수 있는 일이 없다고 했다. 하지만 그들은 그의 주위를 맴돌았고, 때때로 그를 불렀다. 부름을 받으려 했다. 그건 무언가를 원하고 있다는 의미였다.

그들은 언제부턴가 그를 '젊은 아르님', '어린 데모닉'이라고 부르는 대신 '공작'이라고 칭하기 시작했다. 그건 변화의 징조였다. 하지만 그는 어디서 변화가 일어나고 있는지 보지 못했다. 약속의 사람들, 그들의 눈에만 보이는 변화가 있었을까? 그들은 알았고, 그는 몰랐단 말인가?

그는 예나 지금이나 자신조차 가누기 힘든, 폭풍 속의 기둥이었다. 그는 자신이 그들에게 줄 수 있는 선물이 무엇인지 몰랐다. 이미 무언가 주었다 해도 몰랐을 것이다.

"조슈아……."

등 뒤에서 목소리가 들려 돌아보았지만, 아무도 보이지 않았다.

"누구?"

목소리는 웃었다. 돌아본 곳은 발 디딜 곳이 없는 허공이었다. 조슈아는 손을 내저었다. 아무 것도 잡히지 않았다.

"왜 그런 얼굴을 하니?"

"내 얼굴이 어떻기에?"

"슬픈 것 같아."

조슈아는 자신의 얼굴을 만져 보았다. 거울을 볼 수 없어서 손으로 더듬는 것처럼, 손끝으로 표정을 알아낼 수 있는 것처럼. 손끝이 눈가에 이르렀을 때 물기가 약간 묻어나는 걸 알았다.

"나… 왜 눈물을 흘린 거지?"

목소리는 대답하지 않았는데, 미소로 답했다는 생각이 들었다. 보이지 않는데도 그런 확신이 들었다.

조슈아는 물었다.

"누구인지, 대답해 줘. 아는 사람인 것 같은데… 잘 모르겠어."

"넌 날 잊어가고 있구나."

목소리는 침묵하고, 다시 안개 흐르는 소리가 났다.

"하지만… 괜찮아. 잘됐어. 네가 이곳을 떠나기 위해 내 기억을 지불해도

좋아. 아직은 아니지만… 곧 그렇게 될 것 같아. 날 잊어버리면 넌 다시 이곳에 오지 않아도 될 거야."

누구인지 모르는데도, 그 말에 눈물이 흘렀다. 한참 뒤 조슈아는 다시 눈가를 만져 보았다. 이제는 더 눈물이 나지 않았다.

"조슈아, 난 기뻐."

"왜?"

"네가 날 기억하지 못해도, 네 안에 내가 남을 수 있을 것만 같아서……."

조슈아는 목소리가 들리는 곳을 바라보았다. 바라보면 그 모습을 볼 수 있다고 믿듯, 그렇게 바라보았다. 그러나 아무 것도 보지 못했다. 한참 뒤 조슈아가 속삭였다.

"거기… 있어?"

대답은 들리지 않았다. 없다고 생각하는 순간 상실감이 찾아왔다. 없어선 안 될 것 같은데, 없었다. 잠시 후 조슈아는 가슴에 손을 얹었다. 그 안에 무언가가 남아 있었다.

한참 시간이 흐른 뒤 등 뒤에서 누군가가 어깨에 손을 얹었다. 조슈아는 뒤를 돌아보았다.

"드디어 만났구나. 말썽 많은 나의 공작."

이번엔 켈스니티였다. 오랫동안 불러도 나타나지 않았던 그였다.

"여길 잊지 않았구나."

켈스니티는 두 손을 내밀어 조슈아의 뺨을 어루만졌다. 조슈아는 놀라서 눈을 크게 뜬 채 켈스니티를 올려다보았다. 켈스니티가 그의 몸에 손을 댄 건 처음 있는 일이었다.

"널 찾아오느라 무척 힘들었어. 이제 돌아가자."

조슈아는 문득 생각해 내고 고개를 저었다.

"안 돼. 전처럼 뛰어내릴 수가 없어요."

"그래. 안 될 거야. 코르네드가 가로막고 있으니까. 그래서 우린 아주 먼 곳까지 가야 해. 먼 길을 돌아가야 하지. 내 손을 잡아."

"켈스, 전에는……."

조슈아가 하려는 말을 알아차렸는지 켈스는 미소지었다.

"이젠 어쩔 수 없구나. 금기보다 중요한 일도 있는 것이라, 흔적을 남길 밖에. 이 흔적 때문에 나도, 그들도, 항상 너와 함께 있게 될 거야. 좋은 점도 나쁜 점도 있겠지만 감수할 수밖에 없지."

흔적을 남긴다는 것이 무슨 의미인지 몰랐지만, 더 묻지 않고 조슈아는 손을 잡았다. 손을 잡는 순간, 주위에 수많은 사람들이 그림자처럼 나타나기 시작했다. 반투명한 윤곽이 점차 뚜렷해졌다. 그들은 대부분 미소짓고 있었다. 스무 명 정도였을까.

조슈아는 그들이 누구인지 몰랐지만, 한 명이 입을 열자 알 수 있었다. 들은 일이 있는 목소리였다.

"무사한 것 같아 다행이다."

"여기가… 공작의 세계?"

"이런 곳이구나. 이곳까지 오게 되다니… 그리고 이곳에 흔적을 남길 수 있게 되다니. 영광이야, 공작."

"정말 넓구나. 산과 절벽이라니. 안개와 마천루라니. 처음이야, 이런 곳. 다른 사람들은 대부분 작은 방이었는데."

"감격했네, 공작. 여기 온 일은 절대 잊지 못할 것이야."

켈스니티가 눈짓하자 그들은 모두 손을 맞잡고 긴 열을 만들었다. 조슈

아와 켈스니티도 그들과 손을 맞잡았다. 대열을 이룬 그들은 곧 그곳을 떠났다.

안개 속으로 솟아올라 높은 곳에 이르자, 물방울들이 걷히고 주위가 맑아졌다. 내려다보자 끝간데 없이 두텁게 깔린 구름이 보였다. 푹신한 솜 같은 구름바다 너머로 금색 해가 또렷한 원을 그렸다. 너무나 넓디넓은 세상이었다. 한 사람의 마음속이라는 걸 믿기에는.

그들은 천천히 날아갔다. 조슈아가 돌아볼 때마다 미소가 답했다. 모두 다양한 얼굴들이었다. 젊은이가 가장 많았지만 남자도, 여자도, 조슈아 또래의 소녀도, 노인에 가까운 어른도 있었다. 눈을 싸맨 장님도, 한쪽 발목이 없는 젊은이도 있었다.

여럿으로 이뤄진 한 마리 새처럼 그들은 구름바다를 건너갔다.

손이 움직였다.

오른손을 올리자, 맨 처음 켈스니티가 코르네드를 구속할 때 본 것과 비슷한 막이 이번에는 벗겨지며 사라졌다. 막시민도 리체도 코르네드가 드디어 마법을 쓰려 한다고 생각하고 긴장했다. 어차피 도망칠 곳은 없었지만. 두 사람이 뚫어져라 바라보는 가운데, 고개가 들리고 회색 눈이 그들을 향했다.

"막시민… 너 어떻게 여길 왔어?"

한참 만에 나온 막시민의 대답은 이러했다.

"내가 너 때문에 수명이 준다."

세 사람과 한 명의 유령이 모래사장에 앉아 아침 해를 기다리고 있었다.

사실 아침 해보다는 조슈아가 회복되길 기다리는 중이었다.

조슈아는 모래사장에 누워 바다 쪽을 보고 있었다. 깊이 잠들었다가 깨어난 혼이 다시 안정을 찾기를 기다리는 것이다. 손발이 무척 차가워서 리체에게 해주었던 것처럼 담요를 둘둘 감아야 했다. 하지만 베개는 없었다. 모래가 날아들자 조슈아는 고개를 돌리려 했지만 소용 없었다.

"픕."

리체가 막시민에게 말했다.

"네가 쟤 다리 좀 빌려줘라."

"내가 왜 남자 놈한테 다리 베개를 해줘야 되는데?"

"그럼 내가 해줘야겠니?"

그건 예의가 아닌지라 결국 막시민의 다리를 빌렸다. 조슈아는 눈을 감고 있다가 켈스니티를 불렀다.

"내가 없는 동안… 그 자가 무슨 말을 했는지 궁금해."

「그래. 말할 때가 됐다고 생각했어. 그 자의 입으로 듣는 것보다는 내가 얘기하는 편이 나을 테니까. 왜 맹약이 깨어지고, 약속도 깨어졌는지.」

"그래요. 이젠 들을 때라고 생각했어."

「네가 옛 일에 얽매이지 않길 바랐어. 유령들만 떠나고 나면 모두 묻혀버릴 테니, 굳이 옛 이야기를 알아서 그들의 은원과 엮이고 책임감을 느끼는 일은 없었으면 했어. 조상이 벌인 일을 수습하고 있기엔 네가 하고 싶고, 해야 할 일이 너무나 많지 않아? 그동안 내가 네 곁에 오지 않고 뭘 했는지 궁

금했을 거야. 난 네게서 저들을 떠나보낼 방법을 찾고 있었어.」

조슈아가 눈을 약간 크게 뜨며 물었다.

"그게 가능한거야?"

「불가능하진 않았지. 물론 네가 점점 더 어렵게 만들고 있지만.」

막시민이 말했다.

"그렇지. 유령들과 점점 가까워지다 못해 아예 유령한테 월세도 안 받고 세까지 놓으려 하잖아. 멀리 하라고 아무리 말해도 듣지 않지."

"이번엔 어쩔 수 없었어."

대답하며 조슈아는 리체를 바라봤다. 팔이 다 나은 리체를 보니 마음이 편해졌던지 빙그레 미소지었다.

막시민이 켈스니티에게 물었다.

"그래서, 떠나보낼 방법이란 건 뭐지?"

「불만족스러운 것이 있기에 유령이 되는 것이고, 저들은 약속을 이루지 못한 약속의 사람들이지요. 그들의 약속, 다시 말해 소원을 들어주면 그들은 자연히 유령 상태에서 해방되게 됩니다. 더구나 그들의 소원은 이 땅에서 떠나는 것이니, 어느 쪽으로든 그들은 조슈아 앞에서 사라지게 되겠죠.」

"그래서 그 소원이란 걸 들어줄 방법이 있는 거야?"

「제가 답을 찾았더라면 저들이 오늘 여기 나타날 일도 없었겠지요. 하지만 아직 희망이 없는 건 아닙니다.」

그때 리체가 말했다.

"아까 어느 유령이 말이죠, 자기들의 소원은 '고향으로 돌아가는 것'이라고 했잖아요? 켈스도 들었는지 모르겠지만… 어쨌든 그게 사실이라면 그 고향이란 건 도대체 어디예요? 어디든 갈 수 있는 유령들이 어째서 돌아가지 못하고 있는 거죠?"

「그들이 왜 그런 소원을 갖게 됐는지부터 설명해야 이해할 수 있을 겁니다. 처음부터 말하자면 먼 과거까지 거슬러 올라가야겠군요.」

조슈아에게는 켈스니티가 바다 쪽으로 눈을 돌리는 모습이 보였다. 그는 떠오르는 해를 보다가 다시 조슈아를 바라보았다.

「지금 페리윙클 섬에 사는 사람들은 대륙에서 온 이주민입니다. 저 옛날, 천 년 전에 페리윙클은 무인도였고, 대륙에는 지금보다 훨씬 많은 작은 나라들이 흩어져 있었죠. 나라라기보다는 부족에 가까웠을지도 모릅니다. 그 시절에 나라다운 나라는 하나뿐이었지요.」

"가나폴리… 얘기지?"
조슈아의 말에 켈스니티가 고개를 끄덕였다.

「그래, 가나폴리. 그들이 황무지였던 대륙을 푸른 땅으로 바꿔 놓았기에, 오아시스를 찾아 떠돌아다니던 다른 부족들이 정착할 터전도 마련되었지. 가나폴리 사람들은 마법의 힘을 갖지 못한 여타 부족들을 경쟁자로 여기지 않았어. 그래서 쉽게 그들을 도와주었지. 그들이 아무리 힘을 기른다 해도 가나폴리에 도전할 일은 결코 없을 테니 말이야. 그리고 알다시피 가나폴리는 멸망했지. 그 흔적은 필멸의 땅이 되었고.」

막시민이 물었다.
"가나폴리는 마법을 잘못 써서 멸망했다고 들었는데, 그 힘이 아노마라드나 그런 데까진 미치지 않았나 보지?"

「그랬죠. 가나폴리를 멸망시킨 힘은 가나폴리 사람들의 마력이 미치던 영역에서 그쳤습니다. 그래서 아노마라드나 하이아칸 같은 곳은 여전히 푸른 땅인 거죠. 가나폴리가 멸망한 원인이 이계에서 온 네 가지 무구 때문이었다는 이야기를 아십니까?」

리체가 고개를 흔들었다.
"그런 얘기는 처음 들어요."

「가나폴리의 왕이었던 마법사가 실수로 이계와의 통로를 열어버렸고, 거기에서 나온 파괴적인 '악의 무구'가 마법사를 지배해버렸습니다. 그래서 그는 악의 화신이 되어 나라를 파괴했고, 그런 그를 막은 사람이 왕녀 에브제니스였죠. 친아버지를 죽이리라는 예언을 받았던 왕녀.」

조슈아가 고개를 끄덕였다. 어느 정도는 읽어서 알고 있던 이야기였다.

「마법사는 죽었지만, 그가 풀어놓은 이계의 힘이 급속도로 땅을 오염시키고, 물을 말려버리고, 동식물들을 괴물로 변이시켰습니다. 그걸 막기 위해 에브제니스를 비롯한 마법사들이 '소멸의 기원'이라는 마법을 쓰기로 했죠. 그리고 마법이 실패할 때를 대비해서 왕녀의 사촌이자 동생이기도 했던 티시아조 왕자를 중심으로 탈출 계획을 세웠습니다.

여러분이 타고 온 것과 같은, 하늘을 나는 배를 준비해서 이주단을 조직했던 것이었지요. 땅에서는 죽음을 각오한 자들이 새벽탑에 모여 마법을 시전하는 가운데, 탈출하려는 자들의 선단은 하늘을 뒤덮었습니다. 그리고 아시다시피 소멸의 기원은 실패했기에, 배에 탔던 자들만이 생존자가 되었습니다.」

리체가 말했다.
"생존자라고요? 그럼 가나폴리 사람들이 모두 죽은 게 아니란 말씀이군요? 그들은 어디로 갔죠?"

「그들이 처음에 가려 했던 그곳에 도착한 자가 있는지, 그건 저도 모르겠습니다. 저는 그 당시의 사람이 아니니까요. 본래 목적지는 북쪽에 있다는 어떤 대륙이었다고 합니다. 하지만 그들이 가나폴리 땅을 떠나 멀리 가기도 전에 이미 문제가 생겼지요.」

물안개에서 벗어난 해가 붉은 광채를 뿌리기 시작했다. 모래밭에 앉아

있던 자들의 얼굴도 붉게 물들었다.

「대부분의 마법사들이 소멸의 기원에 동참했기 때문에, 배를 탄 자들 중 마법사는 극히 적었습니다. 물론 가나폴리 사람들은 보통 사람이라 해도 어느 정도의 마법은 쓸 줄 알았죠. 그런데 그들 중 하나가 끔찍한 짓을 저질렀습니다. 마법사들이 다 죽어버리고 나면 이주한 뒤의 생활이 어려울 테고, 그러니 마법의 힘이 깃든 물건들을 갖고 가야 한다는 생각에 이것저것 모아들여 배에 탔던 거죠. 그렇게 은밀히 숨겨 온 물건 중 하나가 바로 네 가지 '악의 무구' 중 하나였던 겁니다.」

막시민이 대뜸 소리쳤다.
"아니, 그것 때문에 나라가 망했는데, 도망을 가면서 그걸 갖고 갔다고? 미친 거 아냐?"

「마법을 쓰며 살던 자에게 마법 없이 살아야 한다는 상상은 무척 끔찍한 것이었던가 봅니다. 나라가 폐허가 되었으니 당연히 쓸만한 마법 물건을 구하기가 힘들었겠죠. 그리고 그 무구는 무척 강대한 마법이 깃든 물건이었고요. 저도 마법사가 아닌지라 그 이상의 심리까진 모르겠지만…. 어쨌든 그 사실이 밝혀지자 당연히 혼란이 있었습니다. 일단 갖고 온 이상 그런 물건은 아무데나 버릴 수도 없는 일이었죠. 그 자는 한 선단을 지휘하고 있었고, 그의 배에 탄 자들을 강하게 설득했습니다. 그 무구를 직접 사용하는 것이 아니라, 그걸 봉인해 두고 거기에서 흘러나오는 마법을 사용하겠다고 말이죠. 그러면 가나폴리에서 그랬듯 자유로이 마법을 쓰며 살아갈 수 있을 거라고 말입니다. 놀랍게도 이 설득은 먹혀들어갔습니다.」

"그러면… 그걸 끝내 갖고 갔단 말이야?"

「이주단은 그들을 추방하기로 결정했고, 그들도 거절하진 않았습니다. 하나의 무구에서 나오는 마력을 다같이 나눠 쓸 순 없는 노릇이라고 생각했던가 봅니다. 그리하여 그들은 이주단에서 빠져나와 남쪽으로 기수를 돌렸습니다.」

한동안 말이 없던 조슈아가 낮게 말했다.
"그래서… 그들이 내린 곳이 페리윙클?"
"뭐?"
리체가 놀라 고개를 돌렸다. 물론 그녀도 이야기가 가리키는 방향을 느끼지 못한 것은 아니었다. 그러나 전설이 되어버린 왕국, 그것도 마법 왕국이었던 곳의 후손들이 그렇게 가까이 살고 있으리란 생각을 쉽게 받아들일 수가 없었다.
막시민이 말했다.
"맞는 모양이군. 페리윙클 사람들이 가나폴리의 후예들? 그럼 조슈아의 집안도? 거 참, 믿어지지 않는데. 아니, 그럼 마법도……."

「이제 와서 마법을 쓸 수 있는 건 아니니까 안심하시고요.」

"글쎄, 난 데모닉이 사실 마법의 일종이었다고 해도 별로 놀라지 않을 것

같은데.”

켈스니티는 빙그레 웃었지만 물론 막시민에게는 보이지 않았다.

「페리윙클에 도착한 뒤 의견은 또다시 갈라졌습니다. 페리윙클은 생각보다 살기 좋은 섬이었지만, 문제의 무구를 봉인할 만큼 지반이 튼튼하지 못했습니다. 알다시피 산호섬이니까요. 그리고 배에 타고 있을 때 적극적으로 반대하지 못했던 사람들이 목소리를 내기 시작하면서 여론은 급격히 기울었습니다. 파괴할 방법은 없지만, 무구에서 나오는 마력조차 사용할 수 없도록 완전히 봉인해야 한다는 것이었죠. 결국 소수파였던 마법 지지자들이 다시 떠나게 됐습니다.

그들이 택해 간 곳이 노을섬인데, 그곳은 산호섬이 아니고 험한 바위섬이었죠. 지반이 튼튼한 대신 척박한 땅인지라 그곳으로 간 사람들은 생계를 잇기가 힘들었고, 자연히 무구의 마법을 사용하기로 합니다. 그리하여 세대가 흐르자 페리윙클은 마법을 사용하지 않는 섬이 되었고, 노을섬은 마법사의 섬으로 알려지게 되었습니다.」

“그 마법이 바로 그 마법이란 말이군. 이런 식이라면 이 세상의 마법은 다 근원이 같은 거 아닌지 모르겠네.”

「리프크네 군의 말대로일 지도 모르지요. 그 후 노을섬은 자기들끼리 고립되는 쪽을 택했지만, 페리윙클 사람들은 점차 주변의 섬들로 세력을 넓혀서 꽤 많은 섬에 흩어져 살게 되었습니다. 그러다 보니 다른 섬을 차지한 가문끼리 세력 다툼도 종종 일어났죠.

그런데 노을섬 사람들이 무구에서 흘러나오는 마법을 사용하게 되면서 그 일대에 약한 지진이나 해일이 잦아졌습니다. 페리윙클은 생존 기반인 산호 채취나 어업에 피해가 오는 만큼 아주 민감하게 반응했습니다. 점점 감정이 악화되다 보니 두 섬은 몇 달이 멀다 하고 서로 사절을 보내어 협박과 조롱을 주고받는 사이가 됐습니다.

그 즈음 대륙에서는 작은 나라들이 적극적으로 합병과 정복을 거듭하여 형태를 갖춰나갔고, 어느 정도 세력 균형이 이뤄지자 하나 둘 바다 쪽으로 눈을 돌렸습니다. 페리윙클은 멀긴 했지만, 산호 채취와 청금석 광산, 그리고 지금은 고갈됐지만 사파이어도 났기 때문에 보물섬으로도 불렸지요. 당연히 탐나는 섬이었을 겁니다. 결국 남부의 티아 왕국이 쳐들어왔고, 저들끼리 소규모 다툼에 여념이 없던 페리윙클 섬 일대는 너무 쉽게 정복되고 말았죠. 사람들은 마법을 쓰는 노을섬에 구조 요청을 했습니다만, 감정의 골이 깊었던 노을섬 사람들은 거절해 버렸습니다.」

"티아라면 지금은 아노마라드 밑에 있는 자치령 아닌가?"
막시민의 말에 리체가 고개를 갸웃거렸다.
"그때는 잘나갔었나 보네."

「그때는 남부에서 가장 큰 왕국이었죠. 이렇게 정복된 채로 십 년 정도 흐른 뒤 태어난 사람이 이카본입니다. 저는 이카본과 어려서부터 친구였는데, 만났을 때부터 그는 동네를 떠도는 고아였죠. 저는 이카본의 부모를 한 번도 본 일이 없습니다.

개구쟁이 시절이 흐른 뒤 저는 사제의 길을 걷게 됐지만, 이카본은 언젠

가 티아 사람들을 쫓아내겠다고 결심해서 은밀히 사람들을 모아들였죠. 결국 저도 그와 함께 하게 되었고, 대지주의 아들이었던 오블리비언이 합류한 후에는 바야흐로 뭔가 해볼 수 있는 힘을 갖추게 됐습니다.」

막시민이 물었다.

"대지주의 아들이라니, 정복당했던 거 아니었나? 정복당했는데 무슨 대지주가 남아 있어?"

「오블리비언은 티아 사람과 결탁한 집안의 아들이었죠. 그의 아버지는 다들 배신자라고 손가락질해도 아랑곳 않고 부를 챙기기에만 여념이 없는 사람이었습니다. 그러나 오블리비언은 그림과 음악을 사랑하는 낭만주의자였고, 이해득실보다는 마음에서 우러나는 감정을 따랐지요. 아버지가 죽은 뒤 물려받은 토지를 전부 소작인들에게 나눠줬을 정도입니다.」

조슈아에게는 켈스니티가 짓는 미소가 보였다.

「동지와 자금이 준비된 이카본은 사람들을 모아 반란을 일으키려 했지만, 섬 사람들은 당시 젊은, 아니 실은 어렸던 이카본을 쉽사리 따르려 하지 않았습니다. 이카본은 사람들을 일일이 찾아다니면서 비록 꿈같은 일이라 해도, 마음속 깊은 곳에서 가장 원하는 것이 무엇이냐고 물었죠. 티아의 정복자들에게 오랫동안 시달렸던 사람들은 지쳐 있었습니다. 그래서였겠지만, 많은 사람의 입에서 처음에 가나폴리를 떠난 선단이 가려고 했던 북쪽 대륙 이야기가 나왔습니다. 도와주지 않은 노을섬 사람들에 대한 미움이 겹쳐서, 노을섬으로 간 마법 지지자들이 무구를 갖고 나오지만 않았더라면 이주단과 함께 그 대륙으로 갔을 테고, 그러면 이렇게 고생할 일도 없었을 거라고 이야기한 거죠.」

리체가 물었다.
"그 대륙이란 데는 어딘데요? 알고서 가고 싶다고 한 건가요?"

「아뇨. 아무도 몰랐습니다.」

막시민이 어이없어하며 말했다.
"그럼 진짜로 꿈같은 얘기잖아? 어디에 있는지 알아도 북쪽이라니까 대륙을 빙 돌아서 가야 할 판인데, 위치조차 모르면 어떻게 가겠다는 거야?"

「하지만 이카본은 그들의 소원을 들어 주겠다고 했죠. 그의 약속을 믿은 사람들이 모여서 이카본을 지지했고, 그래서 저 '약속의 사람들' 이 생겨나게 된 겁니다.」

막시민과 리체는 아까 코르네드의 입으로 켈스니티가 이카본 일이라면 물불을 안 가린다는 얘기를 들었기 때문에 '사기꾼 아냐?' 라는 말만은 자제했다. 그런데 그 말은 조슈아의 입에서 나왔다.
"그거 사기네?"
조슈아가 말했기 때문인지 켈스니티는 대뜸 화를 내지 않았다.

「아니. 방법은 있었어. 옛날 가나폴리에는 원하는 곳으로 단번에 보내 주

는 마법이 실제로 있었으니까.」

　그러나 곧 켈스니티는 덧붙였다.

「그리고 사기라는 얘기는 듣고 싶지 않구나. 네 조상이라는 사실을 떠나더라도 이카본은 당대에 수많은 기적을 이뤘던 사람이야. 데모닉의 재능을 가장 제대로, 능란하게 사용한 사람이기도 하고. 나 또한 그의 약속을 믿었던 사람 중 하나야. 그가 일단 약속한 이상, 목숨이라도 걸 사람이란 걸 알고 있었으니까.」

　조슈아가 빙그레 웃더니 말했다.
　"알았어요. 하지만 그 마법은 누가 쓰는데? 노을섬 사람들이 도와줄 리가 없을 거 아냐?"
　켈스니티의 얼굴에도 미소가 떠올랐다. 이제 사방을 다 비추기 시작한 아침 해는 유령의 몸에도 붉은 광채를 입혔다.

「그래서 이카본과 내가 노을섬으로 들어갔던 거지.」

　갑자기 막시민이 무릎을 딱 치며 외쳤다.
　"그 얘기 들어본 것 같네? 조군, 너 기억 안 나냐? 이카본하고 친구 한 사람인가가 노을섬에 갔더라는 얘기 말이야. 그러니까 그 친구가 켈스니티라는 거고……."
　더 설명하려던 막시민은 곧 말했다.

"쳇, 기억 안 날 리가 없구나."

조슈아가 고개를 끄덕였다.

"음…, 예전에 할아버지가 해 주셨던 이야기 말이지? 그런데 그 얘기에선……."

막시민이 말을 받았다.

"맞다. 남쪽 바다의 루비인가, 뭐 그런 보석을 가지러 간 거 아니었던가? 그럼 얘기가 틀린데?"

"그리고 내 기억으론 그때 이미 페리윙클을 정복한 후였다고……."

「역사는 윤색되기 마련이죠. 남쪽 바다의 루비라… 후세에 그렇게 전해진 이유도 알 것 같군요. 이미 페리윙클의 지배자가 된 후에 노을섬에 들어갔다고 기록한 이유도.」

켈스니티의 목소리가 언뜻 시니컬해졌다.

「남쪽 바다의 루비를 찾으러 간 건 맞습니다. 하지만 그 루비란 보석을 말하는 게 아닙니다. 그건, 어떤 사람의 별명이었으니까요.」

"사람이라고?"

막시민이 되묻는데 기억을 되살려 낸 조슈아가 중얼거렸다.

"황홀한 노을빛 보석… 가장 귀한 보물."

「그래. 가장 귀한 보물이었지. 아브릴 양처럼, 아니 그보다 좀더 선명한

붉은 머리카락을 가진 아가씨였어. 노을섬에서 가장 강한 마법사였던 사람… 그녀가 바로 마법사 아나로즈 티카람이지.」

"티카람?"

이번에야말로 세 사람 다 멍해졌다. 리체가 중얼거렸다.

"세 맹우 중 하나였다던 마법사 티카람이… 아가씨? 아, 물론 그럴 수도… 그런데 왜 난 지금까지 남자라고 생각했지?"

"너뿐이 아냐. 나도……."

가장 놀란 사람은 조슈아였다. 하지만 돌이켜 생각해 보니 비취반지 성에 있던 그림들 중 마법사 티카람이 그려진 것은 한 장도 없었다. 켈스니티의 모습이 있었던 계단 아래의 그림에도, 그는 없었다.

「아나로즈 티카람이 떠나면서 맹약이 깨어졌기 때문에, 그리고 또 다른 중대한 이유 때문에 사람들이 그녀에 대한 기록을 일부러 남기지 않은 것 같구나. 아나로즈가 없었다면 페리윙클을 해방시키고 주변 섬을 정복할 수도 없었을 텐데, 그런 업적조차 지워버리려고 한 것인지도. 그녀는 티카람이라는 성 하나만 남은 그림자가 되어버린 셈이지. 노을섬에 가기 전에 이미 이카본은 정복자였던 것으로, 그리고 그가 노을섬에 가서 찾아온 건… 사람이 아니라 보석 한 개였던 것으로. 그렇게 조작한 자들이 바로 '약속의 사람들' 이야.」

"왜?"

「약속의 사람들은 아나로즈 티카람을 미워했어. 아나로즈가 맹약을 깨고 떠나기 전부터. 당연히 아나로즈도 그들을 좋아하지 않았고.」

리체가 물었다.
"노을섬 사람이기 때문에요?"

「그 말도 맞겠지만… 이카본과 내가 노을섬에 들어간 이야기부터 해야겠 군요. 노을섬의 마법 폭풍을 헤치고 도착하긴 했지만, 환영을 기대하지는 않았습니다. 물론 도착하자마자 잡혀 갇혔지요. 그런데 밤중에 낯선 아가씨 가 갇혀 있는 우리들을 찾아와서 왜 여기까지 찾아왔느냐고 묻더군요. 이카 본은 솔직하게 미지의 대륙으로 보내 줄 마법을 찾고 있다고 말했습니다. 그 말을 듣고 그 아가씨, 그러니까 아나로즈는 어이가 없다는 듯이 커다랗 게 웃음을 터뜨렸습니다. 지금도 그 모습이 기억나는군요.

아나로즈는 그런 마법이 만일 있다면 당장 노을섬 사람들부터 그 대륙으 로 가지 않았겠느냐고 얘기했습니다. 노을섬은 페리윙클처럼 정복당하지 는 않았지만, 다른 위기에 처해 있다고 하면서 말이지요. 그녀는 노을섬의 지반이 봉인한 '악의 무구'를 견디지 못해 심각하게 흔들리고 있다는 이야 기를 해 주었습니다. 봉인이 완전히 깨어지는 것을 막으려면 노을섬 사람들 이 마법을 쓰는 걸 그만둬야만 하는데, 사람들이 말을 듣지 않는다는 것이 었습니다.

이카본은 아나로즈의 말을 듣고 무척 실망했습니다. 그녀는 이카본을 위 로할 마음이 났는지 아주 방법이 없는 것은 아니라고 하더군요. 그러면서 옛날, 멸망하기 전에 가나폴리 땅은 무척 넓어서 급히 이동해야만 할 때는

'거울'이라고 불리는 전이문을 사용했다는 이야기를 해주었습니다. 거울 속을 통과하면 바로 다른 장소에 있는 거울로 나올 수 있었다는 것이지요. 그런데 그중에는 '소원 거울'이라는 특별한 거울이 있어서, 가려는 장소에 거울이 있든 없든, 가고 싶은 그곳을 간절히 생각하기만 하면 바로 이동시켜 주는 힘이 있었다고 했습니다. 가나폴리의 마법과 멀어진 지금 그들만의 능력으로는 그런 걸 만들 수가 없지만…….」

막시민이 중얼거렸다.

"쥬스피앙 마법사는 날아가는 배 말고 그런 거울이나 연구하실 것이지. 배보다 천 배는 편리한데다 빌려가서 망가뜨릴 염려도 없고."

리체가 동조했다.

"연료비도 안 들고."

"밑창에 물도 안 새고."

"유랑 극단이라고 오해받을 일도 없고."

「가나폴리에서 만들었던 거울의 주춧돌이라도 남아 있다면, 거울을 재현해낼 수 있는 가능성도 있을 거라고 말하더군요. 그런데 이야기를 듣다 보니 우리는 문제의 주춧돌이 바로 페리윙클에 있다는 걸 깨닫게 됐습니다. 어린 시절 이카본과 제가 어울려 놀던 놀이터 중 하나였지만, 그런 것이라고는 생각지도 못했죠.

그 이야기를 들은 아나로즈는 무척 놀라는 눈치였습니다. 이카본은 그녀가 흥미를 보이는 걸 알고, 직접 가서 살펴보라고 졸라댔죠. 아나로즈는 대단한 마법사였지만 역시 우리 또래였던 까닭인지, 결국 호기심에 지고 말았습니다. 주춧돌만 살펴보고 돌아오기로 하고 우리와 함께 몰래 노을섬을 빠져나왔던 거죠. 하지만 나중에 말하길 이카본은 그 때 이미 그녀를 돌려보내줄 생각이 없었다고 하더군요. 결국 페리윙클에 온 아나로즈는 이카본에게 설득되어 우리 곁에 남게 됐습니다.」

막시민이 조슈아를 돌아보며 어깨를 올려 보였다.
"들을수록 너희 조상은 보통 사기꾼이 아닌 것 같단 말이야. 아니, 이건 절대로 존경의 의미로 하는 말이라고."
그러더니 이어 덧붙였다.
"너도 좀 본받지 그래?"

「그렇게 맹약자가 된 아나로즈의 마법은, 마법을 모르던 티아 사람들에게 재앙이나 다름없었죠. 그녀의 힘과 오블리비언의 금전적 지원을 업고서 이카본은 강한 해군을⋯ 아니, 정확히 말하자면 해적단을 조직했습니다. 그 때부터 페리윙클은 해적의 섬으로 이름을 날리게 되었죠. 따지고 보면 우리 맹약자들와 약속의 사람들은 다 해적들이었던 셈입니다.」

리체가 혀를 내밀어 보이며 말했다.
"켈스니티는 심지어 사제인데다가 해적이라니 보통이 아니신데요."

「칭찬 고맙군요, 아브릴 양. 어쨌든 그렇게 만들어진 해적단은 페리윙클을 보호했고, 점차 강대한 세력을 구축했습니다. 하지만 대륙의 정세를 파악하게 된 이카본은, 언젠가 대륙에 통일 국가가 탄생할 경우 해적 함대의

힘만으로는 감당할 수 없게 되리라고 판단했습니다. 그럴 때는 통일되기 전에 누군가와 손을 잡아 둘 필요가 있었죠. '먼 곳과 손을 잡아 가까운 곳을 공격한다'는 옛 말이 있듯 이카본은 티아를 비롯한 남부 국가들이 아니라 좀더 먼 곳에서 동맹자를 물색하게 됩니다. 그때 눈에 들어온 나라가 북부에서 세력을 확장해 나가고 있었던 '켈티카'였죠.」

막시민이 말했다.
"켈티카라면 수도잖아? 그럼 그 켈티카가 아노마라드의 전신?"

「그렇습니다. 자세한 동맹 이야기는 생략하고, 결국 아노마라드 건국 공작 이카본 폰 아르님이 탄생하게 된 겁니다. 일이 이렇게 되자 남부의 국가들은 남북으로 둘러싸인 형국이 되어 페리윙클을 더 이상 노리지 못하게 되었죠. 이렇게 섬이 안정되고 힘을 갖게 되자 약속의 사람들은 이카본에게 약속을 지킬 것을 종용하게 됐습니다. 그러나 문제는 약속의 사람들과 아나로즈의 불화였죠.

약속의 사람들은 처음부터 아나로즈를 탐탁해하지 않았습니다. 그녀의 도움을 많이 받았는데도, 노을섬 사람이라는 이유만으로 공로를 인정하려 들지 않았죠. 그녀는 민감한 사람이라 금방 눈치를 챘습니다. 그러나 그들의 마음에 들려고 애쓰는 대신 똑같이 무시하기 시작해서 불화의 골은 점차 깊어갔습니다. 나중에는 누가 먼저 시비를 걸었는지 따지기가 어려울 정도로 말입니다.

소원 거울 문제는 안 그래도 심각했던 신경전을 최악의 상태까지 밀어붙여 놓았습니다. 아나로즈는 짐짓 자신이 거울을 만들려고 마음먹으면 할 수도 있지만 너희들이 좋아하는 일 따위 하지 않겠다는 태도로 일관했고, 그것 때문에 심사가 비틀어진 약속의 사람들은 더욱 그녀를 미워하게 됐으니까요. 그런 가운데, 공교롭게도 이카본과 아나로즈는 사랑에 빠져버렸습니다.」

조슈아가 중얼거렸다.
"…사랑에 빠졌다고? 들을수록 정말 생소한 얘기들뿐이네. 내가 알기로 이카본 공작은 다른 사람하고 결혼했는데……."
"뭐? 그렇게 돼버린 거야?"
흥미를 끄는 얘기가 나와 집중하고 있던 리체는 김새는 결말을 알게 되자 입술을 일그러뜨렸다. 옆에서 막시민이 말했다.
"아까 티카람이라는 사람은 떠났다고 했는데, 뭘 기대했냐?"

「약속의 사람들로서는 이보다 더 큰 위기가 없었죠. 아나로즈가 이카본과 결혼하기라도 하면 자기들은 완전히 뒷전으로 밀려날 것이 뻔했으니까요. 아나로즈도 관대한 성격이 아니었으므로 쉽게 그들을 용서할 리 없었습니다. 저는 그런 사실을 다 알면서도 둘이 잘되기를 기원했습니다. 오랫동안 둘을 곁에서 지켜봤기에, 둘이 떨어져선 안 된다고 생각했으니까요. 그러나 약속의 사람들은 숫자가 많았습니다. 그들이 계획적으로, 심지어 사활을 걸고 둘의 사이를 이간질하기 시작하자 저조차도 걷잡을 수가 없었습니다. 소문을 퍼뜨리고 상황을 조작하기엔 사람 많은 것 만한 장점이 없으니까요.
결국 둘은 서로를 오해하게 되었고, 마음이 상한 아나로즈는 말도 없이

여행을 떠났습니다. 이카본도 화가 나서 그녀가 자기를 사랑하지 않는다고 생각하고, 주위 사람들의 조언대로 당시 수없이 들어오던 청혼 중 하나를 받아들이기로 마음먹었습니다. 아나로즈가 돌아왔을 때는 이미 돌이킬 수 없는 지경이었죠. 다시 만난 둘은 보는 사람이 괴로워질 정도로 싸웠습니다. 결국 아나로즈는 맹약은 깨어졌다고 선언하고 노을섬으로 돌아가 버렸습니다. 자연히 소원 거울도 해결할 수 없는 문제가 되고 말았고요.」

다들 말없이 입맛만 다시고 있었다. 감정이입이 되어버린 리체가 한숨을 내쉬었다.

"도대체 왜 사랑하는 사람들을 그냥 내버려두지 않는 건지 몰라."

막시민은 다른 생각으로 고개를 갸웃거렸다.

"그런데 코르네드라는 자도 마법사라고 하지 않았던가? 더구나 가나폴리의 마법과 가깝다고 엄청 떠들던데."

「둘을 비교하는 건 잔인한 일일 겁니다. 요즘 기준으로 보면 코르네드도 대단한 마법사지만, 아나로즈에 비할 바는 아니죠. 당시 아나로즈가 이카본을 돕고 있다는 것이 알려지자 노을섬에서는 그녀를 도로 데려오려 했습니다. 그래서 마법사가 십여 명이나 찾아왔는데 코르네드는 그들 중 하나였죠. 그들은 아나로즈에게 이기지 못했고, 그때 코르네드는 아나로즈의 마법에 반해서 노을섬으로 돌아가지 않고 남았습니다. 아나로즈는 그를 가르쳐보려 했지만, 답답해서였는지 포기해버렸지요. 어쨌든 가나폴리가 멸망한 뒤, 전성기의 가나폴리 마법사에 가장 근접했던 사람이 아나로즈일 거라고 생각합니다.」

"진짜 결혼했더라면 엄청난 부부가 됐겠는데요. 남편은 데모닉에, 아내는 대마법사. 상상만 해도 대단한……."

그렇게 말하던 리체는 문득 조슈아를 쳐다보고서 말을 그쳤다. 어쨌든 조슈아는 아나로즈가 아니라 다른 사람의 후손이란 점이 생각났기 때문이었다.

「아나로즈가 떠나고서 얼마 동안 이카본은 참는 체 했지만, 끝내 본심을 숨기지 못해 결혼조차 연기하고 노을섬으로 쫓아갔죠. 처음 갔을 때는 저도 같이 갔기 때문에 기억이 잘 납니다. 그녀는 우리 중 누구도 만나주지 않았습니다. 그녀가 사라지고서야 뭔가 깨달은 것인지, 이카본은 당시 성을 비울만한 상황이 아니었는데도 두 번째, 세 번째, 계속해서 찾아갔습니다. 세 번째부터는 이카본 혼자 갔고 저는 비취반지 성을 지키고 있었습니다. 그리고 사건이 터졌습니다. 몇 번째 갔던 때였는지… 기억이 나지 않는군요.」

"그러니까 그때……."

셋 다 알아들었다. 켈스니티는 조슈아에게만 보이는 얼굴로 씁쓸하게 웃었다.

「네. 이카본과 아나로즈가 모두 없는 틈을 타서 정적들이 쳐들어 왔지요. 그때 제가 죽었습니다. 지금 조슈아를 따라다니는 약속의 사람들도 성을 지키며 물러서지 않다가 희생당했습니다. 그렇게 유령이 된 채로, 황급히 돌아온 이카본을 보았던 기억이 납니다. 정말… 산 사람의 얼굴이 아니었죠. 그때 저는 그에게 말을 걸 수 있는 힘이 없었지만…….」

죽은 자신보다, 남겨진 친구를 더 측은하게 여겼던 듯한 목소리였다.

「그 후로 이카본은 더 이상 아나로즈를 찾아가지 않았습니다. 그렇듯 덧없이 깨어지고 만 맹약에 실망한 오블리비언도 떠나고 말았죠. 혼자 남겨진 이카본은 너무나 괴로웠을 겁니다. 개인적으로 그가 그때 망가지지 않고 버텨 줘서… 참 고맙게 생각합니다. 그 후로 이카본은 수많은 자료를 수집하고 대륙의 마법사들을 모으는 등 무척 노력했지만, 결국 소원 거울을 만들지 못했습니다. 약속의 사람들 입장에서는 약속을 보답 받지 못한 셈이 된 거죠.」

긴 이야기를 끝낸 켈스니티는 고개를 바다로 돌렸다. 이미 해는 거기에 없었다. 한층 높이 올라 구름 속으로 들어갔지만, 하늘은 완연히 푸르러졌다. 어느새 시작된 아침이었다.

막시민이 말했다.

"약속의 사람들이라는 자들, 그쯤 되면 기회를 자기들이 차버렸다고 해도 할 말 없을 것 같은데? 그런데 그 자들이 지금 이카본을 들볶다 못해 조슈아까지 들볶고 있는 거냐? 거 참 경우라고는 모르는 놈들이네."

「그들의 입장에선 충성의 대가를 받지 못한 것도 되겠지요. 긴 세월 이카본에게 충성을 바치며 수많은 일을 도왔는데, 그런 자신들을 버리고 아나로즈를 찾아갔다고, 그래서 자기들이 죽었다고 생각했을 테니 말이죠. 그렇게 실망했지만, 죽는 순간까지도 이카본이 언젠가 약속을 지켜줄 거라고 믿고 도망치지 않았는데, 그것조차 이뤄지지 않았고요. 아마 그들은 아나로즈처럼 근본부터 믿을 수 없는 마법사를 쫓아낸 것도 충성의 일부라고 생각했을 겁니다.」

리체가 기가 막혀했다.

"그랬다면 진짜 엄청난 논리네. 자기들이 무슨 폭탄 제거반이야?"

조슈아는 말없이 생각에 잠겨 있었다. 그는 마음 속 세계에서 보았던 사람들, 아니 유령들을 생각했다. 그들이 자신의 세계를 보며 감탄했던 것, 그리고 그들과 함께 손을 잡고 이 세상으로 돌아왔던 일을 생각했다.

약속의 사람들 중에는 코르네드가 그렇듯 이카본을 저주하는 자들도 있었지만, 켈스니티가 그렇듯 조슈아를 아끼는 자들도 있었다. 그리고 어느 쪽이든 그들은 거울을 열망했다…….

"켈스, 아까 방법이 없는 것도 아니라고 했지. 그러면 지금 거울을 만들 방법이 있다는 거야?"

「아직은. 노을섬의 마법사들도 다 사라졌기 때문에 페리윙클의 주춧돌은 어떻게 할 방법이 없고, 가나폴리에 남은 거울이 있는지 찾고 있어. 오래 걸리는 일이긴 하지만, 찾기만 한다면 성과는 있겠지. 하지만 그곳은 산 자에게도, 유령에게도 위험한 곳이기 때문에 수색은 아주 어려워. 내가 사제가 아니었다면 안으로 들어가지도 못했을 테지. 네가 날 불러도 오지 않던 그때, 난 아마 거기에 있었을 거야. 」

"만일 수색이 실패하면?"

켈스니티는 얼른 대답하지 않았다. 조슈아가 몸을 일으켜 앉으며 말을

이었다.

"만일 필멸의 땅에서 소원 거울을 발견하지 못하면… 그때는 어떻게 되는 걸까? 유령들이 나를 계속 따라다닐 테니 문제라고 말하려는 게 아니야. 그들이 내 곁을 맴도는 건 이유가 있어서잖아. 약속, 그들과 약속했던 이카본의 약속을 내게서 찾는 거잖아. 비록 나한테는 그걸 들어줄 능력이 없지만… 그들도 내게 그런 능력이 없다는 걸 이미 아는 것 같지만… 그렇더라도 나 말고는 다른 누구에게도 기대할 수 없기 때문에 내 곁을 맴도는 것 아니겠어?"

「조슈아, 네가 그들의 소원을 들어줘야만 할 당위는 없어. 너는 너고, 이카본은 이카본일 뿐이야. 옛 일로 끝났어야 할 약속이었어. 나는 그 시대의 사람이니 이야기가 다르지만 넌 나중에 태어난, 옛날의 약속이나 은원과 무관한 사람일 뿐이야. 후손이 조상이 한 일을 모두 보상해야 한다는 법은 없어.」

"하지만 그들은 이카본과 했던 약속 때문에 내게 매여 있어. 비록 실수 탓이라 해도…. 이카본에게 했던 것처럼 내게 충성해야만 하는 맹세, 그걸 내가 누리는 순간, 책임도 생기는 것 아닐까? 맹세를 한 방식이 어쩌고 하는 말은 소용없어. 근본으로 돌아가면 그들이 내게 충성하는 이상, 나는 그들의 약속을 들어줄 당위가 생기는 것일 지도… 모르겠다는 생각이 들어."

「조슈아, 잊지 마. 그 약속은 네가 원해서 시작한 것이 아니야.」

"하지만 약속은 이미 존재해. 아… 나도 정확히 모르겠어. 내가 어떻게 해야 하는지. 소원을 들어줄 힘이 있다면, 당장이라도 들어줬을 거야. 하지만 그런 능력은 없고, 그럼에도 불구하고 그들이 나를 보며 품고 있을 기대가 내 발목을 잡는 것만 같아."

켈스니티는 더 대답하지 않고 침묵을 지켰다. 한참 후에야 대답이 들렸다.

「조슈아, 그만 돌아가. 이제 쉬어야 할 시간이야. 그 문제는 다음에, 마음을 좀더 가라앉힌 뒤에 잘 생각해 보도록 하자. 지금은 더 이야기해도 소용없을 것 같구나.」

조슈아는 고개를 끄덕였다. 잠시 후 허공을 보던 조슈아가 일어서는 것을 본 리체는 켈스니티가 갔을 거라고 생각하며 따라 일어섰다.
그런데 막시민이 일어나지 않았다.
"너 뭐해?"
리체가 묻자 막시민이 오만상을 찌푸리며 대꾸했다.
"저 자식 때문에 다리에 쥐났다."

잠시 후, 일행은 바닷가를 떠나 마일스톤 혼자 자고 있을 집으로 돌아가기 시작했다. 막시민의 다리는 금방 멀쩡해졌지만, 이번에는 조슈아가 허리를 짚으며 얼굴을 찌푸렸다.
"도대체 왜 이렇게 허리가 아프지?"

막시민이 아무렇지도 않은 표정으로 말했다.

"나쁜 짓을 하면 본래 허리가 아파."

"그런데 막군, 손에 들고 있는 건 뭐야?"

"평범한 쟁기 자루야. 끝에 쟁기 날을 붙여서 밭을 갈 때 쓰는 거지."

리체가 혀를 쏙 내밀며 물었다.

"혹시 무릎은 안 아파?"

"무릎도 쑤셔 죽겠어."

10막. Secret

1. 지스카르 드 나탕송

　　"책을 읽는데 어느 페이지에 아무 것도 씌어 있지 않은 거야. 새로 구할 데도 없는 책이라서, 그냥 빈 페이지에 나뭇잎을 한 개 꽂아뒀지. 그런데 어느 날 보니까 서재 책장에 꽂아둔 책 사이로 덩굴이 기어 나오는 것 아니겠어? 책을 뽑으려 했더니 쉽게 나오지도 않더라고. 억지로 꺼내서 펼쳐 보니까 덩굴은 책에 단단히 뿌리박고 있었어. 난 급히 다른 페이지로 넘겨봤어. 이미 그 책 어디에도 글자는 없더군."

　　"그래서 그 책, 아니 덩굴을 어떻게 했지?"

　　"난 무서워져서 책을 도로 꽂아버리고 저런 것은 없다, 덩굴 따윈 없다고 세뇌를 거듭했어. 그렇게 며칠이 지나 다시 서재에 가 보니 구렁이처럼 비대해진 덩굴이 서재 바닥에 몸을 뒤틀고 있는 거야. 이미 서재의 모든 책은 백지로 변한 후였지."

　　"그래서 어떻게 했나?"

　　"어떻게 했느냐고? 덩굴 잎을 뜯어서 샐러드를 만들어 먹었네. 곧 포도라도 열릴 것 같은데 자네 책 좀 빌려주지 않겠나?"

차를 끓이는 냄새가 났다.

세 걸음 남짓한 좁은 방에 긴 창이 나 있었다. 모슬린 커튼이 걷어 올려져 있어, 장미 덩굴이 타고 오르는 돌담이 잘 보였다. 돌담 꼭대기가 기울기 시작한 햇빛으로 물들자, 꼭대기의 장미들은 검은 윤곽이 되었다. 그 너머로 금색 벌판이 저무는 중이었다. 북부인 탓도 있었지만, 산으로 둘러싸인 로사 알브의 해는 유난히 빨리 떨어졌다.

란지에가 앉은 의자는 7년 전쯤에 유행했던 붉은 격자누비 의자였다. 그 시절 아노마라드 북부와 오를란느에서는 교차점에 진주를 박은 격자 벽지를 바르고 이런 의자를 늘어놓은 살롱을 경쟁적으로 꾸며 사람들을 초대하곤 했다. 수정 체스 세트도 인기였고, 상아와 조개껍질로 장식된 쥘부채와 비단 향낭을 갖추지 않으면 살롱의 대화에 낄 수 없던 때이기도 했다.

다 지나간 이야기일 뿐. 그 시절, 이런 것들을 지키지 않으면 큰일 나는 것처럼 떠들던 사람들은 어느새 다 잊고 다른 유행을 쫓고 있을 것이다. 이제 그런 것을 알 필요가 없게 된 그의 기억에나 선명하게 남은 풍경일 뿐이었다.

두 사람이 마주하기에도 작을 것 같은 테이블이 앞에 있었다. 란지에는 테이블에 팔꿈치를 괸 채 창밖을 보다가 이윽고 맞은편으로 시선을 돌렸다. 책이라도 몇 권 꽂혀 있을 법한 장식장에는 태엽 인형 하나만 덩그러니 놓여 있었다.

처음 들어왔을 때부터 눈에 띄었던 인형이었다. 창밖으로 잠시 시선을 돌렸지만, 결국 다시 인형에게 되돌아왔다. 사실 방안에 볼 것이라고는 그것뿐이었다. 반시간이나 기다리고 있는 만큼 책이 있었다면 하다못해 요리책이라 해도 즐겁게 읽었을 텐데, 있는 거라곤 소녀들의 장난감 같은 태엽 인형뿐이었다.

푸른 꽃무늬 치마와 조그맣게 부푼 소매가 달린 블라우스, 방울이 달린 케이프를 두르고 하얀 보닛을 쓴 소녀는 한 손과 한 발을 올린 채 멈춰 있었다. 태엽을 감으면 춤을 추는 인형일 것이다. 인형은 무척 어색한 자세여서, 태엽을 조금 감아 자연스럽게 될 수 있다면 그렇게 해 주고 싶은 기분이 들 정도였다. 처음 봤을 때부터 그런 생각을 했지만, 결국 태엽을 감진 않았다. 그가 손댈 일은 아니라는 생각이었다. 한때 이곳에 머문 일이 있다 해도 오늘 그는 손님이었다.

다시 인형을 보자 자신이 창밖을 보며 조금 길다싶게 보낸 시간 동안, 인형은 속절없이 팔과 다리를 들고 그렇게 서 있었으리란 생각이 들었다. 한 번도 인형을 갖고 놀아 본 일이 없는 란지에였지만, 문득 마음이 움직여 몸을 일으켰다. 그리고 인형의 태엽을 돌렸다.

반 바퀴 정도면 될까.

드르륵대는 소리가 멎고, 인형이 테이블 위에 놓였다. 태엽에서 손을 떼는 순간, 맑은 왈츠 소리가 정적을 깨뜨렸다. 란지에는 흠칫 놀라 인형을 바라봤다.

왈츠보다 한 박자 늦게, 인형이 팔을 올리고, 다리를 내리기 시작했다. 춤이라기보다는 체조에 가까운 움직임이었다. 오르골일 거라는 생각을 하지 못한 건, 인형을 갖고 논 기억이 없는 그다운 일이었다. 그러나 빈 방에 오르골 소리가 또렷하게 울리자 그는 불편해졌다. 손님답지 못한 행동이다 싶어서였을까. 아니, 그보다 다른 무언가가 그를 불편하게 했다.

"함께 기다릴 친구를 두길 잘했군, 로젠크란츠 군."

문을 열고 들어온 중년 남자의 손에는 따끈하게 데운 찻잔이 들려 있었다. 란지에는 무심코 얼굴을 붉혔다.

"기다리면서 할 수 있는 일이 없더군요."

"일부러 그렇게 한 게야. 책이라도 한 권 뒀더라면 그걸 읽느라고, 힘들게 서 있는 소녀에게는 눈길도 주지 않았을 게 아닌가."

마흔을 훌쩍 넘긴 남자였다. 마흔 줄이라고 해도 외양만으로는 서른 후반 정도로 보였다. 젊어 보인다고 미남이라는 의미는 아니었다. 두드러진 광대뼈에 비해 뺨이 얇았고, 턱은 길며 입술은 또렷하지 않았다. 다만 눈은 매력이 있었다. 우아한 아몬드 모양의 눈은 깊었고, 아이들보다 더 맑게 반짝거렸다. 약간 처진 눈매조차 장점으로 보일 정도였다.

남자는 한 손에 하나씩 들고 온 찻잔을 테이블에 내려놓고 밖에 나가 찻주전자를 가져왔다. 란지에는 곧 평정을 되찾고 미소지었다.

"말이 없는 소녀였죠."

"대신 노래하지. 말보다 좋은 위로가 돼."

툭, 하고 태엽이 걸리는 소리와 함께 왈츠가 그쳤다. 이제 소녀는 팔다리를 내리고 비교적 자연스런 자세로 서 있었다.

"이런 인형이 어디서 나셨나요?"

"내가 만들었어."

"직접 만드셨다고요?"

란지에가 뜻밖이라는 표정을 짓자 남자는 웃었다.

"딸이 일곱 살이 됐을 때 주려고 만들었지."

"그런데 왜 주시지 않았습니까?"

"아니, 줬어. 그런데 정신을 차리고 보니 내 손에 있군 그래."

"제가 여기 있던 시절엔 보지 못한 것 같습니다."

"글쎄 말일세. 도대체 어디에 있다가 나왔을까."

"요정이 지켜보고 있는 건 아닐까요."

남자는 차를 한 모금 마시더니 점잖게 대답했다.

"우리 집안엔 수호 요정이 있지. 오래 전에 조상과 결혼했다는 호수의 요정인데, 성격이 이상해서 집나갔다가 돌아온 막돼먹은 자손만 보호한다고 하더군."

"넘치도록 보호받고 계시겠군요."

잠시 후 둘의 웃음소리가 찻잔에서 오르는 김과 섞여 창밖으로 날아갔다. 창밖에선 해질 녘이라 진해진 장미향이 물씬 스며들었다.

지스카르 드 나탕송 백작. 그것이 남자의 이름이었다. 아노마라드 왕국과 국경을 맞댄 로사 알브의 여섯 영지를 대표하는 대영주이자 오를란느 대공의 육촌이라는 막강한 배경을 갖고 있지만, 아노마라드에도, 오를란느에도 그의 얼굴을 아는 귀족은 드물었다. 그는 둘째여서 몇 년 전까지만 해도 대영주는 형이었고, 그는 영지를 떠나 아노마라드 전역을 떠돌며 살았다. 형과 형의 하나뿐이던 아들이 동시에 죽는 일이 없었다면 지금도 마찬가지로 생활하고 있을 터였다.

지스카르가 아노마라드를 떠돌며 무슨 일을 했는지 가문 사람들은 알지 못했다. 만일 알려졌더라면 그에게 작위를 주기 전에 좀더 고민해야 했을 것이다. 아직 소수에 불과해서 집요한 추적을 받고 있진 않았지만, 오를란느에서도 공화파는 검거 대상이었다. 무엇보다도 지스카르가 아노마라드 전역에서 발굴하여 민중 클럽의 '망명 의회'로 보낸 인재들이 벌인 일들이 알려졌더라면, 아노마라드 왕가가 직접 나서서 오를란느 대공에게 로사 알브의 대영주를 소환해 달라고 요구했을지도 모르는 일이었다.

그러나 다행히도 그런 일은 일어나지 않았고, 지스카르 드 나탕송은 여

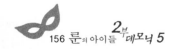

전히 사교계에 모습을 드러내지 않는 정체불명의 대영주 역할을 수행하고 있었다. 그와 동시에 망명 의회의 조직화 분과 수석 자문 위원, 그리고 교육 분과 고문이기도 한 요주의 인물로서 말이다.

본의 아니게 대영주가 된 후에도 지스카르 드 나탕송은 귀족들이 모이는 자리에 잘 가지 않았다. 성년이 된 딸에게 전권을 위임하여 본성에 앉혀 놓고, 그 자신은 영지 구석의 별장에서 살 정도였다. 그는 아예 작위도 물려주고 싶어했지만 주위에서도 반대했고, 딸도 멀쩡히 살아 있는 아버지를 두고 백작이 되어 눈총을 받고 싶어하지 않았다. 그래서 그는 이름뿐인 백작이자 대영주로 정체불명의 하인 몇을 거느리고, 오늘도 수도 오를리에서 온 파티 초대장에 정중한 거절 편지나 쓰면서 한가롭게 살고 있었다.

그렇게 사는 것처럼 보였다.

"창을 닫을까요?"

"아니. 아무도 없네. 알다시피 마법이 걸린 담을 넘어올 자도 없을 테고, 학생들은 아랫마을로 심부름 보냈어. 두어 시간 정도 있어야 돌아올 거야. 오랜만에 장미향기라도 좀 맡게나."

백작인 그가 직접 찻잔을 들고 다니는 모습을 누가 보았다면 무척 이상하게 생각했을 것이다. 하지만 지스카르는 여행하던 시절의 버릇이 남아 남의 손을 잘 빌리지 않았다. 그래서 시중드는 사람이 없어도 전혀 불편해하지 않았다.

"학생이 두 사람이던가요?"

"하나는 곧 나갈 걸세. 망명 의회에서 그 얘길 듣더니 내가 한가해질까봐 걱정되는지 곧 한 명 더 보내겠다고 하더군."

란지에는 잠시 후 미소를 보였다.

"오랜만입니다."

"반년은 안됐지, 아마. 자주 올 수 없다는 건 알지만."

지스카르의 목소리에 엷은 아쉬움이 묻어났다. 그 어조를 듣자 이 집에서 지내던 시절의 기분이 되살아났다. 맞은편 의자에는 손이 타서 닳은 방패와 밀 이삭 문장이 수놓아져 있었다. 로사 알브와 나탕송 백작가문의 결속을 상징하는 문장이다. 란지에가 앉아 있는 의자에도 같은 문장이 수놓아져 있을 터였다. 녹색 테이블보가 씌워진 차 테이블, 구슬이 몇 개 빠진 거실 샹들리에, 조금쯤 방치된 담벼락의 장미 덩굴, 한때는 몹시 익숙했던 것들이었다.

동시에 아주 오래된 일처럼 느껴졌다. 시시각각 벌어지는 사건들 속에 자신을 맡긴 채 지내다보면, 하루하루가 빠르게 가는 것만큼 과거도 빠르게 멀어져갔다.

"새로운 소식은 없습니까?"

"늘 거절하고 있는데도 어찌된 셈인지 점점 더 많은 초대장이 온다는 것을 제하면 별 것 없다네."

아노마라드를 떠돌던 시절, 지스카르는 전혀 기반이 없는 곳에서 공화정신의 맹아(萌芽)가 될 인재를 추출하고, 그를 중심으로 조직의 실을 짜내어 마침내 자립 가능한 소조(小組)를 건설하는 데 귀재였다. 민중 클럽에 몸담은 사람이라면 젊은 공화파의 근간을 양성한 전설적인 조직위원의 이야기를 모두 알고 있었다. 그의 정체가 지스카르 드 나탕송 백작이라는 사실을 알지 못할 뿐이다.

형이었던 로사 알브의 대영주가 죽고 자리를 물려받게 되자, 지스카르는 표면적으로 요직에서 은퇴했다. 그러나 망명 의회에서는 여전히 그에게 젊

은이들을 보냈고, 그는 난처해하면서도 기꺼이 그들의 후견인 역할을 떠맡았다. 오를란느에서 다섯 손가락 안에 드는 영주인 그의 별장은, 민중 클럽에 새로 입문하는 젊은이들을 데려와 수련시키고 내보내는 요람이기도 했다. 민중 클럽에 입문하는 젊은이들은 파란만장한 유년기를 보낸 경우가 많았고 여전히 질풍노도의 시기를 보내고 있어서, 그들을 가르치고 이끄는 것은 몹시 까다로운 일이었다.

"차 들게. 떠나 있으니 내 차 맛이 그립지 않았나?"

어떤 차든지 맛있게 우려내는 건 지스카르의 재능 중 하나였는데, 스스로도 자랑스럽게 여겼다. 그는 종종 그걸 '유일하게 쓸모 있는 재능'이라고 불렀다. 그를 아는 사람이라면 아무도 곧이듣지 않을 테지만 말이다.

란지에는 차를 한 모금 마시고 입술을 떼며 말했다.

"전 맛없는 차도 잘 마시잖습니까."

아주 가까운 사람에게는 오히려 입에 발린 칭찬도 하지 않는 성미라는 것을 지스카르도 알고 있었다. 그는 고개를 끄덕였다.

"그래. 예전에 하일저가 끓인 차도 잘 마셨지."

란지에의 입가에 미소가 떠올랐다.

"하일저는 잘 있습니다. 지스카르가 보내준 책도 요즘은 다 읽지요."

다른 사람이 있는 자리였다면 란지에도 로사 알브의 대영주를 이름으로 부르는 일은 하지 않았을 터였다. 지스카르의 딸도 란지에보다 열 살은 더 많았다. 그러나 이렇게 부르도록 정한 사람은 지스카르였다. 란지에가 그의 집을 떠날 때.

"그만한 변화라니 대단해. 자네가 내 대신 여기서 지내는 쪽이 낫겠는걸."

"지스카르가 하는 일을 아무나 대신할 수 없다는 걸, 누구보다도 잘 아는 사람은 저일 겁니다."

"아니, 자네도 그런 사람이야."

지스카르는 잠시 사이를 두었다가 말했다.

"자네가 지나치게 주목을 받아서 요즘 조금 걱정이네."

란지에는 눈을 내리깔았다.

"사람이 부족할 뿐이지요. 늘 그랬듯이."

"자네 같은 사람이라면 언제나 부족하지. 아마 언제까지나 부족할 걸세."

지스카르는 낮게 한숨을 내쉬며 천장을 보았다.

"너무 부족해서, 어깨가 다 자라기도 전에 수레를 끌게 하는 건 아닌지 모르겠어."

란지에는 대답하지 않았다. 일상적인 걱정으로 들릴 수 있는 말이지만 지스카르의 입에서 나왔을 때는 무게가 달랐다. 그러나 란지에는 그런 이야기에 섣불리 동의해서도, 그렇다고 개인적인 반론을 제기해서도 안 되는 자리에 있었다. 지스카르는 란지에를 '민중의 벗'으로 이끈 사상적 아버지와도 같은 존재지만, 그런 사실도 란지에의 신중한 침묵을 깨뜨릴 수 없었다.

지스카르도 란지에가 대답하지 않는 까닭을 알고 있었다. 그가 아끼던 학생은 전부터 분별이 있었고, 좀더 자란 지금은 더욱 그랬다. 그것이 훌륭한 재능임을 알고 있는데도, 지스카르는 가끔 란지에의 그런 태도에 아쉬움을 느꼈다.

란지에가 지스카르의 기분을 알아챈 것처럼 말했다.

"더 많은 사람들을 이끌어 주셔야지요."

"로젠크란츠 군, 알지 않나. 난 산파에 불과하다는 걸. 어떤 아이가 태어

날지는 매번 모른다네. 때로는 사람 대신 닭이나 토끼가 나오기도 하더군."

이번엔 란지에도 웃음을 터뜨렸다. 두 사람은 오랜만에 마주보며 소리 내어 웃었다. 웃음이 잦아들자 지스카르는 란지에의 잔에 차를 더 따라주며 말했다.

"일각에서 자네를 '푸른 장미'라고 부른다고 들었어. 존재할 수 없는 것이 존재하게 됐다고 한다나. 과분하다는 이야기만 빼고, 자네 생각을 얘기해 보게."

"피지도 않았는데 색깔을 논하는 것은 시기상조입니다."

즉시 대답이 나왔다. 지스카르는 고개를 끄덕였다.

"자네라면 그렇게 대답할 줄 알았지."

'푸른 장미'는, 표면적으로 그로메 학원에 다니는 란지에의 존재가 신중하게 감춰져 있는 까닭에 아직 널리 알려진 별명은 아니었다. 그러나 은밀한 줄기 조직으로 구성된 민중 클럽에도 소문이라는 것은 있었다. 아직 실체를 보지 못한 회원들 사이에서, 심지어 지스카르의 집에서 지내는 젊은이의 입에서도 '푸른 장미'라는 별명이 나오는 것을 들은 지스카르는 내심 우려하고 있었다. 이렇게 되면 그 별명이 왕국 8군(민중의 벗을 추적하는 국왕 직속 군대)의 귀에 들어가는 것도 시간문제일 수밖에 없었다.

"자네의 머리 색깔 말인데……."

란지에에게 '푸른 장미'라는 별명이 더없이 어울린 것도, 그래서 사람들이 자꾸만 거론하고 싶은 별명이 된 것도, 근본을 따지고 보면 외모 탓이었다. 란지에는 구구한 질문 없이 바로 말했다.

"무슨 색이 좋을까요?"

"평범한 빛일수록 좋겠지. 갈색이라거나, 블론드라거나."

"마법으로 가능하다고 들었습니다."

"준비해 놓았으니 조금 후에 하도록 하세나."

그로메 학원도 지금은 방학이니 시기가 적절했다. 오래 전 란지에를 가르쳤던 신중한 선생은 먼 곳에 살고 있으면서도 작은 일까지 생각하고 있었다. 지스카르는 차를 마시며 말을 이었다.

"자네는 그 외모가 큰 걸림돌이야. 사람의 뇌리에 너무 오래 남아."

"저도 그렇게 생각합니다."

너무 망설임 없는 대답이라 지스카르는 문득 웃고 말았다. 그런데 란지에가 아무렇지도 않게 말을 이었다.

"화상 정도면 어떨까 생각하는 중입니다."

지스카르는 눈을 약간 크게 떴다.

"농담이겠지?"

"이엔 말로도 흉터 정도로는 안 될 것 같다더군요. 얼굴 전체에 약한 화상 정도면 인상을 흐리기에 적당할 것 같습니다."

지스카르는 당황해서 란지에의 얼굴을 찬찬히 들여다봤다. 대륙을 떠돌며 수많은 사람을 만났던 그였지만, 눈앞의 이 소년처럼 인상적인 외모는 본 일이 없었다. 지스카르는 사상가였지만, 마음만은 예술가에 가까운 사람이기도 했다. 심미적 관점에서라면 결코 있어선 안 될 일이었다.

그러나 란지에는 심미적 관점 같은 것에 관심이 없었다. 지스카르와 근본적으로 다른 점이었다. 그렇기에 이 소년을 아끼면서도, 지스카르는 그와 자신의 길이 갈라질 것을 일찌감치 염두에 두고 있었다.

"너무 위험해."

"위험하지 않습니다. 마법으로 만든 불은, 온도를 조절하는 것이 어렵지

않다고 들었습니다."

"란즈미가 슬퍼할 거야."

"이해할 겁니다. 그 애는 보기보다 많은 걸 이해하지요."

가끔은 어떻게 자랐기에 저런 소년이 되는지 두렵기도 했다. 지스카르를 존경하고 따르면서도, 란지에는 자신의 과거 이야기를 자세히 한 일이 없었다. 다른 학생들이 마음이 열릴 즈음 으레 풀어놓는 하소연조차도 하지 않았다.

란지에에게 미(美)는 생존 수단이었지만 동시에 고통이었다. 그가 겪었던 일들 중 많은 것은 그 미가 없었다면 겪지 않아도 되었을 것들이었다. 그는 자신이 지금껏 살아남아 이 자리에 오도록 해줬다는 관점으로만 타고난 미를 받아들였다. 이 자리에 왔으니, 이제는 필요 없었다. 심지어 걸림돌이었다.

"오늘 일부러 여기까지 온 이유 중 하나이기도 합니다. 뵙고 말씀드리는 것이 좋을 것 같아서요. 낫는데 걸리는 시간 때문에 이번 일이 끝난 뒤로 미뤄야겠지만, 때가 정해지면 도와주시지요. 요양을 하기엔 지스카르의 집이 적격이니 말입니다. 저도 모처럼 좀 쉬고요."

그렇게 말하며 란지에는 심지어 미소를 보였다. 지스카르는 한참 동안 말을 할 수가 없었다.

"모처럼 쉬는 것은 좋지만……."

입을 열며 지스카르는 서서히 마음을 굳혔다. 심미안 때문만은 아니었다. 그런 이야기를 한다고 받아들일 란지에도 아니었다. 지스카르가 알지 못하는 과거의 영향일지, 란지에는 탐미적인 인간을 이해하려 하지 않았다. 경멸하지 않으려 애쓸 뿐이었다.

무엇보다도 마음속에서, 이것은 불합리하다는 목소리가 들렸다. 지스카르는 전부터 공화의 이상보다 인간의 이상을 앞세우는 것 때문에 망명 의회에서 종종 비판을 받곤 했다. 그도 그런 자신을 가끔 회의적으로 생각할 때가 있었다. 그러나 이런 순간만은 인간의 마음을 가진 자신에게 확신을 가졌다. 행복해지기 위해 공화국을 추구하는 것이었다. 수많은 희생이 동반되는 것을 알고 있고, 다 막을 수 없다는 것도 알았다. 그러나 그의 손이 닿는 것은 막으려 노력하는 것이, 사람을 사랑해서 시작된 공화주의자의 마음이 아닌가.

"로젠크란츠 군, 자네는 공화국이 세워진 이후를 생각해 보았나? 그게 아주 먼 미래라고 생각하나? 그건 멀 수도 있지만, 생각보다 가까울 수도 있어. 그때를 생각해 보게. 그때도 자네의 외모가 걸림돌이 될까?"

"……."

란지에는 일단 듣겠다는 표정이었다. 그러나 마음을 바꿀 준비가 된 것 같진 않았다.

"걸림돌이 되지 않는 것은 물론이고, 큰 자산이 될 걸세. 자네만을 위해 하는 말이 아니야. 공화국을 위해 자네가 할 수 있는 일, 그 일을 하기 위해 쉽사리 얻기 힘든 장점이 될 거라는 말이네. 외모는 아무 것도 아닌 것 같지만 때로는 사람의 마음을 흔들리게 하고, 어느 순간에는 흔들리던 사람의 마음을 움직이는 마지막 지렛대가 되기도 하지. 그런 점에서 자네는 한 가지 중대한 재능을 갖고 있는 거야. 그런 것을 함부로 버리지 말게. 자네가 공화국의 사람이라면 그건 공화국의 자산이기도 하니까."

분명 은밀한 활동에는 맞지 않는 얼굴일 터였다. 그러나 사람들 앞에 나설 수 있게 되면 외모는 아주 큰 무형의 자산이었다. 란지에는 굳이 부인하

지 않고 조용히 차를 마셨다. 어떤 것이든 그가 가진 것을 활용할 수 있다면, 그래서 신념을 위한 일을 할 수만 있다면 거리낄 것은 없었다. 그는 한참 만에 답했다.

"알겠습니다. 조금 더 생각해 보도록 하지요."

"결정하기 전에 나와 의논하는 것을 잊지 말게."

"그러겠습니다."

지스카르는 창밖을 바라보았다. 태양이 장미 덩굴 꼭대기에 마지막으로 걸려 있었다. 검은 장미의 가려진 절반은 흡사 황금일 듯 빛났다. 란지에도 창 쪽을 보았다. 지스카르보다 조금 더 오래 지켜보고 있었다.

"요즘 바빠졌다고 하던데."

"지스카르와 함께 지낼 때만큼은 아닙니다."

란지에의 길지 않은 인생에서 지스카르의 집에서 지내던 시절만큼 안정되었던 시기는 없었다. 그랬기에 오히려 한시도 쉬지 않고 무언가를 했던 기억이었다. 그 몇 개월 동안 날씨가 바뀌는 것도, 계절이 흐르는 것도 몰랐다. 숨쉬는 시간조차 아끼려는 것처럼 밤늦게까지 책을 읽었고 이야기를 했다. 격론이 벌어지면 밤을 새우고도 모자라 이튿날 낮까지 이어졌다. 식사하는 것조차 둘 다 잊어버렸다. 한 번은 그렇게 밤을 새우고 점심시간이 지나도록 토론하다가, 목과 입이 바짝 말라 말이 더 나오지 않았던 적도 있었다.

"그때가 그립진 않고?"

"좋은 때였죠, 지스카르. 하지만 돌아가고 싶진 않습니다."

지스카르는 예나 다름없이 얼버무리지 않고 또렷하게 말하는 소년을 바라보며 미소지었다. 소년이 뒤를 돌아보지 않는 성격이라는 것을 그도 잘 알고 있었다.

"동생은 어떤가?"

란지에의 얼굴이 언뜻 부드러워지는 듯했다.

"덕택에 잘 지냅니다."

"많이 좋아졌다고 들었네. 하지만 조금 위험하지 않은가 걱정이야."

"말씀하신 대로입니다만, 다른 선택이 없으니까요."

란즈미를 지스카르에게 맡길 수 있다면 더없이 안전할 테지만 란지에는 그렇게 하지 않았다. 란즈미는 지금도 종종 오빠가 와야만 편히 잠드는 날이 있었다. 만일 란지에가 소식을 일찍 받지 못하고 하루 이틀 지체하게 되면 그동안 잠을 자지도, 음식을 먹지도 않았다. 그렇기에 멀리 오를란느까지 보낼 수는 없었다.

"알고 있겠지만 내 집에는 언제나 자리가 있네."

"그렇다고 생각하는 것만으로도 마음이 든든합니다."

그 이상의 대답이 나오리란 생각은 어차피 하지 않았다. 이윽고 지스카르는 비어버린 찻잔을 밀어놓으며 자세를 고쳤다.

"테오스티드 다 모로라는 자, 만나보니 어떻던가?"

란지에도 자세를 바로잡았다. 이곳에 온 용건의 시작이었다.

"영리한 사람이더군요. 그렇게 영리하기 때문에 헌신과는 거리가 멀어 보였습니다."

"자네도 짐작한 바였겠지. 하지만 사람은 변해. 그가 변할 수 있을 것 같던가?"

란지에는 이엔과 하일저에게 말한 것과는 조금 다르게 말했다.

"가능성은 있습니다만, 겨울 흙에 묻힌 씨앗 정도입니다."

"흙을 녹일 열이 있을까?"

"집착이 해소되어야 할 겁니다. 동시에 소득이 없어야겠죠. 그는 권리를 누리는 것을 좋아하는 사람이었습니다. 그러나 태생적인 한계가 그의 욕심에 한계선을 그었습니다. 그가 욕심이 조금 적거나, 태생적 한계가 없었다면 그는 변화될 가능성이 전혀 없었을 겁니다. 그러나 현 아노마라드에서 그의 한계와 욕심이 화해할 가능성은 없어 보입니다. 그는 아직 가능하리라고 믿고 있지만 말입니다."

"그렇다면 위험한 씨앗이로군."

"발아하지 않는 편이 나을 지도 모릅니다."

"로젠크란츠 군, 그건 지나친 실용주의네. 우리는 단 한 사람이라도 잠에서 깨어나길 바라야 해. 작금의 편의로 사람을 선택하려 해선 안 돼. 씨앗이 있다면 물을 주고, 알은 품어야지. 가끔 토끼나 닭이 태어나더라도."

이번에는 둘 다 웃지 않았다. 지스카르는 란지에가 그의 곁에 있을 때와는 달리 집요하게 반론을 제기하며 달려들지 않는 것이 조금 씁쓸했다. 이제 란지에는 지스카르의 학생이 아니라 망명 의회의 명령을 받는 위원장이었고, 그 자격에 맞는 행동을 해야 옳았다.

"모로의 집착이란 건 뭐지?"

"첫 번째는 그의 아들입니다."

란지에는 테오를 만나기 전부터 여러 가지 자료를 수집해 왔다. 테오와 이브노아의 관계에 대해서도 대부분 알고 있었다.

"그는 아들이 자라 자신과 같은 대우를 받게 될까봐 두려워하고, 그걸 막기 위해 수단을 가리지 않습니다. 그렇기에 우리와 손잡는 도박까지 감행한 것이겠죠. 그는 이 일이 드러났을 때, 그가 우리를 속여 이용한 것이라는 증거를 마련하는 일에도 열심입니다. 그걸 위해 팔아치울 이름을 찾고 있죠.

그렇다면 그걸 마련해주는 것도 이쪽에서 할 일이겠지요."

"그래서?"

"토노크 자작을 소개해 줬습니다."

지스카르는 습관적으로 빈 잔을 들어올리려다가 멈칫하고는, 말했다.

"그럴 듯한 설명이 필요했겠군."

"서로 상대가 자기보다 오랫동안 몸담았고, 따라서 상대에게 정보를 캐내겠다고 생각할 겁니다. 동시에 자신의 속내를 드러내지 않고 클럽에 충실한 모습을 보이려 애쓰겠지요. 만일 일이 잘못되어 한쪽이 고발한다면, 다른 하나도 지지 않고 모아둔 증거를 다 꺼낼 겁니다."

그러면 그들끼리 물어뜯다가 자멸하는 것으로 상황은 일단락된다…. 민중 클럽의 조직이 갖고 있는 특징을 십분 활용한 전략이었다. 발각된다 해도 한 귀퉁이가 허물어지는 것으로 끝난다는 것. 그것 없이는 왕국 8군의 집요한 추적을 피해 지금까지 유지될 수 없었을 것이다.

지스카르는 천천히 고개를 끄덕였다.

"그럼 두 번째는?"

"그의 처남, 소공작입니다."

"조슈아 폰 아르님?"

지스카르는 자신이 말한 이름을 입속으로 되씹어보는 듯했다. 란지에가 다시 입을 열 때까지도 그러고 있었다.

"테오스티드 다 모로가 소공작을 싫어할 이유는 많습니다. 소공작의 탄생부터가 모로가 그리던 미래를 망치는 일이었으니까요. 둘의 접점이었던 누이는 죽었고, 죽은 까닭부터가 소공작 때문이었으니 만큼 둘 사이에 한 조각의 우애라도 남아 있길 기대할 순 없을 겁니다. 그러나 그뿐이라면 모

로가 공작 가를 차지하는 것으로 해결될 문제입니다. 그럴 계획에 착수한 지금은, 이미 안중에 없는 존재가 되어도 이상할 것이 없습니다. 그러나 모로는 그러지 않았습니다. 여전히 그는 소공작을 매우 의식하고 있고, 피해의식도 사라지지 않았습니다. 왜일까요."

지스카르는 잠시 생각하다가 대답했다.

"자네는 나름대로 답을 갖고 있는 것 같군. 내가 자네만큼 자료를 수집하지 못했으니, 자네의 답에 반론을 제기할 생각은 없어. 하지만 지적하고 싶은 점은 있군."

"무엇입니까?"

"로젠크란츠 군, 자네는 공화국이 무너지던 때를 기억하나?"

아노마라드 력 985년. 그 해 란지에는 열한 살이었다. 정세를 정확히 이해할 수 있는 나이가 아니었다. 그러나 란지에는 고개를 끄덕였다.

"저는 무너지는 공화국을 보며, 공화국이 무엇인지 배웠지요."

"그때 켈티카에 있었나?"

"그랬지요."

"무너지는 공화국을 보며… 슬픔을 느낄 수 있었나?"

쉽사리 가능한 일이 아니었다. 그 공화국은 짧게 생존한 만큼, 대부분의 사람은 본질을 이해할 시간이 부족했다. 따라서 당시 켈티카에 살았다 해도, 슬픔을 느낄 겨를도 없었기가 쉬웠다.

"네."

란지에의 대답은 짧았다. 짧은 대답 안에 형언하기 힘든 감정이 함축되어 있었으나, 다른 사람이 모두 알아보는 것은 불가능했다.

지스카르는 믿을 수 없다고 일축하는 대신 팔을 가볍게 벌렸다.

"그래. 그랬다면 내 이야기를 이해하기 쉬울 거야. 자네도 공부를 해서 알고 있겠지만, 당시 체첼 타고르크에게는 두 팔이 있었지. 폰티나와 아르님. 폰티나가 오른팔인 것은 말할 나위 없이 당연했지만, 조금 약한 왼팔인 아르님의 존재는 특이했어."

체첼 타고르크는 체첼 국왕이 '체첼 다 아노마라드'로 이름을 바꾸기 전에 가졌던 이름이었다. 폰티나 공작의 이름 없는 처남으로 시작해서 마침내 공화국을 뒤엎고 왕위까지 거머쥔 체첼 타고르크. 그 체첼에게 군대를 쥐어 주고 데뷔할 전쟁터까지 짜 준 자가 폰티나 공작이라는 것을 모르는 사람은 없었다. 그러나 체첼 국왕의 인기를 결정적인 것으로 만든 것은 뭐니뭐니해도 켈티카 공략전이었고, 그는 신묘할 정도로 시기적절하게, 그리고 공화 정부의 약점을 찌르는 효율적인 전투를 수행하여 완전한 승리를 일구었다. 공화국 내부에서 내응하는 자가 없었다면 불가능할 일이었다.

"아르님은 귀족치고는 특이할 정도로 시민들에게 존경받는 인물이었네. 공화 정부가 십 년이나 고민하고도 끝내 살려뒀을 정도지. 그런데 세상이 바뀌자 그는 놀라울 정도로 능란하게 체첼과 폰티나의 파이에 뛰어들어 그럴 듯한 조각을 잘라 갔지. 아르님의 인품이나 평소 행적을 아는 사람들은 무척 놀랐어. 국왕파와 손을 잡아서 실망했다기보다는, 정말로 놀란 거야. 그가 그렇게 할 줄 아는 사람이라는 걸 아무도 몰랐던 거지. 그는 공화국이 장악한 켈티카에서 십 년간이나 허깨비로 살아오고도, 결정적인 순간 체첼과 폰티나의 손을 동등하게 잡을 수 있는 능력이 있었던 거야. 게다가 아무도 그걸 예상하지 못했고 말이지. 어떻게 그런 능력을, 그렇게 잘 숨길 수 있었을까? 사람들은 폰티나가 정치력의 화신이라고 말하지만, 이 상황만 놓고 본다면 그 판단의 대상은 수정되어야 할 것이네."

란지에는 신중하게 듣고 있다가 대답했다.

"저는 아르님 공작이 어째서 그 후로 그 정도의 행보를 보이지 않는지 의아하게 생각하고 있습니다."

"답은 하나 아닐까? 당시 그 구상을 짠 자는 아르님 본인이 아니라는 것."

"다른 참모가 입안한 것이라는 말씀이신가요? 하지만 그런 참모가 있다면 그 후로도 발 빠른 행보를 보였을 겁니다. 문제의 참모가 갑자기 떠나버린 것이 아니라면."

"갑자기 떠나버렸을 수도 있지."

"그런 사람의 존재는 아직 포착된 바가 없습니다."

"아르님의 가문에는 특이한 전통이 있지?"

란지에는 지스카르가 하려는 말을 알아들었다. 그러나 쉽사리 받아들이기 힘든 가정이었다. 란지에는 잠시 눈을 감고 있다가, 이윽고 뜨며 말했다.

"확실히 소공작은 그 시기에 켈티카를 떠나 하이아칸으로 가버렸습니다. 또한 데모닉의 정체나, 능력의 한계를 아는 사람은 아무도 없죠. 그러나 말씀대로라면 소공작은 그 구상을 고작 아홉 살이나 열 살에 해냈다는 이야기가 됩니다."

비록 자신의 주장에 대한 반박이었지만 지스카르도 동의했다.

"믿기 힘든 일이긴 해."

"하지만, 반드시 아니라고 할 수만도 없겠군요."

란지에는 다시 생각에 잠긴 얼굴이 되었다. 지스카르도 마찬가지였다. 두 사람 다 이 믿기 힘든 가정에 여러 가지 잣대를 대어보며 가능성을 재는 중일 것이었다. 그러나 결국 지스카르가 먼저 고개를 저었다.

"아니. 아무래도 너무 심한 가정이었던 것 같군. 이 문제는 일단 생각하지 않기로 하세. 좀더 확실한 증거가 나타나기 전에는. 무엇보다도 공화국을 무너뜨린 계략이 아홉 살짜리 꼬마의 머릿속에서 나왔다고 생각하려니, 내 머리가 이상해지는 기분이 들어."

"켈티카 공략이 결정적인 계기이긴 했지만 출발부터 무모했고, 일찌감치 끝 또한 예견됐던 공화국이니 꼭 그 계략 때문에 공화국이 무너졌다고 생각할 필요는 없을 겁니다."

"그러나 아르님의 선택이 최적의 시기에 이루어졌기 때문에 적어도 3년은 앞당겨졌다고 보네. 그리고 그 3년 동안 공화국이 어떤 일을 해냈을 지는 아무도 모르는 것이지."

란지에는 얼른 동의하지 않았으나, 조금 후 고개를 끄덕이며 말했다.

"당장 증거를 찾는 것은 어렵겠지만, 이 추측에 조금이라도 신빙성이 있다고 생각한다면, 앞으로 소공작의 동태를 예의 주시할 필요가 있을 겁니다. 지금은 무관심하게 지내고 있다 해도 상황이 바뀌면 언제 어떤 일을 하게 될지 모르는 것이니까요."

"그쪽이 생산성 있는 관점이지. 분노보다는 말이야."

둘의 눈이 마주쳤다. 란지에가 먼저 말했다.

"다른 누군가에게 이 이야기를 하셨습니까?"

지스카르는 어색하게 미소지었다.

"실은 며칠 전, 학생 하나에게 공화국이 무너지던 때를 이야기해 주다가 문득 생각해낸 이야기라네. 하지만 가능성을 언뜻 비치자 나와 이야기하던 학생은 그 일이 과연 가능한 일인가, 또는 만일 그렇다면 어떤 대책을 세워야 하는가, 이런 것들보다 무조건적인 분노부터 나타내더군. 그런 일을 한 자가 편안히 살도록 내버려둬서는 안 되며, 반드시 대가를 치르게 해야 한다고 말이야. 난 물론 이 일을 지나친 가정이라고 생각하지만… 만에 하나 사실로 밝혀질 경우, 난 망명 의회의 중론이 이 학생과 같을까 자못 우려되네."

"어떤 의미에서 우려하십니까?"

지스카르는 란지에를 가만히 바라보다가 이내 눈을 감더니 말을 이었다.

"자네는 이미 알고 있지 않나."

"모르진 않습니다."

"하지만 자네는 내게 다시 묻는군."

"납득시켜 주시길 바라서입니다."

눈을 감고 있어도 자신을 바라보는 란지에의 침착한 시선을 느낄 수 있었다. 지스카르는 낮게 한숨을 내쉬었다.

"늘 말했지만, 공화국은 사람으로 이뤄져야만 하네. 왕국과 마찬가지로."

"그리고 사람이 만듭니다. 왕국은 이미 존재하지만, 공화국은 만들지 않으면 없습니다."

"결과만큼이나, 만들어지는 과정이 중하네. 사람은 자기가 태어나고 자란 환경에 따라 자연스럽게 생각하고 행동하지. 우리는 그들을 무지몽매한 자들로 여겨 배척하거나 벌할 것이 아니라, 아직 소식을 듣지 못한 먼 곳의 친구로 생각해야만 해."

"옳은 말씀입니다. 바른 길만 택해 나아갈 수 있다면 저 또한 그러고 싶습니다. 하지만 아주 어려운 일을 할 때는 효율이 때로 성패를 좌우합니다. 너무나 어렵기 때문에, 효율을 낮췄을 때 성공이 약간 늦어지기만 하는 것이 아니라, 일의 추진 자체가 무산되어버릴 수도 있지요. 그렇기에 대로(大路) 대신 때로는 지름길을 택합니다."

"난 자네에게 그 생각을 경계하라고 가르쳤지."

"경계합니다. 그러나 부인하진 않습니다."

지스카르는 빛깔이 거의 없는 입술을 꽉 다물었다가, 말했다.

"자네는 아홉 살의 어린아이가 위기에 처한 아버지를 위해 짜낸 계략을, 단지 분노로만 대할 수 있는가?"

란지에는 즉시 대답하지 않고 침묵을 지켰다. 지스카르가 다시 눈을 뜰 때까지 그랬다. 둘의 눈이 마주치자 란지에가 천천히 말했다.

"지스카르, 그래서 당신을 존경합니다만, 당신처럼 생각하는 사람이 소수일 거란 점만은 장담할 수 있습니다."

"소수이냐 다수이냐로 의견의 가치가 정해지진 않네. 우리는 왕국을 지지하는 자들에 비해 언제나 소수였어. 하지만 우리는 우리 의견의 가치를 믿지 않는가."

"그렇습니다. 그러나 이번 일만은 효율이 좀더 나은 선택이라고 봅니다. 당장 소공작에게 암살자라도 보내야 한다는 이야기는 아닙니다. 하지만 우리는 한때 아홉 살이었고 이제는 열일곱 살이 된 그를 왕국과 공화국을 이룩 한 사람으로 여기면서, 동시에 숨어 있는 위험으로 여겨 경계해야 할 겁니다."

"경계하게. 그러나 그는 나라나 무리가 아니라 한 사람이며, 한 사람은 설득될 수 있다는 것을 잊지 말게나."

란지에는 고개를 끄덕였다. 아직 가정이 사실로 밝혀지지도 않았고, 진위 가능성도 낮은 이상 이 이야기는 여기서 일단락되는 쪽이 좋았다.

"저 또한 지난 일에 대한 복수에 큰 의미를 두진 않습니다. 그 일의 처리는 망명 의회의 여론이 결정할 문제이며, 그 여론을 따르는 것이 내부 결속에 도움이 될 거란 점만은 확실하지만 말입니다. 그 일이야 어쨌든, 이미 소

공작에겐 많은 일이 일어나고 있는 모양이니까요."

화제를 바꾸긴 했지만, 지스카르도 란지에가 설득되지 않았다는 걸 알고 있었다. 어쩌면 지스카르의 의견은 지스카르처럼 학생들을 이상적으로 가르쳐야 하는 사람에게 어울릴 뿐, 활동가가 되어야 하는 란지에에게는 맞지 않을 지도 모른다는 생각이 들었다. 지스카르도 현실에서 완전히 발을 뗀 이상주의자는 아니었다.

그래서 그는 바뀐 화제에 적절히 관심을 보였다.

"많은 일이라면?"

"나이트워크의 도움으로 몇 가지 알아보았습니다. 먼저, 모로가 소공작에게 어떤 식으로든 손을 쓴 것 같습니다. 일전에 직접 만났을 때 그는 소공작을 쉽사리 다룰 수 있다고 장담했습니다. 모로는 친구라고 하는 마법사를 데리고 있었는데, 그를 통해 일종의 정신 지배가 이루어지고 있는 게 아닐까 합니다."

지스카르는 고개를 갸웃거렸다.

"정신 지배는 간단한 일이 아니지. 확신할 만한 증거라도?"

"소공작의 일상에서는 마땅한 증거를 찾기 어려웠습니다. 아주 평이한 모양입니다. 다만 그렇게 평화롭다는 것이 오히려 묘하다는 의견도 있었습니다. 하지만 그것만으로 확신할 수는 없는 일입니다."

"그러면 다른 근거가 있는 모양이군."

"소공작은 올해 3월 무렵까지 하이아칸 남부의 한 섬에서 지내고 있었습니다. 그곳에서 소공작의 행적을 추적하다가 한 가지 특이한 사실을 알게 됐습니다."

란지에는 사이를 두고 말을 이었다.

"그곳에서 가면을 쓴 배우로 유명했던 '막스 카르디'가, 실은 소공작의 다른 모습이었더군요."

비록 오를란느에서 까마득히 먼 하이아칸의 일이었지만, 예술에 관심이 많은 지스카르는 막스 카르디의 이름을 들어 알고 있었다. 물론 하이아칸에서 유명하면 전 대륙의 귀족들 사이에 소문이 나기 마련이었다.

따라서 지스카르는 놀라며 말했다.

"막스 카르디라고? 소공작에게 그런 재능까지 있었단 말인가?"

란지에는 그 사실에는 그리 감명을 받지 않은 것처럼 보였다. 그가 하려는 말은 지금부터였다.

"나이트워커가 조사한 극장주의 말에 따르면, 막스 카르디는 공연 중 화재가 일어나 행방불명이 됐다고 합니다. 처음에는 그런 식으로 배우로서의 생활을 마감하고, 켈티카로 돌아간 것인가 생각했습니다. 그런데 조금 더 자료를 조합해보니 그 이상의 뭔가가 있었습니다. 이 일에는 어떤 중대한 비밀이 숨겨져 있다는 느낌이 듭니다."

"정신 지배에 대한 이야기인가?"

란지에는 찻잔 손잡이를 매만지며 잠시 생각했다. 근거가 뚜렷한 판단과, 자신의 상상력을 구별짓는 중이었다.

"막스 카르디는 공연을 하던 도중에 행방불명되었습니다. 극장주는 소공작과 막스 카르디가 동일인이라는 것을 알고 있었으므로, 다른 사람이 대신 공연을 했을 가능성은 없습니다. 공연 날짜가 5월 20일이라는 것 또한 명확합니다. 그런데 그 시각에 켈티카의 성에는 이미 소공작 조슈아가 돌아와 있었습니다.

지스카르의 눈에 믿을 수 없다는 빛이 떠올랐다. 란지에도 아직은 결론

내리지 못한 문제였다. 그러나 그가 수집한 정보만은 거짓이 아니었다. 란지에는 눈을 내리깔았다가, 그조차도 믿기 힘든 문제를 다시 한 번 확인하듯 말했다.

"그러므로 같은 시각에, 하이아칸과 켈티카에 각각 소공작 조슈아가 한 명씩 존재했던 것입니다."

올해 스무 살이 된 애나 에이젠엘모는 어린 시절을 켈티카에서 보냈다. 수도에서 태어난 젊은이들이 종종 그렇듯이, 그녀도 도시 출신이라는 사실에 자부심을 가졌다. 아니, 실은 다른 젊은이들보다 좀더 강한 자부심이었다. 공화정을 추구하는 젊은이답게 사람을 차별해선 안 된다고 생각했지만, 귀족들이 흔히 저지르는 실수에서 그녀도 벗어나지 못했다. 시골 출신과 도시 출신의 가치는 같겠지만, 능력에는 차이가 있다는 것이 그녀의 평소 견해였다.

배운 것 없는 부모 밑에서 태어났지만 애나는 보기 드물게 영리했고 가르치는 것도 빨리 흡수했다. 특히 기억력이 좋아서 주변에는 어느 공작 집안의 자제와 비교하는 사람도 있을 정도였다. 그들이 문제의 소공작을 보지 못했기 때문이겠지만, 어차피 애나도 본 일이 없었으므로 신경 쓸 필요는 없었다.

애나는 스무 살이었다. 지스카르의 집에 오는 젊은이들이 평균 열여덟 살이라고 들었기 때문에, 그녀는 자기가 일찌감치 교육을 마치고 켈티카로 보내질 줄 알았다. 따라서 석 달 정도 흐르자 은근히 조바심이 났다. 그녀는 지스카르가 중요시하는 토론보다는 세상에 나가서 할 일이 많다고 믿었으므로, 나이도 먹을 만큼 먹은 자신을 붙잡아두는 지스카르를 이해할 수 없었다.

때때로 애나는 자신도 망명 의회로부터 임무를 받아 활동을 할 때가 되지 않았는지 넌지시 말해 봤지만, 지스카르는 구체적으로 답하는 대신 뜻 모를 미소만 지을 뿐이었다. 상황이 이렇다 보니 예의를 잊고 짜증을 내는 날도 있었다. 물론 즉시 후회하며 잘못을 빌었지만 말이다. '민중의 벗'의 전설적인 지도자였던 인물에게 잘못 보여서는 곤란했고, 상대가 백작이자 대영주라는 것도 은근히 영향을 끼쳤다. 물론 누가 그런 점을 지적했다면 애나는 발끈해서 부인했을 것이다.

도대체 어떻게 보여야 지스카르 밑에서 졸업할 수 있을까?

애나는 마음이 불타오르는 만큼 일선 활동에 뛰어들고 싶어 몸이 달았다. 공화국 실현을 앞당기고자 하는 의지는 누구보다도 투철하다고 자신했다. 지스카르 앞에서도 여러 번 그런 의지를 표현해 왔는데, 아직도 부족하다고 생각하는 걸까?

망명 의회에서 손님이 올 때면 지스카르는 학생들에게 심부름을 시켜 내보내곤 했다. 손님이 온다는 것을 굳이 숨기진 않았지만, 그렇다고 주변을 서성여도 되는 것은 아니었다. 학생인 자신이 아직 들을 수 없는 이야기들도 있다는 점은 애나도 이해했다. 그러나 오늘 찾아올 손님이 지스카르의 집에서 학생으로 지냈던 사람이라는 이야기를 듣는 순간, 참을 수 없는 호기심이 솟아올랐다.

심부름을 하러 나가기 전에 애나는 지스카르 앞에서 맴돌며 은근히 물어보았다. 이곳에 계셨던 분이라니 어떤 분이신지 궁금하네요, 하고.

지스카르는 웃으며 '아끼는 동료'라고 말해 주었다. 후배나 학생이 아니라 '동료'라는 단어는, 애나가 지스카르에게 꿈에서라도 듣고 싶어하던 말

이었다. 애나는 급기야 인내심을 잃고 말았다.

애나는 두 주 동안의 청소를 대신해주기로 하고 다른 학생에게 심부름을 떠맡겼다. 일단 밖으로 나가긴 해야 했으므로 별장 밖 오솔길을 따라가다가, 산지기 집 입구에서 다른 학생과 헤어져 잎이 한창 무성한 과수원에 숨었다. 혹시 남들이 본다 해도 일꾼으로 생각하도록 머릿수건과 앞치마도 두르고, 나무를 돌보는 체 하며 별장으로 이어지는 길을 기웃거렸다. 별장으로 올라가려면 길은 그곳뿐이었다.

그때까지 애나는 찾아올 손님의 외양을 모르니 지나가도 알아볼 수 없다는 점은 깜빡 잊고 있었다. 그러나 그녀는 그런 걱정을 하지 않아도 될 운명이었다. 맞은편 길에서 나타난 두 사람이 과수원 근처로 왔을 때, 애나 에이젠엘모는 만지작거리던 풋사과를 저도 모르게 뚝, 따고 말았다. 그 순간에는 자기가 그랬다는 것도 눈치 채지 못했다. 한참 뒤 손에 쥐어진 걸 보고 어리둥절해졌을 정도였다.

정말로 인상적인 외모의 젊은이였다. 평범한 사람이 아니라는 것을 맹세해도 좋았다. 그녀의 이런 직감은 지금껏 틀린 일이 없었다.

두 사람이 별장으로 이어지는 길을 오르고 나서 한 사람이 더 나타나 뒤를 따라갔다. 애나는 뒤따라온 사람도 일행이라고 느꼈다. 민중 클럽에 속한 사람이 여행 중 만나는 위험은, 물리적인 것보다 사람들의 의심일 경우가 더 많았다. 그런 까닭에 간부급이 움직일 때면 이런 식으로 뒤따르는 사람이 있다고 들었다. 바로 옆에서 호위하기보다는 일행이 아닌 체 따라가다가, 혹시라도 위기가 닥치면 객관적인 입장을 가장하여 상황을 무마시키는 것이 그들의 역할이었다.

정신을 차린 애나는 풋사과를 주머니에 푹 쑤셔 넣고 뒤따라 별장으로 올라갔다. 정문 근처에 이르자 풀숲에 숨어 기다렸다. 손님 세 명이 모두 들어간 후에도 좀 더 기다렸다.

한창 이야기하고 있겠지 싶을 즈음, 이중으로 잠긴 정원 문을 갖고 있는 열쇠로 따고 안으로 들어왔다. 정원 바닥을 기다시피 해서 면회실 창문 아래로 가서는 벽에 등을 바짝 붙이고 앉았다. 그 즈음 맞은편에는 역광에 검게 물든 장미꽃 그림자가 어른거렸다.

모든 이야기가 다 들리지는 않았다. 소리가 잘 들리기엔 창턱이 높은 편이었다. 창을 향해 앉은 지스카르의 말은 비교적 잘 들렸지만, 손님의 이야기는 거의 들리지 않았다. 그렇게 띄엄띄엄 들으니 내용을 이해하기도 어려웠다. 맨 처음에 인형과, 그리고 요정 이야기가 나오더라는 것만은 그래도 알아들었으나 농담을 하는 것이겠거니 하고 흘려버렸다.

한참 뒤 두 사람의 입에서 자주 나오는 이름이 생겼다. '모로'라는 이름이었다.

처음에는 모로가 누구인지 몰랐지만, '아르님'이라는 이름을 듣는 순간 눈치를 챘다. 애나는 켈티카 출신이었으므로 아르님 공작가문에 대한 소문들도 대충 알고 있었다. 예쁘지만 백치라던 딸, 그 딸이 결혼했다가 죽은 일, 데모닉의 전통을 이은 소공작, 그리고 테오스티드 다 모로라는 데릴사위에 대한 얘기도.

지스카르가 애나 자신과 한 이야기를 언급했을 때는 저도 모르게 벌떡 일어날 뻔했다. 손님의 이야기는 잘 들리지 않았지만, 지스카르가 그녀의 의견을 좋게 판단하지 않은 것만은 분명했다. 그래서였을까? 지스카르가 그녀를 아직 망명 의회로 보내지 않는 까닭은?

그 생각에 사로잡힌 나머지, 애나는 이어지는 두 사람의 이야기를 신중

하게 듣지 못했다. 그러나 잠시 후 무심코 귀에 들어오던 이야기가 머릿속에서 서서히 조합되자, 자기가 듣고 있는 것이 매우 놀라운 이야기라는 것을 깨달았다. 지스카르도 놀라움을 숨기지 못해 목소리가 커졌다.

"이 세상에 같은 사람이 둘일 수는 없네. 자네를 믿지 못하는 건 아니네만, 날짜 착오가 없는 게 확실한가?"

손님이 무어라 대답했는지는 알아들을 수 없었다. 다시 지스카르가 말했다.

"그렇다면 마법인가? 매우 어렵긴 하지만, 아니 사실상 불가능하다고 여겨지지만, 일정 간격으로 여러 장소를 택해서 마법진을 만들고 일일이 엮어 놓는다면 가능할 수는 있을 걸세. 하루 만에 켈티카에서 하이아칸을 오가는 것 말이야."

지스카르는 마법사가 아니었지만 마법을 쓰는 방법에 대해서는 상당한 지식을 갖고 있었다. 지스카르의 집에 자주 찾아오는 마법사가 대단한 사람이라는 것을 애나도 알고 있었다.

손님의 목소리가 드문드문 끊어지며 들려왔다.

"그것…… 다릅니다. 두 소공작은 같은 날 두 장소에…… 아니라 그 후로도…… 살아가고 있습니다. 인생의 궤적이 어느…… 두 줄기가 된 거죠. ……있을 수 있는…… 켈티카의 소공작은…… 떠난 일이 없습니다. 그리고 극장 화재로 행방불명됐다고 알려진 막스 카르디는……."

"죽은 것이 아니란 말인가?"

"살아서…… 항구에서 카르디… 소공작이라고 생각되는 자가 공연을 준비…… 제가 가진 마지막 정보입니다. 지금쯤은 공연도 끝나…… 그곳에 나타났습니다. ……소공작은 두 사람입니다."

"납득이 안 돼. 그런 이야기는 들어보지도 못했어. 도플갱어라도 나타났단 말인가?"

도플갱어라는 말에 애나는 흠칫했다. 그 순간 손님이 고개를 돌렸는지, 매우 또렷한 목소리가 들려왔다.

"저도 자신을 완전히 납득시킬 수가 없습니다."

애나는 상상에 사로잡혔다. 무슨 일이 벌어진 걸까? 소공작이 두 사람이라는 말의 뜻은? 무엇보다도 도플갱어라니, 그런 단어를 입에 담는 지스카르를 상상하기가 힘들었으므로 애나가 느낀 충격은 더 컸다. 애나는 몰랐지만, 지스카르는 예술가인 자신과 사상가이자 조직의 간부인 자신을 조화시키는 것을 늘 어려워했으므로, 일부러 학생들 앞에서는 현실적인 문제만을 입에 담았다.

창가로 다가오는 기척을 눈치 채지 못한 것도 그 때문이었다.

"스스로를 아주 잘 변호해야 할 겁니다."

그게 자기 머리 위에서 들린 말이란 걸 눈치 채기까지도 조금 시간이 걸렸다. 어느새 익숙해진 목소리가 아주 가까이에서 들리고… 애나는 벌떡 일어섰다. 도망칠 생각은 하지도 못했다. 돌아서자 냉담한 눈빛이 그녀를 맞았다.

2. 켈티카로 띄웠던 편지

> *사람은 원하기만 한다면 어떤 것에든 자신을 담을 수 있거든. 꽃이나 편지에도, 요리나 춤에도, 집이나 정원에도. 부채를 한 번 흔들어 사람을 부르거나, 반대로 탁탁 쳐서 쫓을 수도 있지. 그러니 연금술사가 하듯 정성스럽게 해봐. 숫자에 혼을 불어넣어서 '10만 엘소'라고 써 두면 나중에 누군가가 그 안에 든 네 영혼을 발견한다고! 그러면 그와 너는 10만 엘소가 없는데도 그걸 주고받은 거나 마찬가지지.*

날씨가 좋았다. 수평선에 흩어진 잔 빛들이 굽은 등을 물결에 맡기고 흔들거렸다. 오늘 하루쯤은 이름대로 '미의 극치'라고 불러줘도 될 것 같은 배가 쭉 뻗은 돛대를 내맡긴 오전 열 시의 햇빛, 갓 구운 토스트처럼 따끈따끈한 햇빛이었다.

조슈아는 갑판에 서서 돛대를 올려다보고 있었다. 접혀 있는 돛 위로 펄럭이는 깃발이 보이고… 밧줄들이 보였다. 그가 줄곧 보고 있는 것이 그 밧줄들이었다. 고개를 한껏 쳐들고, 허공을 가로지르고 있는 수십 가닥 밧줄들의 꼬임을 유심히 살펴보는 중이었다.

배나 항해에 대해 아는 것이 없으면서도 잘도 여기까지 왔지만, 언제까지나 몰라야 한다는 법은 없었다. 조슈아는 '지금 한 번 알아볼까' 하고 가볍게 생각했다. 갑판에 앉아 살펴보는 것만으로 배를 이해해 볼 참이었다. 불가능하다는 생각은 안 했다.

먼저 저 밧줄들이 무엇과 무엇을 연결하는지, 어느 쪽으로 힘을 받고 있는지 살펴보려 했다. 그런 식으로 시작해서 수많은 자재들이 서로 팽팽하게 당기며 균형을 이룬 한 척의 배, 그 짜임새를 알아낼 수 있다고 생각했다. 그렇게 배를 이해하고 나면, 배가 움직이는 구동 원리도 자연히 알게 되리라 여겼다. 다른 사람이 아닌 조슈아이기 때문에, 불가능한 계획만은 아니었다.

그러나 웬일인지 조슈아는 실패하고 말았다. 밧줄들이 허공에 만든 수백 개의 도형쯤이야 간단히 기억할 수 있는 그였지만, 넓은 공간에서 겹쳐진 밧줄의 구조를, 점에 불과한 한 자리에서 파악하는 건 쉽지 않았다. 물론 그것도 시간을 많이 들인다면 불가능한 건 아니었다. 그러나 무엇보다도…….

"눈부셔 죽겠네."

옛날 선장들이 십자측고의(cross-staff) 따위로 태양의 고도를 재어 배의 위치를 측량한 까닭에, 애꾸눈이 많았다는 이야기는 거짓말이 아니었다. 검은 안대가 해적 선장들이 결투라도 하다가 얻은 자랑스러운 상처라고 믿는 항구의 꼬마들도 있지만, 결투를 하면 반드시 눈을 찔러야 한다는 선상 규칙이라도 있지 않은 한 하필 한쪽 눈을 다친 사람이 그렇게 많을 리는 없었다.

조슈아가 허망하게 눈을 비비고 있는 동안 막시민과 리체가 줄사다리를 타고 갑판으로 올라왔다. 막시민은 조슈아가 햇빛을 받으며 졸고 있었다고 생각했는지 '네가 고양이냐?' 하고 핀잔을 주었다. 리체는 무심코 밧줄들을 올려다봤지만, 조슈아가 한 것 같은 생각은 전혀 하지 못하고 단지 기지개를 켰을 뿐이었다.

"배도 다 고쳤고, 슬슬 출발해야지?"

꼭 나흘이 걸렸다. 그동안 예정에 없던 진짜 항해를 한 탓에 상한 밑창을 수리하고 다시 날아오를 준비를 하기까지. 만일 운이 없어서 또다시 항해를 하게 된다면 페리윙클 섬까지 며칠이 걸릴지 아무도 모르는 터라 준비를 철저히 해야 했다. 명색이 배인 주제에 바닷물에 좀 담갔다고 밑창이 상하더라는 얘기는 막시민이 나중에 쥬스피앙에게 꼭 전하기로 했다. 물론 배를 돌려주게 된다면 말이다.

"이런 식으로 가다간 돌려줘도 화를 낼지 모르겠는데."

배쌈에 그려져 있던 파도 그림은 지워진 지 오래였다. 더구나 뱃전은 쇠 밧줄에 긁혀서 찌그러진 조개와 고둥, 불가사리가 손을 맞잡고 울고 있었고, 무슨 염료를 칠했는지 흘수선 아래는 거무죽죽하게 변색되어 있으니 쥬스피앙의 오묘한 미적 기준에 맞을 리 없다는 데 모두 동감이었다.

"배란 건 보기 좋기 전에 물부터 안 새야 되는 거 아니냐? 모르고 나갔더라면 우리 모두 바다에 수장될 뻔했는데 화를 낼 쪽이 도대체 누구냐?"

"하지만 쥬스피앙 아저씨는 처음부터 바다에 띄울 생각으로 만든 건 아니지 않겠어? 계속 날아갈 줄 알았겠지."

"하지만 그랬다면 접시가 망가지지 않게 만들었어야지. 굳이 배 모양으로 만든 걸 보면 부득이한 상황을 짐작한 것 아니겠냐?"

"하지만 우리가 자느라 금이 줄어드는 걸 제 때 안 채웠더니 접시가 제대로 작동하지 않은 거 아냐? 그 증거로 금을 도로 채우고 며칠 두니까 다시 멀쩡하게 돌아가잖아? 금이 줄어들면 배의 기관들이 점차 말을 안 듣게 될 거라는 얘기도 해줬고 말이야. 배 모양인 건 가나폴리의 전통을 따르려고 한 거겠지. 역시 쥬스피앙 아저씨의 잘못은 아닌 것 같은데."

"그건……."

말다툼에서 막시민이 질 것 같은 드문 위기에서 조슈아가 끼어들었다.

"그런데 막군, 너 설마 이 배에 그려 놓은 그림이 보기 좋다고 생각했던 거야?"

조슈아의 얼굴에 '내 친구가 그렇게 눈이 낮다니 충격'이라고 씌어 있었으므로 막시민은 화를 내며 변명했다.

"내 말은, 쥬스피앙 마법사의 기준에서 보기 좋게 만들기 전에, 라는 이야기니까, 내가 그렇게 생각했다는 것과는 얘기가 틀리고……."

마침 구원자가 나타나 막시민은 어쭙잖은 얘기를 계속 늘어놓아야 하는 상황에서 해방되었다. 뱃전에서 마일스톤이 머리를 내밀었다.

"슬슬 출항하면 되겠는데, 그 전에 꼭 해야 될 얘기가 있거든? 다들 올라와 봐."

별난 일들이 연이어 일어난 섬에서의 며칠 동안 마일스톤은 늘 상황을 물어야 하는 입장이었고, 설명은 세 사람 몫이었다. 그가 먼저 뭘 말하려 하는 것은 처음이었으므로, 셋은 하던 얘기도 잊고 얼굴을 마주보며 고개를 갸웃거렸다.

"…그러니 계약이 끝났다 이거지."

조슈아, 막시민, 리체 세 사람은 테이블에 둘러앉아 있었지만, 아무도 대꾸하지 않았다. 똑같이 말문이 막혀 있을 뿐이었다. 테이블 머리에 앉은 마일스톤은 당연한 이야기에 뭘 그리 놀라느냐는 표정이었다.

막시민이 따졌다.

"아니, 어째서 난데없이 계약 종료인 건데?"

"내가 처음에 전해들은 계약 조건은 그들, 즉 너희들이 목적하는 어느 섬에 도착하기까지였어. 그 섬이 어딘지는 안 가르쳐 줬고 말이야. 계약서를 쓴 것도 아니지. 따라서 난 이 섬이 그 섬이라고 생각하기로 했어. 날짜단위로 계약한 것도 아니니 그렇게 생각할밖에."

"누구 맘대로 그렇게 생각하는 거야!"

마일스톤은 빙그레 웃었다.

"계약 조건이 명확하지 않으면 누구나 편리할 대로 해석하기 마련 아니야? 자, 그럼 세 사람 중 선장은 누구지?"

생각해 보면 예전에도 이 비슷한 질문을 받은 일이 있었다. 물론 그 때도 답은 없었지만 그 기억 탓인지 막시민과 조슈아는 저도 모르게 리체를 바라봤다.

리체는 당황했다.

"왜 날 쳐다봐?"

조슈아가 빙그레 웃었다.

"네가 책임자 아니었어?"

"그, 그건 칼라이소에서 잠깐 그렇게 된 것뿐이잖아."

막시민이 심드렁하게 말을 이었다.

"그럼 이 김에 아예 맡아. 자, 리체 선장. 항해사의 주장에 대한 의견은?"

"너희 지금 나 놀리니?"

"굳이 따지자면 배의 주인, 즉 선주인 쥬스피앙 씨와 친구인 사람은 세자르 아저씨고, 그 아저씨의 딸이 리체 너니까……."

쓸데없는 논쟁은 마일스톤이 자신의 주장을 보다 명확히 하는 걸로 종식되었다. 마일스톤은 이렇게 말했다.

"알았어. 아가씨가 선장이다 이거지. 그럼 선장, 재계약 조건을 말해줘."

"아… 재계약?"

그제야 세 소년 소녀의 마음도 진정되었다. 바다나 항해에 대해 배 구석에 사는 생쥐보다도 모르는 그들이, 마일스톤 없이 바다에 나가야 한다고 생각했을 때 엄습해 온 공포는 결코 작은 게 아니었다. 리체가 안도의 한숨을 내쉬며 말했다.

"재계약이라면, 이전 계약과 똑같은 조건으로……."

"저런. 그렇게는 안 되지."

마일스톤은 세 사람을 둘러보며 친절한 미소를 지었다.

"자, 지금 세 사람 다 내가 없이는 바다에 나갈 수 없다고 생각하고 있잖아? 그런데 이 섬엔 나 말고 배를 움직일 사람이 아무도 없지. 그러니 나와 계약하는 것 말고는 선택의 여지도 없을 테고. 얼마나 유리한 상황이야? 이런 상황에서 내가 계약금을 올릴 수 없다는 건 터무니없는 이야기라고."

"자, 자, 잠깐, 당신 지금 몸값을 올리겠다 그런 얘기야?"

셋 다 똑같이 눈이 커졌다. 이런 상황은 상상도 한 일이 없었다. 그러나 마일스톤은 진지하게 고개를 끄덕였다.

"당연하지. 난 성실한 선박업계종사자니까."

막시민이 내뱉었다.

"젠장, 또냐. 우리 여행을 '빚쟁이의 모험' 이라고 불러야겠어."

조슈아가 머뭇거리다가 입을 열었다.

"저기 말이죠, 돈을 올려준다는 약속은 어렵지 않은데… 말이죠. 우리 셋다 이런 상황이 좀 낯설어서요. 지금까지 당신을 고용인이라기보다는 동료처럼 생각하고 있었거든요."

그러자 막시민이 말했다.

"돈을 올려준다는 약속은 절대로 어려운 거야, 이 자식아."

"하지만 돈은……."

막시민은 다시 한 번 조슈아를 흘겨봤다.

"돈도 없으면서."

"……."

블루 코럴의 별장을 떠난 뒤로 늘 돈이 없었지만, 돈이 없다는 걸 자각하기에는 돈 따위에 신경 쓰지 않고 살아온 세월이 너무 길었다. 막시민은 조슈아가 알아서 침묵하도록 내버려두고 마일스톤을 봤다.

"당신 얘긴 잘 알겠어. 난 조슈아처럼 동료 어쩌고 하는 얘기는 안 해. 고작 며칠 같이 있었을 뿐이고, 리체처럼 우리한테 말린 인생도 아니고, 무엇보다도 그동안 우리가 함께 다니고 싶을 만한 모습도 별로 안 보여줬잖아? 나라도 이런 작자들과 이제부터 동료 하라고 하면 사양일 거라고. 그러니 다 이해는 하겠는데……."

마일스톤이 말했다.

"다 괜찮아도 저놈의 유령들만은 어떻게 해 줬으면 좋겠네. 정신 건강에 안 좋다고. 이것 때문에라도 수당이 올라갈 수밖에 없는 거야. 물론 밑창을 고쳐주는 건 고맙지만 안 볼 때 해주면 더 좋을 텐데. 난 허공에서 제멋대로 날아다니는 물건은, 그게 금화라고 해도 사절이야."

리체 선장도 구석에서 납득한 표정을 짓고 있었다. 어쨌든 선창을 고치긴 해야 했는데, 다들 선원이었던 약속의 사람들만큼 유용한 인력, 아니 유령 용역은 찾기 힘들었다.

"그래, 그래. 다 알겠어. 그런데 말이야. 난 돈을 지불해야 되는 입장이거든? 그래서 어떻게든 좀 깎아야겠는데 말이야."

막시민은 열심히 머리를 굴리며 말을 이었다.

"일단 진짜 목적지인 그 섬, 거기까지는 가야 돼. 지금이라도 정확히 말해두지만, 페리윙클 섬이라고! 어쨌든 지금까지 설명 안 한 것이 한 가지 있는데, 이 배는 아주 특별한 편의를 제공하거든? 다시 말해 사고가 생기지만 않으면, 당신은 돛을 조절할 필요도, 키를 잡을 필요도 없어져. 그냥 우리처럼 앉아서 놀고먹으면 되는 거야."

"배가 날아서 가기라도 하나?"

마일스톤은 그냥 해 본 소리일 게 분명했다. 그러나 막시민을 비롯한 세 명이 동시에 손뼉을 치며 외쳤다.

"맞았어!"

마일스톤은 무슨 소릴 하는 건지 모르겠다는 표정으로 입맛을 쩝 다셨을 뿐이었다.

막시민은 마일스톤을 고용할 때 이 배가 물 위에 뜨는 것 말고 다른 일도 할 수 있다는 이야기를 하지 않았다. 떠나기 전에는 해봤자 도움될 것이 전혀 없었다. 겁을 먹거나, 미친 사람 취급하는 게 고작일 뿐이다. 그리고 배를 탄 후에도 마일스톤이 하늘을 나는 배를 조종할 줄 아는 것도 아니니까 역시 설명할 필요가 없었다.

물론 그건 막시민의 생각이었다. 같이 손뼉을 쳐 놓고서, 조슈아가 막시민을 돌아봤다.

"그런데 저기, 전혀 설명 안 한 거야? 처음에 계약할 때?"

"미리 해서 좋을 것 있는 얘기냐, 그거?"

"고작 일당 깎으려고 꺼낼 얘기를 지금까지 뭐하러 숨겼어?"

의자를 밀며 일어난 조슈아는 마일스톤의 손을 잡아끌고, 지금까지 한 번도 데려간 일이 없던 선실 아래의 작은 방으로 갔다. 열쇠를 따고 들어가자마자 마일스톤의 눈이 휘둥그레졌다.

방 안에는 황금으로 가득 찬 도가니가 있었다. 문을 열어놓자 방 전체가 금빛으로 빛날 지경이었다. 마일스톤은 조슈아를 돌아봤다.

"자네 친구 말이야, 이 정도가 돈으로 안 보일 정도면 도대체 얼마나 부자인 거지?"

"안타깝지만 여기 있는 금을 일당으로 드릴 순 없거든요."

막시민과 리체가 뒤따라 도착할 때까지 조슈아는 나름대로 책에서 얻은 전문 지식을 바탕으로 배에 대한 설명을 절반 정도 했다. 막시민이 들여다보니 이런 이야기가 들렸다.

"이 배를 띄우려면 배 바닥 아래로 최소한 몇 미터 내에 단단한 바닥이 있어야 된다는 거죠. 도움닫기를 해서 뛰어오르는 메뚜기처럼, 발판이 필요하다고 하더라고요. 다만 그렇게 뛰어올랐다가 떨어지지 않고 날아간다는 점은 다르지만."

마일스톤은 멍하니 있다가 눈썹 언저리를 긁더니 말했다.

"뭐라고?"

"이해가 안 되세요? 어려울 게 없는데? 이 배가 날기 위해서는 배 아래에 단단한 바닥이……."

"아니, 아니."

마일스톤은 손을 내젓더니 조슈아의 눈을 빤히 바라봤다. 상대가 제정신인지 확인할 필요를 느낀 듯했다.

"그 '날아간다'는 것이 도대체 무슨 소리냐고."

"아까 우리가 한 말 못 들었어요?"

막시민은 조금만 더 기울이면 코가 닿을 정도로 빤히 마주보고 있는 두 사람을 끌고 나왔다.

"서로의 코에서 모공은 그만 찾으시고, 가자고. 설명이 무슨 소용이야. 보면 아는 거지. 보고 나면 그땐 믿는 거지? 자, 자, 서둘러. 날씨도 좋고, 어서 출발하자고."

"아, 그, 그럴까?"

"보여주는 건가?"

이 때 막시민이 일단 출발하면 계약금과 일당 이야기를 얼버무릴 수 있다는 생각으로 서둘렀다는 사실은 셋 다 나중에야 알게 되었다.

프란츠 폰 아르님 공작이 아몬드가 든 마카롱 과자와 뜨거운 차 한 잔으로 오후를 마무리하려 할 즈음, 그의 책상에 어음 한 장이 도착했다. 공작은 안경을 꺼내 쓰며 어음에 씌어진 글귀를 읽어내려 갔다.

이 문서를 가지고 있는 '조 히스파니에' 또는 그 지시인에게 이 문서와 상환하여 1천 5백 엠소를 엠소 금화로 지불하겠다. 지급일은 따로 정하지 아니한다.

990년 3월 19일

개스퍼 공작 프란츠 폰 아르님.

　잠시 후, 공작의 서재에는 늙은 수행비서 헤슬과 심복인 에드멜 남작, 기사 말론 경, 이렇게 세 사람이 불려와 있었다. 공작은 어음을 그들에게 건네주어 돌려보게 했다.

　"어떻게 생각하나?"

　에드멜 남작이 진짜 어음 용지와 한참 비교해 보더니 입을 열었다.

　"정교하군요. 아니, 아예 똑같습니다."

　아르님 공작은 어음을 잘 발행하지 않는 편이었다. 드물게 그럴 일이 있다 해도 이런 소액 어음을 발행할 이유는 없었다. 남작도 그걸 알기에 위조라고 단정 짓고 대답한 것이었다.

　높은 가문이나 큰 상단들이 대부분 그렇듯, 아르님 가문의 어음 용지에도 테두리에 위조하기 힘든 무늬가 들어가 있었다. 또한 가문의 문장도 찍혀 있었다. 그런 종이는 가문 사람이 아니면 손에 넣기도 힘들고, 베끼는 것은 아예 불가능했다. 가문에서 엄중하게 보관하고 있는 금판이 새어나가지 않고서야 이렇듯 똑같은 무늬가 나타날 수 없었다.

　말론 경이 물었다.

　"금판을 누가 은밀히 빼돌렸다가 도로 갖다놓았을까요?"

　에드멜 남작이 반대했다.

　"그런 일을 누군가 했다손 치더라도, 그렇게 만든 귀한 종이로 고작 이정도 금액을 위조한다는 것은 상상할 수 없는 일이지."

　"여기 서명된 날짜 상으로는 최근이 아니군요."

"그 날짜가 꼭 위조 일자를 가리키는 건 아니겠지. 날짜는 아무렇게나 써 넣을 수 있으니까."

"그러면 첫 번째 배서일을 기준으로 보아야 할까요? 배서일보다 이후에 만들어진 것은 아닐 테니까요."

"그렇다면 6월 5일이로군."

아르님 공작은 두 사람의 대화를 들으며 잠자코 기다리고 있었다. 그리고 그들이 말을 멈출 즈음, 비서를 바라보았다. 비서는 두터운 외알 안경을 꺼내 쓰고 어음을 들여다보다가 이윽고 내려놓았다.

"이건 보통 일이 아닙니다."

아르님 공작은 고개를 끄덕이더니 펜을 집어 들어 빈 종이에 서명을 해 보였다. 누가 보아도 어음에 적힌 것과 너무나 똑같은 서명이었다. 모두 두 서명을 비교해보며 잠시 말을 잊었다.

비서가 고개를 끄덕이며 말했다.

"이 가짜 어음의 무늬는 금판으로 찍은 것이 아닙니다. 완벽히 같기는 하지만, 펜으로 곡선을 그리다 보면 펜촉의 질감 때문에 미묘하게 가늘게 되는 부분이 생깁니다. 이것은 펜으로 그려 베낀 것입니다. 그렇다면 아시다시피, 이런 위조를 할 수 있는 사람은 이 세상에 단 두 분밖에 없습니다."

두 사람이 아니라 두 분이라고 높여서 말하자 다른 두 사람도 긴장한 표정을 지었다. 에드멜 남작이 망설이다가 말했다.

"여기에 적힌 '조 히스파니에' 라는 이름… 그냥 무작정 지은 이름은 아닐 것 같습니다."

그도 히스파니에 폰 아르님의 이름을 알기에 하는 말이었다. 비서가 느릿하게 말을 이었다.

"한 사람은 물론 그 어르신입니다. 하지만 그 어르신께서 이렇듯 소액의 어음을 굳이 위조하실 이유를 생각해낼 수가 없습니다. 만에 하나 돈이 필요하시다 해도 청구서를 보내시는 것으로 충분할 것입니다. 물론 그럴 일을 만드실만한 분도 아니지요. 더구나 배서 날짜도 그 분이 이곳을 갑자기 떠나신 지 얼마 되지 않은 때입니다."

갑자기 대 상단이라도 차리지 않는 한, 히스 노인에게는 조카에게 손을 벌리지 않고 여생을 충분히 지낼 수 있는 재산이 있었다. 그리고 얼마 전까지만 해도 비취반지 성에서 머무르다가 떠난 터였다.

"다른 한 분은… 설마 아르모리크 경께서?"

말론 경이 섣불리 먼저 말하자 에드멜 남작이 눈치를 주었다. 비서가 고개를 저었다.

"소공작께서는 이 성에 계십니다. 밖으로 나가시는 일도 거의 없는 것으로 압니다."

히스 노인이 아르님 공작의 어음을 위조할 이유가 없다면, 소공작은 더더욱 없을 것이 당연했다. 남작과 말론 경은 오리무중에 빠진 표정으로 비서와 아르님 공작을 번갈아 보았다.

아르님 공작이 의자에 기댔던 몸을 약간 일으켰다.

"헤슬, 어르신이 가신 곳을 추적하도록 사람을 한 명 보내라. 어음도 가져가도록 하고. 그 분께서 보시면 아마 해답을 알아내실 것이다. 그리고 이 어음에 관한 일은 모두 함구하도록."

이들은 공화국 시절 전부터 아르님 공작을 보필해 온 가신들이었다. 공작이 '함구하라'고 말하면 이곳에 모인 사람 외에 누구에게도, 심지어 공작부인이나 소공작에게도 숨기라는 이야기라는 것쯤은 말하지 않아도 알고 있었다.

　늙은 비서가 허리를 굽혔다.

　"알겠습니다."

　세 사람이 나가자 공작은 서랍을 열고 봉투를 하나 꺼냈다. 이미 읽어본 듯, 봉인이 뜯어진 편지였다. 공작은 편지를 내어 찬찬히 살펴보았다. 그리고 미간을 짚으며 눈을 감았다.

　편지에 씌어진 필체는, 어음 아래 배서한 글씨와 똑같았다. 블루 코럴 섬에서, 올해 초에 조슈아가 보낸 편지였다.

3. 가려진 카드를 뽑다

*당신은 꽃말에 상처받지 않는 담대한 사람
나는 당신 입술의 가시에 찔렸지.*

눈꺼풀에 따뜻한 기운이 느껴질 즈음 애나는 잠에서 깼다.

요 며칠 동안 늘 그랬듯 깨자마자 자신이 어디에 있는지 생각해 보았다. 그리고 일어나 앉는 대신 하늘을 올려다봤다. 하늘은 푸릇푸릇했다. 아직은 푸르러지기 전, 붉은 기운이 번진 이른 하늘이었다. 누운 곳은 잡풀이 무성한 나무 밑이었다.

아직은 익숙해지지 않았다. 야외에서 담요를 말고 잠든 몸은 곳곳이 삐걱거렸다. 일어나야 한다고 생각했지만, 옅은 잠이 눈꺼풀을 붙들었다. 눈을 꼭 감았다가 다시 뜬 애나는 눈동자를 굴려 자신과 똑같은 조건으로 잠들었을 사람을 찾았다.

그는 이미 그 자리에 없었다. 풀을 밟는 소리가 머리맡을 오갔다. 애나가 몸을 일으키고 보니 그녀를 제외한 두 사람은 어느새 꺼진 모닥불의 잔해를 치우고 있었다.

애나가 일어난 것을 본 란지에가 말했다.

"일찍 일어났군요."

친절하다고도, 쌀쌀맞다고도 할 수 없는 목소리였지만, 애나는 항상 후자로 알아들었다. 그녀는 변명조로 말했다.

"제가 제일 늦은걸요."

오늘만은 아니었다. 란지에와 그를 수행하는 청년은 항상 그녀보다 먼저 일어났다. 똑같이 불편한 야영을 했는데도 담요 속에서 꾸물거리는 모습을 본 적이 없었다. 일선에 나가고 싶어 줄곧 안달했던 그녀였지만, 아직은 적응하지 못했다는 것을 인정할 수밖에 없었다.

찬 공기가 코끝에 느껴졌다. 오늘도 새삼 실감하는 중이었다. 자신은 지스카르의 집을 떠났다, 그토록 열망하던 본격적 활동을 하기 위해 켈티카로 가는 중이다, 임무를 받고 비밀을 공유하게 될 것이다, 애나 에이젠엘모는 이제 학생이 아니라 정식 회원이다…….

마지막 부분은 아직 사실이 아니었다. 켈티카에 가서 3차에 걸친 심사를 통과해야 정회원이 될 수 있었다. 그리고 애나는 심사 전에 한 가지 과정을 더 거쳐야 했다. 애나는 그 부분을 최대한 생각하지 않으려 했지만, 켈티카가 가까워질수록 두려움이 다른 기대들을 누르기 시작했다.

이런 철저한 방식이 지금껏 '민중의 벗'이 생존할 수 있었던 원동력임을 애나도 모르지 않았다. 애나는 몇 번이나 자신이 제대로 시작한 걸까 자문해 보았다. 이렇게 하지 않았다면 올해가 다 가도록 지스카르의 집에 머물

렀을 지도 모르는 일이었다. 그러나 그런 생각도 두려움을 완전히 떨쳐주지
는 못했다.

그 날, 면회실 창턱 위에서 내려다보는 란지에와 눈이 마주쳤을 때는 어
찌나 놀랐는지 하마터면 비명을 지를 뻔했다. 돌이켜 보면 비명을 지르지
않아서 정말 다행이었다. 마음 약한 사람으로 보이는 건 싫은 일이었다. 그
렇지 않아도 좋은 평가도 못 받고 있으니 더욱 그랬다.

애나는 엉뚱한 짓을 하게 된 까닭을 최대한 설명하려 애썼지만, 돌아온
것은 냉정한 반응뿐이었다. 변명이 아무리 그럴듯하더라도—사실 그럴듯
하지도 않았지만—그런 일을 한 이상, 애나가 첩자일 가능성을 완전히 배제
할 수는 없다는 것이었다. 따라서 이 문제를 조사하기 위해 애나를 망명 의
회로 데려가겠다고 말했다.

처음엔 심문이라도 받게 되는 것인가 싶어 겁에 질렸다. 애나를 감싸려
하던 지스카르도 란지에의 뜻이 굳어진 듯하자 더 변호해주지 않았다. 분명
애나의 행동은 의심을 받아도 할 말 없는 짓이었다. '민중의 벗'에서 가장
우선적으로 보호하는 '얼굴을 드러내지 않는 간부'를 직접 보고, 본명도 알
아버리고, 추진하고 있는 일까지 엿들었으니 '죄송합니다'로 끝날 순 없는
노릇이었다.

그러나 사실 나쁜 의도가 없었는지라 끝내 의심을 받으니 답답할 수밖에
없었다. 답답하다 못해 화가 난 그녀는 적반하장인 줄 알면서도 우겨댔다.
굳이 의심스럽다면 조사하는 것까진 좋다, 자신이 결백하다고 밝혀질 게 뻔
하지만. 그러니 조사하는 대신, 혐의가 없을 경우 자기도 켈티카에 남아 일
선 활동가가 되도록 추천해줘야 한다고 말이다. 명예롭지도 않은 일로 소환
당해 가는 건데, 그 먼 켈티카까지 가서 망명 의회의 위용을 직접 보고 도로

돌아와 학생 노릇이라니, 상상만으로도 김빠졌다. 어차피 일이 이렇게 되려고 자기가 오늘 이상한 일을 벌인 거라고 스스로를 설득하기도 했다.

애나의 억지 섞인 도박은 성공했다. 솔직히 지스카르의 얼굴을 봐서 그랬을 거라고 생각하지만…. 그렇다면 결과적으로 잘된 일일까?

물론 잘된 일이 되려면 망명 의회의 조사를 잘 통과해야 할 터였다. 하지만 심문… 망명 의회의 심문은 어떤 것일까? 첫 활동을 그런 식으로 시작해도 될까?

두려움의 원인인 젊은 간부는 저만치에서 담요를 정리해 넣고 있었다. 그는 애나를 안심시켜줄 생각이 없어 보였다. 인간적인 위로를 기대하기 힘든 성격인 것인지, 아직도 그녀를 의심하고 있는 것인지 판단하기 힘들었다. 감정이 잘 드러나지 않는 그 얼굴로는.

수행원 청년이 아침 식사로 끓인 곡식죽을 가져다주었다. 그러고 보면 애나가 깨어나기 전에 다들 많은 일을 한 셈이었다. 이윽고 애나도 일어나 담요로 몸을 감싼 채 죽을 마셨다.

그루터기에 걸터앉아 똑같은 죽을 마시던 란지에가 애나의 해쓱한 얼굴을 보더니 말했다.

"마지막 야영일 겁니다."

"아, 네."

위로하려는 것 같기도 했지만, 그냥 상황을 설명한 것일지도 몰랐다. 애나는 어깨를 으쓱거리다가 색깔이 바뀐 란지에의 머리에 시선을 주었다. 푸른 빛 돌던 머리카락은 이제 부드러운 금빛이었다. 확실히 눈에 덜 띄는 빛깔이었지만 그 이상의 목적은 성취하지 못한 듯했다. 다시 말해, 금발도 여전히 그에게 잘 어울렸다.

애나는 마법사가 란지에의 머리 색깔을 바꾸는 모습을 직접 보았다. 생각처럼 쉬운 마법은 아니라고 했다. 색깔만이라면 간단하겠지만, 머리카락은 자라기 마련이므로 내버려두면 금방 두 가지 빛깔의 머리를 갖게 돼버렸다. 그런 머리로 아무 데도 돌아다닐 수 없는 건 물론이고 말이다.

따라서 이 마법의 요점은 머리카락이 자라지 않게 하는 것이었다. 물론 영영 자라지 않게 만들 순 없고, 효력은 석 달 정도라 했다. 석 달이 지나면 머리카락이 다시 자라기 때문에 새로 마법을 걸든가, 아니면 아예 풀든가 해야 했다.

란지에는 애나가 쳐다보는 것을 느꼈는지 죽 그릇을 내려놓으며 말했다.

"그렇게 쳐다볼 정도로 이상하다고는 생각하지 않는데."

"아, 물론 이상하지 않아요. 하지만 신기해서요. 색깔이 아니라, 머리가 자라지 않는다는 게……."

"자르지 않아도 되니 편하겠죠."

저 사람에게는 실용적 관점뿐인 것인가, 하고 생각한 애나는 일부러 말을 이었다.

"색깔도… 잘 어울리시네요. 가족 중에 금빛 머리인 사람이 있으실 것 같아요."

란지에는 긍정도 부정도 하지 않고 일어섰다. 이제 출발해야 할 때라 애나도 담요를 접고 일어났다. 청년이 죽을 담았던 그릇을 닦아 왔다. 애나는 어찌 보면 감시받는 입장이라 그런 일은 할 수 없었다.

그들이 야영한 곳은 고갯길에서 조금 벗어난 풀숲이었다. 남은 비탈을 마저 내려가서 점심 무렵까지 걸으면 켈티카로 들어갈 수 있었다. 걷기 시작하는데 란지에가 말을 건넸다.

"지스카르는 어떻게 만났죠?"

"어… 야간 학교 선생님이 소개해 주셨어요. 처음에는 화가나 시인이신 줄 알았는데 알고 보니 아니었다, 뭐 그런 거죠."

"켈티카에 가족이 있다고 들었는데, 무슨 일을 합니까?"

"바느질 가게예요. 유명 의상실은 아니고 동네 구멍가게죠."

대답을 하면서도, 갑자기 왜 관심을 보이는 걸까 싶었다.

"가게는 어디 있죠?"

"광장 남쪽에요."

"주로 어떤 손님이 옵니까?"

"그냥 보통 사람들요. 남에게 시켜 옷을 지어 입을 정도의 돈은 있는 사람들이죠. 귀족은 별로 없어요. 아, 전혀 없진 않을 거예요."

"일하는 가족이 여럿인가요?"

"부모님 다 계시고, 오빠하고 올케하고 동생 둘 있어요. 전부 가게 일을 돕죠. 일자리가 생기면 다른 데로 가기도 하지만요. 아참, 조카도 하나 있어요. 아기지만."

"가족은 당신의 일을 압니까?"

"그럴 리가요. 조직에도 가족에도 득이 안 되는 일이잖아요?"

떠보는 게 아닌가 싶어 조금 단호하게 말했다.

"그러면 가족들은 당신이 어디로 갔다고 알고 있죠?"

"북부에 있는 목장에 일꾼으로 간 줄 알아요. 가끔 그런 체 하고 편지도 써 보냈죠."

"만일 사실을 알게 되면 가족들이 뭐라고 할 것 같습니까?"

"아마 위험하다고 생각해서 말리려고 하겠죠. 하지만 끝까지 설득하면

우리 이념을 이해하지는 못하더라도 일단 숨겨주려고 할 거예요. 쉽게 도와줄 것 같진 않고요."

"당신 자신은 이런 일을 하는 것이 두렵지 않은가요?"

애나는 조금 생각하다가 대답했다.

"솔직히 조금 겁은 나지만, 그보다 잘 해보겠다는 생각이 더 큰데요."

"어떤 일을 하고 싶죠?"

"음, 정보를 다루는 일? 전 기억력이 좋아요. 대신 사람 대하는 건 별로 소질 없고요."

"일할 준비는 충분히 됐다고 생각합니까?"

내심 망설이는 마음이 없지 않았지만, 확실하게 대답하지 않으면 약속한 것도 흐지부지될지 모른다 싶었다. 이런 질문들을 하는 것도 자기를 평가해 보려는 모양이라고 생각하면서.

"네."

말하는 내내 란지에의 어조는 낮고 평이했다. 애나도 전혀 긴장하지 않고 대답하고 있었다. 그리고 다음 이야기도 똑같은 어조로 나왔다.

"조사 결과가 좋지 않으면 어떻게 되는지 알고 있습니까?"

"……."

목이 막히는 듯해 애나는 걸음을 멈췄다. 아주 잠깐이었다. 란지에가 걸음을 멈추기 전에 재빨리 뒤따라갔지만 대답은 하지 못했다. 란지에는 그녀를 돌아보더니 말했다.

"모르는 모양이군요."

"어떻게 되는데요?"

란지에는 대답 없이 걷다가 고갯길이 끝날 무렵이 되자 불쑥 말했다.

"조사 결과가 좋길 바랍니다."

"이것 보세요, 왜 말을 안 해주는 거죠?"

이 순간만은 따지는 것처럼 들렸다 해도 어쩔 수 없었다. 란지에는 대답하지 않고 고개를 다 내려갔다. 큰길에 접어들자 행인이 나타나기 시작해서 계속 따져 물을 수도 없었다. 불안감이 증폭되면서 가슴이 쿵쿵 뛰는 소리가 들렸다. 누가 보든 말든 소리 질러 묻고 싶었지만 더 나쁜 결과만 부르게 될 것 같아 억지로 참았다.

애나가 란지에의 뒤통수를 보며 마음속으로 욕을 퍼붓고 있는 동안, 란지에도 마음 편히 무시하고 있었던 건 아니었다.

란지에는 애나가 어떤 식으로 심문을 받게 될지, 그리고 결과가 나쁘면 어떻게 될지 다 알고 있었다. 애나가 조사를 받은 뒤에 정식 회원으로 추천해 달라고 막무가내로 졸랐을 때도 이런 것을 다 알고 있었기에 허락했던 것이다.

심문은 공화국 시절 은밀히 켈티카 지하에 건설됐던 망명 의회 2본부에서 진행될 것이었다. 2본부라고 해도 전국의 네 군데 본부들 중 가장 규모가 컸고, 의회의 핵심 분과들과 세 군데의 위원회, 그리고 열다섯 곳으로 나뉜 켈티카의 지구들을 총괄하는 곳이니 망명 의회의 중추라 해도 과언이 아니었다. 다시 말해 만에 하나 2본부의 존재가 왕국8군에 알려지기라도 한다면, 귀퉁이가 무너지는 것으로 끝나지 않았다. 잔포드에 있는 1본부를 중심으로 살아남긴 하겠지만, 심각한 타격은 피할 수 없을 것이다.

란지에 자신도 2본부에 출입할 때는 이중으로 주어진 평회원 신분을 썼다. 위원장급 이상의 인사들은 대부분 두세 가지의 신분과 이름을 갖고 있어서, 회원들의 신상 정보를 총 관리하는 '신원 분과'를 제외하면 다른 회원들조차 속이며 활동할 수 있었다.

이런 상황인데 정식 회원조차 아닌 애나가 2본부에 들어갔다가 조금이라도 의심할 만하다는 평가가 떨어진다면, 그 후로 애나 문제는 란지에의 손을 떠나게 된다. 혐의를 확실히 벗을 때까지 2본부 내에 갇히는 것은 물론이고—2본부 안에는 이럴 때를 위한 감금 시설이 있었다—며칠에 한 번씩 불려나와 매번 다른 사람의 심문을 받는 생활이 몇 달이고 계속될 지도 몰랐다. 그건 1년이 될 수도 있고, 어느새 심문조차 끊긴 상태로 2년, 3년이 되어버릴 수도 있었다. 어느새 그녀는 조사 대상이 아니라 수감자가 되어버리고, 거기까지 가면 나중에 작은 오해가 부풀려져 처형이 결정될 수도 있다. 란지에가 잘 아는 사실이었다.

그런 사실을 모르는 애나는 란지에가 자길 정식 회원으로 만들어 줄 줄로만 알고 있었다. 며칠간 함께 지내며 살펴보니 불안감이 전혀 없진 않은 모양이었지만, 그래봤자 통과 의례 정도로 생각하고 있다는 것이 느껴졌다. 그렇지 않다면 드디어 켈티카로 들어가게 되는 오늘, 줄곧 말이 없던 란지에가 던진 질문들에 저렇게 생각 없이 대꾸하진 않았을 것이다.

솔직하긴 했지만, 확실히 요령은 없었다. 란지에는 그런 요령을 부릴 줄 모르는 편이 초보 회원답고 발전 가능성도 있다고 생각했지만, 당장 속 편히 행동할 입장이 아니라는 게 문제였다. 일단 조사에서 벗어나야 발전 가능성도 소용이 있었다. 그녀를 의심해서 데려가고 있는 사람에게 가족들의 가게에 귀족도 가끔 온다고 말하거나, 앞으로 정보를 다루고 싶다고 말할 정도로 솔직해선 곤란했다.

란지에는 조금 초조해졌다. 그가 조금 전에 한 질문들은 애나가 조사실에 들어가 앉으면 맨 처음 받게 될 질문들이었다. 대답하는 모양을 보니 말려들어가기 딱 좋은 아가씨였다. 조사 분과는 민중 클럽을 위해 아주 작은 위협이라도 제거하는 것이 존재 목적이므로, 데려온 사람을 무혐의보다는 혐의 쪽으로 몰고 가는 경향이 있었다.

아니, 애나가 조사를 받아야 한다고 맨 처음 판단한 사람은 자신이었다. 지금도 그 생각엔 변함이 없었다. 란지에가 며칠간 지켜본 결과로는 첩자 노릇을 할 만한 사람이 아니라는 쪽이었지만, 그는 근거가 뒷받침되지 않는 직감을 믿지 않았다.

이번에 방문했을 때 란지에는 지스카르 주변에 무슨 일인가 일어나고 있다는 느낌을 받았다. 지스카르는 인정하고 싶지 않은 듯했지만.

란지에는 애나가 조사를 받고, 직접 혐의를 벗기를 바랐다. 그러나 보아하니 쉽지 않을 것 같았다. 반드시 그럴 거라고 할 순 없지만, 최악의 경우가 될 가능성도 낮지 않았다. 란지에는 조사 분과의 집요함을 잘 알고 있었다. 그 자신도 조사 분과에 가보았던 몸이었다.

애나는 긴장해서, 그리고 화를 내며 뒤따라오고 있을 것이다. 란지에는 떠나기 전에 지스카르와 나눈 이야기를 떠올렸다. 지스카르는 애나를 걱정했을 테지만 란지에에게 어떻게 했으면 좋겠다는 식의 말은 하지 않았다. 다만 제자를 잘못 키워서 미안하다고 했을 뿐이었다. 지스카르는 현명했지만, 자기 신변의 위협은 묘하게 소홀히 여기는 경향이 있었다.

만일 애나가 혐의를 벗지 못하면 지스카르의 입장도 곤란해질 것이다. 망명 의회 내에는 지스카르를 옹호하는 사람이 많았지만, 견제하는 사람도 그만큼 많았다. 지스카르는 오랫동안 젊은 인재들을 발탁하고 가르쳤기 때문에 현재 중책을 맡고 있는 신진 세력 중에는 지스카르를 존경하는 사람이 많았다. 따라서 지스카르가 그들을 이용해서 망명 의회를 좌지우지하려 한다는 주장이 끊임없이 제기되었다. 지스카르는 학생들에게 사상을 강요하지 않았다. 그래서 가르쳤다고 해서 모두 그와 같은 의견을 갖게 되는 건 아니었고 오히려 반대되는 의견을 갖는 경우도 많았지만, 그런 것은 중요하지 않았다.

지스카르를 존경하는 젊은이들은 그가 중책을 맡아 주길 바랐고, 심지어 일을 다 꾸며놨는데 지스카르가 거절해서 무산된 일도 두 번이나 있었다. 그런 식이니 신진 세력의 힘을 두려워하는 자들은 늘 지스카르를 공격할 구실을 찾아다녔다.

란지에는 지스카르가 마지막으로 찾아냈던 신성이었다. 그런 그가 지스카르의 학생을 조사 분과로 데려가고, 심지어 조사가 깨끗이 끝나지 않으면, 이를 근거로 삼아 비난하는 무리가 생길 것이 뻔했다. 란지에도 모르는 바가 아니었다.

그러나 그건 결국 클럽 내의 세력 다툼에 불과했다. 그런 것을 걱정해서 진짜로 다가올지도 모르는 위협을 간과할 수는 없었다. 지스카르도 그걸 알기에 더 말리지 않은 것이리라. 그러나 떠나기 직전, 지스카르는 말했다.

"민중의 벗은 한 갈래 길만 가선 안 되지. 그러나 동시에 한 갈래 길만을 가야 해. 아직도 해답이 나오지 않아서 나는 미래가 두렵네. 어떤 미래가 답일까."

란지에는 한참이나 생각했지만, 결국 신념대로 대답했다.

"미래는 답이 아닙니다. 미래가 오기 전에 내놓는 것만이 답입니다."

자신은 답을 내놓을 수 있을까?

"말 좀 해보세요."

등 뒤에서 애나의 목소리가 들려와 란지에는 생각에서 깨어났다. 완연히 풀죽은 목소리였다.

"제가 무슨 일을 겪게 되나요."

"……."

란지에는 걸음을 늦췄다. 이윽고 애나와 나란히 걷게 되었다.

"에이젠엘모 씨."

란지에가 이렇게 정식으로 부르는 것은 처음이라 애나는 흠칫했다가 대답했다.

"네."

"저보다 나이가 많으시죠?"

"아… 아마도요."

별로 실감하고 있진 않았지만, 누가 봐도 분명한 사실이었다. 란지에가 무어라 말하려다 입을 다무는 것이 보였다. 애나는 긴장했다. 이제야말로 중대한 이야기가 나올 것만 같았다.

그러나 들려온 건 난데없는 질문이었다.

"면회실에서 인형을 혹시 보셨습니까?"

"인형요? 아… 알아요."

애나는 잠시 후 덧붙여 말했다.

"파란 꽃무늬 치마에 보닛을 쓰고 있는, 춤추는 인형 얘기죠?"

란지에가 고개를 끄덕였다. 애나는 고개를 갸웃거렸다.

"그 인형은 왜요?"

"그 인형에 대해 그분과 얘기한 적이 있나요?"

애나는 인형이 왜 중요한 건지 이해가 안 가 눈을 깜빡거렸다.

"어느 날인가 무심코 태엽을 감아 봤는데 인형이 안 움직이기에 선생님

한테 말씀드렸죠. 그러고 나서 이튿날인가 보니 싹 고쳐 놓으셨더라고요. 그래서 그런 것도 만질 줄 아시는구나 싶어서 신기하게 생각했죠."

"그리고?"

"그래서……."

애나는 조금 머뭇거렸다.

"다시 망가지지 말라고 가끔 태엽을 감았어요. 조금씩 만이죠. 원래 그런 건 자주 만져주지 않아서 망가지는 거거든요. 뭐 좀 유치하긴 하지만, 그래 도 선생님이 아끼시는 것 같아서."

"그 전에는?"

"그 전요?"

애나는 '도대체 이런 걸 왜 묻지' 하는 표정이었지만 란지에는 계속 기다 렸다. 결국 애나는 마뜩찮은 태도로 입을 열었다.

"그래요. 그 인형 내가 꺼내다났어요. 청소하다가 창고에서 발견한 것뿐 이에요. 물론 인형 같은 걸 좋아할 나이는 아니지만, 난 어렸을 때 인형을 갖고 놀아본 일이 없었단 말이에요. 그냥 흥미가 가서, 조금쯤 그럴 수도 있 는 거 아닌가요? 어차피 선생님도 좋아하셨고요."

큰길을 걷는 사람이 점차 많아졌다. 란지에는 앞을 보며 자연스럽게 말 했다.

"더 말해 봐요. 숨기지 말고."

"어째서 이런 걸 묻는지 모르겠군요."

"까닭 없는 잡담을 할 상황은 아니죠."

대뜸 나온 말에 애나가 놀라 눈을 올려 뜨며 란지에를 보았다. 조금이라 도 이해했을까?

"성에서… 백작 가문의 본성 있잖아요. 따님이 사시는 로사 데이메르 성. 거기에서 잡동사니가 든 짐을 갖다 줬어요. 대여섯 번인가, 꽤 자주 왔었죠. 그 짐에서 나온 인형이에요. 난 그냥 잡동사니를 치우려는 줄 알았어요. 옛날 물건들을 별장에 갖다 놓으려나보다 하고 생각했죠."

"짐을 가져온 사람은 누구죠?"

"그냥 하인이던데요? 이름까진 모르겠어요."

"매번 같은 사람이 왔겠죠?"

"아… 그러고 보니 그렇네요?"

란지에의 뺨이 약간 경직되었다.

"그 하인은 당신 말고 누굴 만났죠?"

"사실 나를 만난 일은 없는데요. 난 그냥 본 것뿐이고, 짐을 받아서 치우는 일은 다른 학생이 했어요."

"브리앙 마틸로 말입니까?"

애나는 란지에가 이름을 말하자 놀란 시늉을 해 보였다.

"이름도 아시네요? 어쨌든 무거운 짐이라서 남자가 옮기는 쪽이 좋았죠. 그리고 그 하인이랑 브리앙은 아는 사이였고요. 짐 가지고 창고에 갔다가 한참이나 그 안에서 얘기하고 그랬어요. 아, 브리앙을 비난하려는 건 아니에요. 그런 식으로 눈을 피해서 조금 쉴 수도 있는 거잖아요. 지스카르가 내주는 과제는 항상 어렵고…. 어쨌든 그 짐은 지금도 창고에 있어요. 내가 꺼낸 건 인형뿐이고요."

란지에는 걸음을 멈췄다. 주위를 둘러보더니, 왼쪽 비탈을 올라 숲으로 들어갔다. 길에서 많이 벗어날 때까지 걸어가서 편평한 바위를 하나 골라 앉았다.

"뭘 하려는 거예요?"

란지에는 종이와 펜을 꺼내어 바위 면을 이용해 편지를 썼다. 수행하는 청년이 물러나라고 손짓했기 때문에 애나는 편지 내용을 볼 수 없었다.

편지를 다 쓰자 봉투를 꺼내고, 귀한 성냥까지 내어 밀랍을 녹이고 봉했다. 그리고 봉투를 청년에게 건네주었다.

"지스카르에게 돌아가서 전해주시고, 시간이 걸리더라도 답신을 받아 갖다주십시오."

청년은 고개를 끄덕이더니 즉시 자리를 떠났다. 란지에는 떠나지 않고 바위에 앉아 잠시 기다렸다. 애나는 앞에 서 있었지만 영문을 모르는 얼굴이었다.

잠시 후 새로운 청년이 나타나더니 란지에 앞에 와서 고개를 숙여 보였다. 란지에도 인사했다.

"그럼 갈까요?"

새로운 청년은 애나가 과수원에 숨어서 엿보던 때 란지에 일행과 거리를 두고 뒤따르던 그 사람이었다. 그들은 다시 큰길로 되돌아갔다. 때마침 스무 명 가량의 일행이 길을 가고 있어 그들은 평범한 이야기만 나누어야 했다. 사람은 점점 더 많아졌다.

켈티카로 들어가는 문이 저만치 보이자 애나는 크게 숨을 들이쉬었다. 석 달 전에 떠난 뒤로 처음 다시 보는 문이었다. 문을 통과할 때 검문소에서 란지에는 애나가 누나라고 말했다. 청년은 형이고, 그들은 란지에의 보호자로서 학교를 알아보러 가는 길이라는 설명이었다. 언제 준비한 건지 모르지만, 청년이 내민 여행 증명서에는 그 말을 뒷받침하는 이야기가 씌어 있었다. 그들은 어렵지 않게 검문을 통과했다. 번화가까지 오자 청년은 그들에게 인사한 뒤 다른 거리로 접어들어 사라져버렸다.

전부터 애나는 망명 의회의 본부가 어디에 있을지 궁금했다. 켈티카에서 태어나고 자랐기 때문에, 수상쩍던 장소들을 머릿속에서 맞추기 하는 재미가 있었다. 절반만 돌아간다던 외곽의 비료 공장은 아닐까, 장미원 묘지의 버려진 납골당은 어떨까, 들어가면 꼭 한 번은 길을 잃어버리는 여왕 시장 뒷골목 어딘가일지도 몰라.

그러나 그들이 가서 선 곳은 정말로 학교처럼 보이는 건물 앞이었다. 애나는 창살 문 안쪽으로 솟은 탑들을 보고 란지에를 돌아봤다. 그녀는 여기가 어딘지 알고 있었다.

"여기는 그로메 학원이잖아요?"

란지에는 문지기 쪽으로 걸어가다 말고 미소를 보였다. 어깨 너머로 한결 가벼워진 목소리가 들려왔다.

"아까 학교에 간다고 말해줬던 것 같은데요?"

검문소에서 분명 그렇게 말하긴 했지만…….

애나는 곧 귀족 아이들이 많이 다닌다고 들어 온 이 학원이 실은 공화파의 본거지이고, 망명 의회도 안에 숨어 있을 거라는 스펙터클한 상상을 하며 란지에를 뒤따라갔다. 그런데 문지기와 나누는 이야기를 들어보니 란지에는 학원의 학생이 아닌가?

"들어와요."

안으로 들어가던 란지에가 애나를 돌아보며 손짓했다. 애나는 얼른 뒤따라가면서 속삭였다.

"우리 의회로 가는 것 아니었어요?"

"조용히."

점심시간이라 학생들은 대부분 식당에 있는지 교정은 한산했다. 란지에는 녹음이 우거진 회랑을 통과해서 학생관 쪽으로 갔다. 2층으로 올라가 어느 방 앞에 멈춰서더니, 노크하는 대신 열쇠를 꺼내 들고 땄다.

방은 비어 있었다. 그런데 무척 호화로운 방이라 애나는 멈칫거리며 얼른 자리에 앉지 못했다. 란지에는 소파를 내버려두고 딱딱한 긴 의자에 앉아 다리를 폈다.

"쉬어요."

"여기가 당신 방이에요?"

란지에는 고개를 저으며 미소지었다.

"곧 주인이 올 겁니다."

"그보다 망명 의회는 어디 있는 거예요?"

그 때 열쇠 따는 소리가 들렸다. 문이 열리고 사내애인지 여자애인지 모를 호리호리한 학생이 들어오더니 그들을 보자마자 소리를 질렀다.

"아, 돌아왔구나!"

성큼성큼 걸어온 학생은 자리에서 일어선 란지에와 두 차례의 비주(뺨을 맞대는 인사)를 나눴다. 그리고 애나를 돌아보았다.

"안녕하세요? 전 이엔이에요. 란지에하고 같이 오신 걸 보니 분명 우리 동지겠죠? 반가워요."

란지에가 말했다.

"지스카르의 학생이었던 애나 에이젠엘모 씨야. 입학 수속을 밟을까 해."

애나는 어안이 벙벙해졌다.

"전 망명 의회에 가기로 되어 있었잖아요?"

"내가 만일 당신을 2본부로 데려갔다면, 적어도 반년은 나오지 못했을 겁니다."

애나는 눈을 크게 떴다.

"도대체 무슨 얘기예요?"

란지에는 다시 의자에 앉아 팔꿈치를 무릎에 얹고, 깍지를 끼며 턱을 괴었다.

"에이젠엘모 씨, 내가 갈림길에서 당신을 보호하는 쪽을 택했다는 걸 이해해 줬으면 좋겠습니다. 당신은 위험한 일을 저질렀지만, 어쩌면 그런 행동으로 지스카르를 보호한 셈이 될 지도 모르겠습니다. 그래서 나도, 어쩌면 후회할 지도 모르지만, 당신을 보호하기로 마음을 정한 겁니다. 우선 말해 두자면, '요정이 지켜보고 있다' 는 말은 정보를 캐내려고 주위를 맴도는 자가 있다는 의미입니다……."

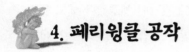

4. 페리윙클 공작

그대의 금발에선 바람 냄새가 나오
흙도 물도 아닌 바람의 냄새라오
낮은 곳에서 비둘기처럼 속삭이다가
높은 곳에서 매처럼 나는 바람이라오

달 이울고 별 저물어 흐린 밤에도
발아래 수천 겹 바람 밟고 간다오
하늘 땅 맞닿은 세상 끝 이르도록
하늘 뱃길 가는 하늘 뱃사람이라오

대륙에서 공작이라 하면 왕족이거나, 권력의 정점에 선 한두 명의 귀족
을 말했다. 아노마라드에서 왕족이 아닌 공작은 두 가문밖에 없는데, 폰티

나 공작의 누이가 왕비라는 것을 생각하면 실질적으로 왕가와 혈연이 없는 공작은 단 한 명뿐인 셈이었다.

더구나 이 특이한 공작은 왕국 안 어디에도 영지가 없었다. 아노마라드에서 아르님 공작이 가진 땅은 비취반지 성과 주변의 작은 장원, 그뿐이었다. 그렇다면 이름만 그럴듯한 이 공작 가문에 가난이 예정됐다 해도 틀린 말은 아닐 터였다. 왕의 관료가 되어 녹봉을 받는 방법도 있을 테지만, 아르님 공작은 그런 것도 하지 않았다.

그러나 아르님 공작 가문은 결코 돈에 쪼들리지 않았다. 거대한 영지를 갖고 있는 귀족들과 다를 것 없이 풍족하게 살았다. 방탕한 낭비와는 거리가 멀었지만 권위가 유지될 정도로는 돈을 썼다. 사병도 꽤 거느리고 있었다. 그 돈이 어디에서 나는 것인지 정확히 아는 사람은 없었다. 상업으로 큰 이익을 얻는다는 소문이 있을 뿐이었다.

아노마라드 남쪽 바다에 왕국에 속하지 않은 섬들이 있었다. 그 곳에서는 아노마라드에서 준 공작 작위 따위, 대수롭지 않게 여겼다. 그들끼리 그렇게 부르기로 했기 때문에 공작일 뿐, 아노마라드 국왕이 그러라고 했다거나 아니라거나 하는 것에는 관심도 없었다.

대륙에서 다른 귀족이, 심지어 왕이 온다 해도 신기하게 여긴다면 모를까 부복해야 한다는 생각은 떠올리지 못할 사람들이었다. 그들 중 한 사람은 언젠가 이렇게 말했다.

"아노마라드는 대륙이고, 우리는 섬이지. 대륙은 섬이 될 수 없고, 섬도 대륙이 될 수 없지. 그러니 대륙은 대륙이고, 섬은 섬이지. 우리가 대륙에 관심이 없다면, 대륙도 우리에게 관심이 없어도 돼."

섬에는 어차피 다른 공작도, 백작도, 남작도, 전혀 없었다. 그들에게 '공

작'이라 하면 오직 한 사람, 그들의 지배자를 가리켰다. 주변의 섬과, 바다와, 그들 모두를 지배하는 한 명의 공작.

그들은 그를 '공작 폐하'라고 불렀다.

아침 일찍 일어난 산꼭대기 집 부인은 날씨가 좋은 것을 보고 침대 시트를 세탁해야겠다고 생각했다. 묵은 시트들을 모두 내어 빨고, 넓게 펼쳐 마당의 빨랫줄에 걸기까지는 한 시간 반 정도 걸렸다. 아침 햇빛 아래 나부끼는 흰 시트들을 보며 만족스럽게 허리를 펴고, 하늘을 올려다봤을 때였다. 이상한 것이 눈에 띄었다.

처음에는 검은 점처럼 보였다. 멀리 있는 새라고 생각하기에는 묘하게 움직임이 없다 싶었다. 점은 점차 커졌다. 잠시 후엔 더 커졌고, 빨래 바구니를 집안에 갖다놓고 나왔을 때는 도저히 새라고 생각할 수 없는 모양으로 변해 있었다. 타원형으로 길쭉했으며 날개라고는 없었다. 그 즈음 일찍 일어난 손녀가 뛰어나와 함께 하늘을 올려다봤다. 손녀가 저게 뭐냐고 묻기 전에, 부인은 눈을 한 번 비빈 다음 중얼거렸다.

"다랑어가 하늘을 날고 있나?"

점이 커지는 속도를 고려했다면 새나 다랑어와는 비교할 수 없이 큰 물체라는 걸 알아차렸어야 했다. 그러나 부인은 바람 때문에 빨랫줄이 처져서 바다에 닿는 시트를 바로잡아야 했으므로 하늘을 나는 다랑어의 정체를 볼 기회는 놓치고 말았다. 부인이 시트들을 하나하나 당겨 바로잡고 나서 다시 고개를 들자 점은 이미 사라지고 없었다. 그녀의 집이 있는 곳에서는 볼 수 없는, 언덕 너머 바다로 사라진 까닭이었다.

언덕 너머 바닷가에서는 수십 명이나 되는 사람들이 노부인보다 더욱 놀라 목을 빼고 있었다. 이미 그건 점이 아니었다. 하늘에서 내려오는 커다란 검은 그림자였다. 신을 믿었다면 기도라도 했을 텐데, 그럴 수도 없었다. 그중 몇몇은 신을 믿지 않을 정도로 고집 셌던 것을 후회했지만, 그리 오래 후회하진 않았다. 하나가 허공의 그림자를 손가락질하며 말했다.

"저건 배인데?"

빠른 속도로 내려오던 검은 그림자, 즉 배는 누구나 윤곽을 알아볼 수 있게 됐을 즈음 갑자기 느려졌다. 가까이 올수록 점점 더 느려졌다. 그리하여 모두가 예상하던 대 참사를 빚지 않고 서서히, 깃털이 떨어질 때처럼 수면에 내려앉았다. 사방으로 가벼운 파도가 밀려갔을 뿐이었다.

"오오……."

그런 광경을 본 사람이라면 다들 느낄 경외심에 사로잡혀, 사람들은 소리를 질렀다. 검은 점으로 보일 정도로 까마득히 높은 하늘에서, 절대로 날 수 없을 것처럼 보이는 범선이, 뚝 떨어진 것도 아니고 물새처럼 가볍게 내려왔던 것이다. 여럿이 아니라 혼자 보았다면 헛것이 아닌지 의심했을 테지만, 주위에 자신과 똑같은 표정을 한 사람이 수십 명이나 있었다.

하늘에서 내려온 배는 해안에서 몇 백 미터 떨어지지 않은 곳에 가만히 떠 있었다. 사람들은 섣불리 접근할 엄두도 못 내고 지켜보기만 했다. 해안가에는 점점 더 많은 사람이 모였다. 노인도, 아이들도, 젊은이들도 몰려나와 해안을 메웠다. 섬 사람 모두가 나온 건 아닐까 싶을 정도였다.

그들은 배에서 누가 내릴지 궁금해서 모두 목을 뺐다. 그러나 배에서는 아무런 기척이 없었다. 구름을 뚫고 내려와, 아침 햇살을 받으며, 하늘의 계시인 양 고요히 떠 있을 뿐이었다.

그러나 배 안의 상황은 고요와 거리가 멀었다.

"이거 대체 어떻게 된 거야? 오늘은 왜 돛이 저절로 안 펴지는 건데?"

"그걸 내가 알아? 이 배가 어째서 이러저러하게 움직이는지 아는 사람은 한 명밖에 없잖아."

"그 한 사람이 어떻게든 장치를 설정해 놨으니까 지난번엔 저절로 돛이 펴진 거 아니냐?"

"그 사이 우리가 항해를 하느라 배를 이곳저곳 만지다 보니 맨 처음 쥬스피앙 아저씨가 해 놓은 설정이 바뀐 건 아닐까?"

"그럼 다시 초기 설정으로 돌아갈 방법은 없는 거냐?"

"한두 군데 건드린 것도 아니고 그걸 어떻게 되돌리니?"

막시민은 잠시 궁리하다는 표정이더니 외쳤다.

"껐다가 켜봐!"

리체가 어이없는 표정을 지으며 황금 넣는 도가니를 손가락질했다.

"어떻게 끄는 건데? 알면 막시민 네가 해봐."

"금을 도로 다 빼면 꺼지지 않을까? 야, 조슈아! 네 생각에는… 아니, 이 자식은 방금 여기 있더니 어디로 갔어?"

막시민과 리체가 선실에서 나오자 마일스톤이 뱃전을 손가락질했다. 그래서 둘은 뱃전에 붙어 서서 홀린 듯 바다 너머를 바라보고 있는 조슈아를 발견… 하기 전에 그가 보고 있는 것을 발견했다.

"섬이네?"

"언제부터 저기 있었지?"

마일스톤이 돛대 쪽으로 가며 대꾸했다.

"아마도, 우리 모두가 태어나기도 전부터."

조슈아의 정연한 기억 속에서 섬은 수십 장의 스케치였다. 아버지의 서재에서 본 커다란 2절판 책 속에 차례차례 봄의 섬이, 여름과 가을과 겨울의 섬이, 동쪽과 서쪽의 섬이, 남쪽과 그리고 북쪽의 섬이 있었다. 아침의 섬이 있었고, 밤의 섬이 있었다. 폭풍의 섬도, 잔잔한 파란 바다 위로 녹색 케이크처럼 떠오른 섬도 있었다. 갈매기만이 한가로이 날고 있는 섬은 무인도처럼 보이기도 했다. 그러나 백여 척의 배들이 둘러싼 섬은 세상에서 가장 훌륭한 항구였다.

미완인 듯 검은 잉크만으로 그린 섬은 이미 이 세상에 존재하지 않는 곳처럼 보였다. 그러나 다음 페이지에서 어김없이 섬은 수십 가지 빛깔로 칠해져 반짝이고 있었다. 스케치 한 구석에 그려졌던 두 개의 문장도 또렷이 기억했다. 아르님 가문을 나타내는 키 문장, 그리고 그 옆에 그려진 작은 꽃. 꽃은 섬의 이름이었다. 바람개비 같은 다섯 날개를 가진 청보랏빛 꽃이 부드러운 붓끝 아래 피어나 있었다.

페리윙클(periwinkle).

한 가지 소재를 이렇듯 수십 번 되풀이하려면 얼마나 애착이 깊어야 할까. 조슈아가 태어난 비취반지 성과 푸른 장원도 아름다웠지만, 그곳을 지독히 사랑한 기억은 없었다. 더구나 이브노아의 죽음 때문에 어렴풋이 품었을 법한 그리움조차 깨끗이 사라진 곳이었다. 성을 떠나 하이아칸에서 살면서도 돌아가고 싶다는 생각은 거의 하지 않았다.

옛날 수십 장의 스케치를 묶은 2절판 책을 넘기며 한 사람이 품었을 고향에 대한 집착을, 그 깊이를 어렴풋이 궁금해했다. 그렇게 섬을 그리고 또 그린 사람은 스초안 오블리비언, 아르님 가문의 문장을 그렸고 이카본의 맹우였던 사람이었다. 그는 남쪽 섬 페리윙클에서 태어났을 테고 아마 그곳을

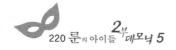

떠나 오랫동안 대륙에서 지냈을 것이다. 고향을 떠나 있는 동안 그는 시간이 날 때마다 섬을 그렸다. 기억에 의존해서 그렸을 터라 섬들은 대부분 윤곽이 똑같았다. 그러나 그가 자라며 보아 온 수백 가지 모습을 그리려 애쓴 것만은 알 수 있었다. 섬은 때로 태양과 함께, 달이나 별과 함께 있었고, 푸른 날치떼와 있었고, 존재하지 않는 천사와도 함께 있었다. 그림 하나하나에 그의 목소리가 깃들어 있었다. 먼 바다의 페리윙클, 나의 페리윙클.

조슈아에게는 백사장의 모래알처럼 많은 기억이 있었고, 그 그림들도 수천억의 책갈피 중 하나일 뿐이었다. 그러나 그는 하나하나를 모두 또렷이 기억했고, 이 순간 그 책갈피를 바로 집어 올렸다. 수십 장의 그림이었던 섬이 눈앞에 있었다. 섬은 여름이고, 아침이었다. 그 섬을 사랑하고 그림을 그렸던 사람은 흙으로 변하고 없었다.

"먼 바다의 페리윙클……."

직접 들은 적이 없건만, 듣기라도 한 양 저절로 흘러나온 뇌까림이었다. 섬은 그에게 인사를 보냈다. 섬에서 태어나 섬을 해방시켰고 섬이 기리는 주인, 그 주인의 후계자인 자신은 태어나 처음으로 섬을 찾아왔다. 이날의 갠 아침은 섬이 보인 미소였다.

이윽고 조슈아의 입가에도 미소가 떠올랐다.

"닻을 내렸어. 연안이 얕더군. 부두는 다른 쪽 해안에 있는 모양이니 그냥 보트를 내려서 가는 게 나을 것 같아. 누구든 섬까지 가서 예인을 해 달라고 부탁하면 돼. 섬에는 사람이 아주 많은 것 같으니 말이야."

등 뒤에서 마일스톤의 목소리가 들렸다. 조슈아는 몸을 돌려 그에게도 미소했다.

"알았어요. 보트는 지금 내릴 건가요?"

"이미 내렸어. 가서 타라고. 내가 여기 남을 테니까."

마일스톤만 배에 남고 세 사람이 보트를 탔다. 바다가 잔잔해서 보트를 젓는 것도 그리 어렵지 않았다. 배는 진짜 항해로 왔다면 들어오기 힘들 정도로 얕은 바다에 떠 있었다.

멀리서 봤을 때는 해안에 나와 있는 사람이 얼마나 많은지 감을 잡지 못했지만, 가까이 가자 뚜렷해졌다. 기대 이상이랄까, 아니 기대를 한 일이 없으니 기대에 어긋났다고 해야 할까. 어쨌든 백여 명의 사람들이 무언의 시선만으로 맞아 주는 가운데 배를 대고 내리는 것도 진귀한 경험이었다. 막시민은 진귀한 경험 따위 다시는 하고 싶지 않은 얼굴이었지만.

반면 리체는 조금 들떠 있었다.

"저 사람들, 분명 우리 배를 보고 나온 거겠지?"

"맑은 하늘에서 벼락, 아니 배가 떨어지면 누구든 하던 걸 팽개치고 튀어나오게 돼 있다고."

평소처럼 말하고 있긴 했지만 막시민도 긴장했다. 무리를 이룬 사람들은 무슨 일이든 할 수 있는 법이니 말이다. 사람들은 일정 거리 안으로 다가오진 않았지만 그렇다고 떠날 생각도 없어 보였다. 호의라고 해석하기도 그렇고 적대적이라 여기기도 뭣한 애매한 표정들이었다. 결국 그들 쪽에서 먼저 말을 꺼내야 할 듯했다. 리체가 막 '안녕하세요, 저희는 길 가던 무해한 여행자들인데요' 정도의 말을 하려던 참이었다.

"돌아왔습니다."

조슈아는 맞은편 언덕을 바라보며 서 있었다. 가장 많은 사람이 모인 곳이었다. 사람들도 조슈아를 보고 있었다. 아르님 성을 가진 사람이 이 땅을 밟지 않게 된 지 백 년은 되지 않았다. 그동안에도 아이들이 태어나고 자랐

을 것이다. 아르님이 없어진 페리윙클에서 태어난 사람들이 섬 사람들 대부분을 이루고 있을 것이다.

조슈아의 얼굴은 이카본과 달랐다. 아버지와도 달랐다. 섬 사람들은 조슈아의 아버지 프란츠도 보지 못했다. 섬을 마지막으로 떠나간 데모닉은 금빛 고수머리와 푸른 눈을 가진 소년 히스파니에였을 것이다. 그때 히스파니에는 지금의 조슈아보다도 어렸다.

알아보지 못한다 해도 이상하지 않았다. 무관심하거나 적대시하더라도 놀라지 않아야 했다. 그러나 사람들 틈에서 예순 살 가량의 노인이 걸어 나오더니 천천히 허리를 굽혔다가 폈다.

"환영합니다. 축복받은 아르님, 우리의 소공작이여. 당신께선 언제든지 이곳에 오고 또 떠날 수 있는 권리가 있습니다. 오늘 이곳에 오셨으니 우리는 당신의 백성입니다."

조슈아는 사람들을 둘러보았다. 깊어진 눈빛이었다. 잠시 후 조슈아는 그들에게 허리를 굽혀 절했다.

사람들 사이로 인사가 물결처럼 퍼져나갔다. 조슈아는 선 채로 둘러보며 그들의 인사를 하나하나 받았다. 이 순간 그는 조상과 아버지와 가문의 권위 위에 서 있었고, 그렇기에 그걸 지킬 의무도 있었다. 원해서 가진 것이든 아니든, 그 이름이 있기에 사람들은 처음 보는 조슈아를 존중했다. 이것은 그의 역할이었다.

인사가 끝났을 때 조슈아는 그들에게 미소를 보였다.

"기억해 줘서 고맙습니다."

노인이 대답했다.

"우리는 기억해야만 하는 운명입니다. 그럴 의무가 있으며 권리 또한 있으니까요. 아르닙은 이 땅의 흙 한 덩이조차 빠짐없이 갖고 있고, 우리 또한 그런 아르닙을 갖고 있습니다."

노인의 태도는 손님에게 보이는 정중함과도, 주인에게 보일 충성심과도 조금씩 달랐다. 조슈아는 이곳의 공작과 백성들의 관계가 어떤지 아직 알지 못했다. 하지만 대륙의 영주와 주민의 관계와는 분명 달랐다.

무엇이라고 답해야 할까. 자신은 약속을 해도 좋은 사람일까. 그럴 자격이 있을까.

그러나 대답해야만 하는 자리였다.

"계속 그럴 것입니다."

뒤에 서 있던 둘에게 관심을 보이는 사람은 없었다. 그들에게 오늘 이 자리에 나타난 사람은 소공작 조슈아 폰 아르닙일 뿐, 나머지 둘이 친구이든 하인이든 알 바가 못 되었다. 그리고 조슈아도 사람들에게 굳이 둘을 소개하려 하지 않았다. 리체가 중얼거렸다.

"우린 구경꾼이 돼버린 것 같네."

막시민은 맞장구치거나 불평을 늘어놓는 대신 조슈아의 옆얼굴을 바라봤다. 그의 친구는 언젠가 저 많은 사람을 다스릴 것이다. 저들은 막시민과 또래인 조슈아가 어떤 사람인지 알기도 전에 만나는 순간부터 기대를 가졌다. 이름이 역할을 만들었다. 막시민은 한 번도 겪어본 적이 없는 상황이었다. 막시민 리프크네라는 이름으로 '네가 닭을 훔쳐 먹었구나!' 하는 기대 정도라면 받아보았지만.

평소 주어진 역할에서 수없이 도망치려 했던 조슈아도 이런 순간에는 눈을 돌리지 않았다. 온 세상에 공작이 될 젊은이와, 그걸 기대하는 사람들만이 존재하는 듯한 광경.

막시민은 그런 조슈아를 보고 있었다. 전부터 알고 있었지만 오늘만큼 뚜렷하게 느낀 날은 없다고 생각했다.

녀석은 도망치기 힘들 거라고.

집정관 리처드 펠은 으름덩굴로 둘러싸인 검소한 이층집에서 살았다. 그는 다른 섬 사람들과 달리 어부가 아니었고, 그렇다고 광부나 양식업자도 아니었다. 집정관이 되기 전에 그의 직업은 '집정관의 아들'이었다. 단순한 논리였다. 그는 다른 직업을 가져야 할 필요를 느낀 일이 없었다.

펠 집정관은 아르님 공작 가문을 잘 알고 있었다. 그가 사흘이나 나흘에 한 번씩 돌보러 가야 하는 빈 저택의 주인이었으니까. 가 보면 집안 곳곳에 초상화가 있고, 서재에는 족보가 있고, 저택을 지킨다는 문지기 노인네는 하루에 한 번씩 공작 가족 얘기를 해야 입술이 붙어버리지 않는다는 형편이니 잘 모르려야 모를 수가 없었다. 어제도 정문을 나서려니까 문지기 노인네가 '섬에서는 물론 대륙에서도 가장 예뻤던 알테나 폰 아르님'이 은방울꽃 팔찌를 만들어 줬던 얘기를 늘어놓기 시작하는 바람에 저녁 먹을 시간에 한 시간이나 늦었다.

집정관은 한 해에 한 번씩, 섬 전체에서 벌어들이는 돈의 10분의 1을 걷어 켈티카에 있는 공작에게 보냈다. 공식적으로 아르님 공작가와 페리윙클 섬은 관계를 끊은 것이었으므로, 이 일은 은밀하게 이루어졌다. 새 왕가가 들어선 후에도 마찬가지였다. 페리윙클 섬은 독점적인 진주 양식과 산호 채취, 그리고 두르넨사의 반 해적 상인들을 통해 내다 파는 청금석 채굴로 막대한 수입이 있었다. 그러니 아르님 공작의 한 해 수입은 기껏해야 농사를 짓거나 양을 키우는 대륙의 장원들과 비할 바가 아니었다.

집정관에게 녹봉을 주는 사람도 공작이었다. 공작은 세금 계산을 완전히 그에게 맡겼다. 감찰관을 보내거나 하지도 않았다. 그것만은 고맙게 생각했지만, 어차피 펠 집정관은 세금을 빼돌리거나 할 수 있는 성격도 아니었다.

대륙의 영주들이 세금은 물론이고 장기 부역까지 요구하는 것을 생각하면(심한 곳은 아직도 제분소나 빵 굽는 가마솥 등을 독점하고 이용료를 물게 했다) 간섭 없이 세금만 내면 되는 섬의 상황은 무척 편한 셈이었다. 그러나 리처드 펠은 태어나서 지금까지 세금을 바쳐야 하는 공작의 얼굴조차 본 일이 없었다. 따라서 아르님 공작이 페리윙클 섬을 위해 아무 것도 하지 않고 돈과 진주, 산호, 그리고 귀하디귀한 청금석까지 거둬간다는 느낌을 떨쳐버릴 수가 없었다.

리처드 펠은 부지런해서 일찍 일어났지만 이른 방문객도 좋아하는 건 아니었다. 어젯밤에 부인에게 한바탕 불평을 늘어놓느라 저녁 먹고 살펴보려던 서류를 못 봤기 때문에, 하녀에게 차를 한 잔 끓여오라고 시키고 책상에 앉은 참이었다. 그런데 방금 내려간 하녀가 문을 빠끔히 열고 머리를 내밀었다.

"집정관님, 손님들이 오셨는데요."

집정관은 하녀의 손에 찻잔이 들려 있지 않은 걸 보고 짜증이 났다. 그러나 그는 자기 일에 충실한 사람이었으므로 꾹 참으며 대꾸했다.

"아침부터 손님도 아니고 손님들이라고? 오는 건 좋지만 한 명씩 차례대로 들어오라고 해."

하녀는 다시 내려갔지만 결국 차를 가져오진 않았다. 게다가 문이 활짝 열리더니 예닐곱 명쯤 되어 보이는 사람들이 한꺼번에 집무실로 들이닥쳤

다. 집무실에는 손님이 앉을 수 있는 의자가 있었지만 고작 두 개뿐이었으므로 그들은 모두 서 있어야 했다. 그렇게 서 있으니 안 그래도 넓지 않은 집무실은 장거리 마차처럼 가득 차버렸다.

책상 근처에 서게 된 남자가 말했다.

"집정관님, 아침부터 갑자기 찾아와서 죄송합니다. 하지만 꼭 드릴 말씀이 있어서요."

펠 집정관이 그 말에 대답하기도 전에 다시 문이 열리고, 또다시 세 명이 머리를 들이밀었다. 먼저 들어온 자들이 돌아보았고 나가 있으라는 손짓과 들어오겠다는 고집이 뒤섞여 주위는 무척 소란스러워졌다. 결국 끼어들어온 세 사람이 막 문을 닫으려는 찰나, 또다시 다섯 명 정도가 문가에 나타나 먼저 들어온 사람들을 밀어댔다. 이제 문은 닫을 수도 없게 되었다.

"도대체 무슨 일이 있어서 이 소란들이야!"

집정관이 벌떡 일어나 고함을 치자 사람들은 떠들기를 멈췄다. 그런데 일어나고 보니 문 너머 좁은 복도와 아래로 이어지는 계단, 그리고 현관까지 사람이 들어찬 것이 아닌가?

그걸 본 집정관은 화내던 것을 잊고 더럭 겁이 났다. 아침부터 이렇게 사람이 몰려오다니, 보통 일이 생긴 게 아니다 싶었다. 이 사람들이 그에게 불만을 갖고 몰려온 것이라면?

"죄송합니다, 집정관님."

"용서해 주십쇼. 워낙 일이 일이다보니……."

펠 집정관은 꼼꼼하고 공평한 사람이었다. 따라서 그 순간 삶을 돌아볼 겨를이 있었다면 사람들이 그에게 항의하러 몰려올 까닭이 없음을 깨달았을 것이다. 그러나 그는 동시에 소심한 사람이었다. 그래서 차근차근 생각할 여유를 가질 수가 없었다.

"무, 무, 무, 무슨 일이지?"

사람들은 한꺼번에 말하기 시작했다.

"집정관님, 놀라운 일이 일어났습니다. 드디어…….''

"오늘을 기다렸던 건 아닐지…….''

"…라고 해석할 수밖에 없습니다."

"저는 이미 짐작하고 있었지만…….''

"…희망을 여기에 걸고…….''

결정적인 말은 하나도 안 들렸다. 소심한 집정관이 사람들의 이야기를 이해하지 못하고 땀을 뻘뻘 흘리고 있는데, 한 노부인이 여러 사람을 헤치고 안쪽으로 들어왔다. 펠 집정관은 노부인의 얼굴을 보는 순간 미간을 찡그렸다.

"집정관님. 갑자기 몰려와서 정신이 없으시겠지만, 너무 중요한 일이라 이럴 수밖에 없었습니다."

그녀는 허리가 꼿꼿하고 목소리가 낭랑한 기운찬 늙은이였다. 집정관은 이 부인을 좋아하지 않았다. 페리윙클 섬에서 가장 큰 진주 양식장을 갖고 있고, 목소리 크고 말 많은 아이들을 다섯이나 낳아 함부로 무시할 수 없는 사람이고, 펠 집정관과 의견이 정반대였던 것이다. 집정관은 도로 자리에 앉으며 말했다.

"아, 예. 말하세요, 둘시아 부인."

"물론 말할 거예요. 집정관께서는 평소 저와 의견이 다르셨지만, 그렇다고 무례를 범할 분은 아니시리라고 믿어요."

노부인의 느리고 또박또박한 목소리가 거슬렸지만 참기로 했다. 싸워봤

자 득은커녕 실밖에 없는 상대였다. 그러나 이어진 말을 듣는 순간, 펠 집정관은 도로 벌떡 일어날 수밖에 없었다.

"오늘 아침에 드디어 아르님 가문의 사람이 섬에 도착했답니다."

"그, 그게 정말입니까?"

노부인은 좁은 어깨를 작은 새처럼 재빨리 으쓱했다.

"내가 왜 집정관님께 거짓말을 하겠나요? 이곳에 몰려온 사람들 모두가 똑똑히 본 일입니다. 모두 들떠 있는 게 보이시겠죠. 당연한 일이에요. 태어나서 한 번도 축복받은 아르님을 보지 못한 사람들이니 오죽하겠나요?"

갑자기 관자놀이에 땀이 솟았다. 리처드 펠 집정관은 이 사태를 냉정하게 생각하려 노력했지만, 실패했다. 그는 안경을 썼다가, 도로 벗었다가, 결국 다시 쓰고 안경닦이로는 손가락을 닦으며 물었다.

"축복받은 아르님이라면, 설마 히스파니에 폰 아르님?"

"아니에요. 여기 오실 분이 아니죠. 지금 아르님 가문에는 축복받은 아르님이 한 분이 아니랍니다. 물론 내가 말하지 않아도 잘 아시겠지만요."

집정관은 사람들의 얼굴을 재빨리 훑어보았다. 그들 중 하나가 불쑥 말을 꺼냈다.

"대단한 일 아닙니까? 생전에 아르님을 한 분도 못 뵙고 죽게 되는 줄 알았는데."

또 다른 사람이 말을 받았다.

"오신 광경도 장관이었지요! 하늘을 나는 배가 사뿐히 내려와 앞바다에 뜨더라니까요. 거기서 세 사람이 작은 배를 타고……."

"모두가 얼어붙어서 꼼짝도 못했는데, 그 분이 먼저 말씀하셨죠. '돌아왔습니다'라고요. 그때 진짜 기분이 묘한 게……."

"나도 그 말을 듣는데 갑자기 무릎이 풀리는 기분이더구만."

"초상화하고 꼭 같아서 다들 단번에 알아봤습죠. 오늘 애들도 학교 가기다 글렀습니다. 지금 전부 몰려가서……."

"게다가 이카본 공작 폐하의 얼굴도 꼭 **빼닮은** 데다……."

조슈아는 이카본과 그리 비슷한 얼굴이 아니었지만, 사람들은 어느새 닮았다고 굳게 믿는 분위기였다. 펠 집정관은 숨을 크게 들이쉬었다가 확인하듯 물었다.

"그래서 온 사람이 누구란 겁니까?"

둘시아 부인은 양산으로 책상을 톡톡 쳤다.

"장차 섬을 이어받으실 소공작, 아르모리크 경이지 달리 누구겠나요?"

소공작 조슈아라면… 분명히 올해 열일곱 살인가 났다는 소년일 것이다. 그렇게 생각하는 순간 집정관의 기분도 조금 나아졌다. 둘시아 부인이 말을 이었다.

"집정관님도 얼른 그 분을 뵈러 가셔야지요. 그 분은 지금 아르님 저택으로 가셨답니다. 내 아들 둘이서 모시고 갔지요. 지금 가실 거지요?"

물론 그래야 했다. 집정관은 일어나 책상을 돌아 나오며 사방을 메운 사람들의 표정을 보고 둘시아 부인의 얼굴도 봤다. 그리고 내심 코웃음을 치며 생각했다. 저런, 골수 아르님주의자들.

수도에 앉아 있는 아르님 공작이 저들에게 해준 것이 뭐가 있다고 저렇게 좋아한단 말인가. 더구나 공작의 아들일 뿐 아직 소년에 불과한 소공작이 뭘 해줄 거라고 기대하는 건지.

그렇게 생각했으면서도 집정관은 옆방의 비서를 불러 뒤따라 올 때 준비해올 것들을 일일이 지시했다. 흥분해서 떠드는 사람들에게는 예의를 갖춰야 한다고 주의를 주었다.

펠 집정관과 둘시아 부인, 그리고 뒤따라오는 긴 꼬리가 아르님 저택에 도착했을 때, 입구에는 예의 문지기 노인이 혼자 앉아 있었다.

집정관은 내심 의아했다. 아르님 이야기라면 세끼 식사보다 더 좋아하는 문지기 노인네가 분명히 소공작을 봤을 텐데, 어째서 저렇게 무심하게 앉아 있을까 싶었다.

"안녕하신가요, 에이먼 씨. 소공작께선 어디로 가셨는가요?"

둘시아 부인이 먼저 물었으나 문지기 노인은 대답이 없었다. 두 번, 세 번 물었을 때에야 노인은 손을 들더니 정원 한구석을 가리켰다. 그것도 무척 망설이는 표정이었다.

앞선 둘과 뒤따르던 사람들은 정원으로 몰려갔다. 비취반지 성처럼 넓은 미로 정원이 아니어서 다행이었다. 그러나 이곳 정원은 나무를 모양내어 손질하는 대신 비교적 자연스럽게 내버려둔 곳이라 그늘과 구석은 오히려 더 많았다. 그들은 곧 정원사와 마주쳤는데, 정원사는 소공작을 보지 못했다고 말했다.

"어딜 가셨담. 길을 잃으신 건 아닐지."

그들은 저택을 둘러싼 정원을 반 바퀴 정도 돌았다. 저택 뒤쪽에는 아몬드나무가 무리지어 작은 숲을 이뤘다. 떨기나무처럼 넓게 펼쳐진 가지가 흙위에 반짝이는 그늘을 만들었고, 나무 아래에는 긴 의자들이 불규칙하게 놓여 있었다.

따뜻한 남부에서 아몬드나무는 가장 이른 꽃을 피우는 나무였다. 2월이면 가지가 하얀 꽃으로 뒤덮일 정도였다. 그렇게 성급한 아몬드나무를 이카본 폰 아르님이 좋아했다고 했다. 이카본은 기다리지 않고 모든 일을 빠르게, 생각난 즉시 해치우는 사람이었다. 그럴 수 있는 능력을 갖고 있기도 했다. 그가 맨 처음 심었다는 아몬드나무가 점차 많아져 지금은 백 그루에 조금 못 미쳤다.

아몬드나무 숲 뒤에서 둘시아 부인의 두 아들이 나타나더니 손가락을 입술에 갖다댔다. 그러자 둘시아 부인도 뒤를 돌아보며 똑같은 동작을 해 보였다.

"쉿."

부인은 걸음을 늦춰 아몬드나무 숲으로 들어갔다. 따라오던 사람들은 멈춰 섰지만, 펠 집정관은 자기가 둘시아 부인이 시키는 대로 할 까닭이 없다고 생각하며 뒤따라갔다.

나뭇가지를 헤치고 들어가자 저만치 오각형을 그리며 놓인 긴 의자들이 보였다. 의자 중 하나에 회색 머리 소년이 앉아 있었다. 어렴풋이 목소리가 들려왔다.

"…그렇게 빨리 꽃피우고, 한여름이면 벌써 열매가 익지. 일찍 피고 일찍 지는 꽃이라선지, 데모닉을 연상하는 사람들이 있었어. 물론 초대 공작이 좋아하기도 했으니까. 또 4년에 한 번 수확하는 것 때문에."

"4년에 한 번? 그게 데모닉과 무슨 상관인데?"

"데모닉도 네 대에 한 번 정도 나타나."

리체는 고개를 끄덕거리다가 물었다.

"하지만 너네 작은 할아버지도 데모닉이라면서? 그럼 넌 세 대만에 나온 거 아냐?"

조슈아가 웃었다.

"일찍 수확했나보지. 그러고 보면 나야말로 네 대가 가도록 기다리지도 못했으니 정말로 아몬드나무처럼 성급한 것 아닐까?"

막시민이 팔짱을 끼며 중얼거렸다.

"휴경기가 짧다보니 거름이 부족해서 그렇게 비쩍 말랐구만."

막시민은 숲 너머에서 사람들이 나타난 것을 알고 있었다. 조슈아라고 해서 몰랐으리란 생각은 안 했다. 그러나 조슈아는 사람들이 보든 말든 개의치 않는 태도였다.

하늘을 가린 잎사귀들 틈으로 햇빛이 흘러갔다. 꽃이 없어도 우아한 나무였다. 바람이 적당히 불어왔고, 그늘은 서늘했다. 남의 집 정원에서 느낄 만한 감정이 아니긴 해도, 무척 한가로웠다. 남의 얘기를 엿듣겠다고 저만치에서 서걱대는 발소리만 아니라면 말이다.

아니지, 막시민은 정정했다. 남의 집이 아니었다. 비록 처음 왔다 해도 조슈아에게 여긴 자기 집이었다. 뒤뜰에 심은 아몬드나무 그늘에 앉아 친구와 이야기하며 쉰다 해도 이상할 것이 없었다. 정원만 맴돌았을 뿐 저택에 아직 들어가 보지 않았다는 게 조금 우스운 노릇이긴 해도, 사실이 그랬다.

어차피 그들이 가야 할 곳은 저택이 아니라 납골 묘지였다. 그곳 열쇠는 이제부터 올 사람들이 갖고 있을 테고 말이다.

"집 너무 좋다."

햇빛 잘 드는 정원을 걸으면서부터 줄곧 부러워하던 리체가 다시 한 번 중얼거렸다. 조슈아는 어설프게 웃을 뿐이었다. 막시민은 '인형'을 만났던 파티를 생각하며 말했다.

"여길 갖고 뭘. 켈티카에 있는 성이 진짜지."

"그런데 막군, 나 여기가 비취반지 성보다 더 편안한 느낌이야."

"넌 코츠볼트 시골딱지도 그 성보다 더 좋아했다고. 뭐 새삼스러울 거 있겠냐?"

조슈아는 고개를 젖혀 빛나는 잎사귀들을 올려다보았다. 한참 동안 박새 소리만 들렸다. 이윽고 조슈아가 말했다.

"아까 여기 문을 밀고 들어오는데 무척 조용하더라고. 아무도 없고."

리체가 말했다.

"넌 사람들이 많이 쳐다보는 걸 좋아하는 줄 알았는데?"

"글쎄, 싫어하진 않는데 오늘은 왠지 좀 그렇네. 왜 그럴까."

막시민은 알고 있었지만 굳이 지적해주지 않았다. 오늘 조슈아를 바라보며 감탄한 사람들은 조슈아 본인이나 막스 카르디의 모습을 본 게 아니었다. 조슈아는 사람들의 시선과 환호에 익숙했지만, 그가 '아르닝 소공작'이기 때문에 기뻐하는 사람들만은 처음이었다. 이건 스스로의 노력이나 가치와 관계없는 환호였다. 대신 아버지의 이름과 가문의 이름이 한꺼번에 어깨에 올려져 있었다.

아마도 부담을 느꼈을 것이다. 그랬기에 조용한 곳에 숨어 마음 편해 하고 있는 것이겠지. 익숙하지 않은 역할을, 다시 말해 '환영받는 소공작'의 역할을 어떤 식으로 해나갈지 잠시 생각하고 싶었을 것이다.

그러나 오래 생각할 수 있는 입장은 아니었다.

"쉬시는 데 방해가 되었나요?"

문지기 노인에게 어디로 갔는지 말하지 말라고 해놓긴 했지만, 정말로 찾아오지 않을 거라 생각했던 건 아니었다. 조슈아는 고개를 돌렸다. 가까이에 두 사람이 있었고, 아몬드나무 숲 밖에는 더 많은 사람들이 있었다. 마음의 준비가 됐든 안 됐든, 소공작의 배역을 해내야 할 시각이었다.

"아뇨. 이제 됐어요. 오신 분은 누구신가요?"

둘시아 부인은 조슈아가 앉은 의자 앞으로 다가와 손을 모으며 절했다.

"전 둘시아 타란트예요. 전하의 아버님께 바칠 진주를 양식한답니다. 다른 데서 볼 수 없는 좋은 진주조개들이지요. 아시다시피 전하의 가계에서 만든 전통의 비법이에요."

조슈아는 '전하'라는 말에 당황해서 노부인을 올려다보았다. 그러나 둘시아 부인의 얼굴에는 실수했다는 기색이 없었다.

"방금 날 뭐라고 부르셨죠?"

"스스로를 낮추시지 마세요, 전하."

조슈아는 자리에서 일어섰다. 그리고 부인에게 가볍게 예를 취한 뒤 바로 말했다.

"난 전하가 아닙니다. 그건 왕가에서나 쓸 수 있는 존칭이죠."

둘시아 부인은 물러서지 않았다. 올려다보는 얼굴에서 고집이 느껴졌다.

"아르님 가문은 페리윙클의 왕가랍니다. 우린 공작 폐하라고 불러 왔어요. 오랜 전통이지요."

조슈아는 잠시 대꾸할 말을 잃었다. 아버지는 페리윙클에 대한 이야기를 잘 꺼내지 않았다. 아버지조차 가본 일 없는 먼 섬이라고만 들었을 뿐이었다. 아르님 가문이 떠난 뒤로 세금이 보내져 오는지, 대리 통치할 사람을 직접 임명하는지, 한 마디도 해주지 않았다. 이곳에 도착하기 전에는 사람들이 자신을 존중하기나 할까 의심했던 곳이었다.

그러나 이제 어렴풋이 알 듯했다. 공작 가문이 페리윙클을 떠나야만 했던 이유를. 모든 주민이 그렇게 생각하는 게 아니라 해도 마찬가지였다. 공작을 '폐하'라고 부르는 것이 자연스러울 정도라면, 아노마라드 왕가가 아르님 공작이 독립 왕국을 만들려고 한다고 오해했다고 해도 이상할 것이 없으니까.

그 오해를 풀기 위해 아르님 가문은 섬을 버리고 켈티카로 가야 했다. 관리도 교류도 전혀 없는 양 가장해야만 했다.

"전통을 꺾는 것은 미안하지만, 그런 존칭은 내가 받아들일 수 없습니다. 그냥 소공작이라고 부르는 쪽이 좋겠군요."

둘시아 부인은 실망한 표정이었다.

"소공작께서 그렇게 말씀하신다면 어쩔 수 없습니다. 하지만 대륙의 왕 때문에 전통대로 하지 못하시겠다는 거라면 저희의 자부심도 상처를 입을 겁니다."

조슈아는 더 말하려 하다가 그만두었다. 상대는 노인이었다. 아르님 가문이 떠났을 때는 이 부인도 소녀였을 것이다. 그때부터 오랫동안 간직해왔을 자부심의 문제를 몇 마디 말로 바꿀 순 없을 거라고 생각했다.

그 때 노부인 뒤에 서 있던 사람이 다가왔다. 점잖은 풍채였지만, 어깨가 좁고 안색이 안 좋은 중년 남자였다.

"저는 집정관 리처드 펠입니다. 뵙게 되어 영광입니다."

하지만 표정은 그리 영광스러워하는 것 같지 않았다. 조슈아가 고개를 끄덕이자 그가 말을 이었다.

"묘한 방법으로 오셨다죠? 다들 궁금해하더군요."

조슈아는 빙그레 웃었다.

"그건… 그냥 그런 방법이 있어요. 나중에 설명드릴 기회가 있겠죠."

"그렇습니까. 어쨌든 아르님 공작 가문의 일원을 뵙는 것은 일생 처음입니다. 소공작도 저택에 걸린 초상화로만 뵈었을 뿐이죠."

영광이라는 말을 뒷받침하기 위해 그 말을 한 것 같진 않았다. 막시민이 보니 펠 집정관은 말하면서 마치 힐난하는 듯한 표정을 지었다. 조슈아는 짐짓 눈치 채지 못한 체 하며 물었다.

"내 초상화도 저택에 있나요?"

"아니라면 저희가 소공작을 어찌 알아봤겠습니까?"

어조가 묘했다. 마치 초상화가 없었다면 알아볼 일이나 있었겠느냐고 말하는 것처럼 들렸다. 하지만 조슈아는 같이 비꼬는 대신 미소로 답했다.

"그렇겠군요. 어쨌든 저택에 들어가 봐야겠네요. 안에서 얘기하실까요?"

조슈아가 몸을 돌리자 등 뒤에서 집정관이 다시 말했다.

"드릴 말씀도 있고 합니다."

드릴 말씀이라고? 막시민은 그 말에서 좋지 않은 예감이 느껴진다고 생각했다.

5. 모독

당신이 신성하게 생각하는 것이 모두 떨어져 짓밟혔으면 좋겠어.

진흙 발에 차이고, 짓이겨져 시궁창으로 흘러갔으면 좋겠어.

그렇게 해서라도 날 기억하지 못하게 만들고 싶어.

이 세상에는 오직 당신과 나의 미친 사랑.

"나도 내 예감이 좀 틀렸으면 좋겠다고."

천장이 높고 널찍한 홀에는 큰 테이블이 놓였고, 그 앞에 조슈아, 막시민, 리체, 그리고 뒤늦게 섬으로 들어온 마일스톤이 앉아 있었다. 여기가 식당이 아니니 테이블도 식사용은 아니었다. 조슈아는 이 홀이 비취반지 성에 있는 아버지의 회의실과 비슷하다고 생각했다. 하지만 넓이는 비교가 되지 않았다. 이쪽이 훨씬 더 넓었다.

전체적으로 보면 비취반지 성이 훨씬 규모가 컸지만, 이쪽 저택이 홀이

큰 이유는 간단했다. 그들 앞에는 해변에 나왔던 것보다 더 많은 사람들이 홀을 차지하다 못해 복도까지 꽉 메우고 있었다. 이런 사람들이 들어올 일이 있다면야 홀은 당연히 커야했다. 지금 상황을 보자면 이보다 더 커야 할 것 같았다.

조슈아 일행은 홀 가장 안쪽에 앉아 있었는데, 이미 나가려 해도 나갈 수 없는 상태였다. 다섯 군데나 되는 문은 사람들로 다 막혔다. 물론 등 뒤에 쪽문이 하나 더 있긴 했지만, 그쪽으로도 도망칠 순 없을 것 같았고……

"도망은 왜 가냐? 여기 너네 집 아니냐?"

조슈아는 어깨를 움츠리며 테이블에 턱을 괴었다.

"지금은 아니어도 괜찮을 것 같은데."

사람들에게는 조슈아가 턱을 괴었는지 어쨌는지 보이지 않았다. 조슈아와 그들 사이에는 작은 산이 솟아 있는 까닭이었다. 다시 말해, 테이블 위에는 두꺼운 책이 열 권 정도, 노끈으로 철을 해 놓은 서류 뭉치도 그만큼, 그리고 장부처럼 보이는 노트가 열다섯 권, 4절판으로 된 출생기록부, 낱장으로 쌓인 민원서류 두 뭉치가 위용을 자랑하며 쌓여 있었다. 그것들에 가려서 테이블에 앉은 조슈아나 막시민 등은 얼굴만 간신히 보이는 정도였다.

홀 안은 생각보다 조용했다. 그 많은 사람들이 떠들어댔다면 조슈아 일행은 한 마디도 나눌 수 없었을 것이다. 드디어 사라졌던 집정관이 다시 나타나서 테이블 앞까지 왔다.

"휴, 겨우 준비가 다 됐습니다."

"뭘 할 준비요?"

"그야 물론……"

펠 집정관은 쌓여 있는 책을 가볍게 두드렸다. 그렇게 봐서 그런지 표정이 의기양양해 보였다.

"몇 십 년이나 못했던 연례 보고와 접견회입니다."

"뭘 보고하는데요?"

"아르님 가문의 땅에 관련된 모든 것이죠."

그 말과 함께 집정관은 책 더미를 뒤적거리다가 한 권을 집어냈다.

"아, 여기 있네. 940년대 출생기록부입니다. 10년 단위로 되어 있죠. 이 것부터 보시고 이게 950년대, 960년대, 970년대. 이게 980년대 것이군요."

집정관은 두꺼운 4절판 책을 조슈아 앞에 척척 쌓아 놓았다. 조슈아가 얼떨떨해하고 있는 동안 그는 다시 다른 책더미를 잡아당겼다.

"이건 토지 대장입니다. 물론 모든 토지는 공작 폐하의 것이고, 저희는 세금을 내고 사용할 뿐이죠. 그동안 토지 사용인 관계가 어떻게 바뀌었는지 살펴보시고, 그 다음은 세금 징수 기록입니다. 참, 이걸 보시려면 영지 전체의 매출 장부부터 보셔야 되겠군요. 이건 양이 좀 많습니다. 기간 산업별로 나뉘어 있고요. 청금석 광산과 진주 양식, 산호 채취, 그리고 해상 수입 기록은 여기 따로 있습니다."

리체가 조슈아를 흘끔 보며 말했다.

"너희 집 좋다고 한거 취소야."

막시민도 말했다.

"너희 집에선 공작 본인이 비서도 없이 서류를 일일이 검토하냐?"

펠 집정관은 친구들의 말은 죽 무시하고 있었지만, 막시민의 말이 거슬렸는지 갑자기 말했다.

"아무리 훌륭한 비서가 있어도 서류가 수십 년 쌓이면 당연히 많은 겁니

다."

막시민은 감탄한 표정을 지어 보였다.

"집정관님께선 이 서류들을 하룻밤이면 다 검토할 수 있다고 생각하시나 본데, 저로서는 감히 상상도 할 수 없는 능력이라 미처 가능하다고는 생각지 못했습니다. 죄송합니다."

그런 다음 조슈아에게 귀엣말을 했다.

"저 집정관, 분명 널 골탕 먹이려고 이런 일을 벌인 게 틀림없다."

조슈아는 이리저리 옮겨지는 서류책의 양과 집정관의 기세에 왠지 압도되어 몸을 뒤로 젖히고 있다가, 간신히 하나 물어봤다.

"해상 수입이 뭐죠?"

"복잡하게 돌려서 말씀드릴 수도 있겠지만, 남도 아니고 아르님 가문 분이니 간단히 말씀드리자면, 해적질입니다. 아시다시피 전통이죠."

막시민이 눈을 둥그렇게 뜨더니 조슈아를 봤다.

"이거 옛날 얘기였던 게 아니었네."

"으음……."

조슈아는 다시 한 번 어깨를 움츠렸다. 그리고 방을 메운 사람들을 곁눈질하며 집정관에게 물었다.

"본래 이렇게 사람들이 다 모여서 보고회를 하나요?"

"항상 이렇게 많이 오진 않는데, 이번엔 워낙 오랜만이라 자발적으로 많이 모였군요."

집정관의 태도가 자연스러운 것이 더 두려웠다. 조슈아는 꼭 그러려는 건 아니었지만, 어쨌든 출생기록부를 잡아당겨 들춰보려 했다. 그때 무리 앞쪽에 서 있던 중년 남자가 말했다.

"집정관님, 말씀대로 예의를 지켜서 조용히 하고 있었는데요, 이대로는 좀 그렇습니다요? 소공작 전하께서 서류를 다 살펴보실 때까지 언제까지나 기다릴 순 없는 노릇 아닙니까?"

집정관은 고개를 끄덕였다.

"그건 그렇군."

"어쨌든 엄청나게 오래 걸리실 테니까요."

또 한 여자가 말하자 다른 사람들도 저마다 같은 의견을 나지막이 말하며 웅성거렸다. 그래도 큰 소리로 떠들거나 하진 않았다. 그들 앞에 있는 사람은 비록 나이가 어리더라도, 아르님이었다.

"알았네. 내가 말씀드리지. 그럼 소공작께선 민원이 있는 자를 먼저 만나시는 게 좋겠습니다. 잘 아시겠지만 한 해에 한 번 돌아오는 접견일 하루 동안은 찾아오는 주민들의 이야기를 모두 들어주는 것이 전통입니다. 초대 아르님 공작 폐하께서 정하신 것이죠."

"잠깐, 저 사람들이 전부 다 민원인은 아니겠죠?"

"물론 대부분 구경꾼입니다. 소공작께서 오셨으니 얼굴 한 번 뵙겠다고 이렇게 모여든 거죠."

휴, 하고 한숨을 내쉰 사람은 조슈아만이 아니었다. 막시민도, 리체도, 마일스톤까지도 안도의 한숨을 내쉬고 있었다.

그걸로 동의가 됐다고 생각했는지 재빨리 첫 번째 사람이 나섰다. 어부처럼 보이는 늙수그레한 남자였다.

"우선 제가 말입니다, 죽기 전에 아르님 소공작을 뵙게 되어서 아주 기쁩니다. 그런데 말입니다, 칼바위 해안 쪽 얘긴데 거기에 거, 그쪽 암초 지대에 예전에는 농어가 알을 낳으러 잘 찾아왔는데요, 올해 봄에는 글쎄 씨알

머리가 말라버렸지 뭡니까? 이게 대체 어찌된 영문이래요?"

"네?"

너무 갑작스런 질문이라 조슈아는 눈만 깜빡거릴 뿐 대답할 말을 찾지 못했다. 오늘 도착한 사람에게 다짜고짜 농어라니?

어부는 그 시점에서 대답을 기대한 게 아니었는지 거침없이 말을 이어 갔다.

"고건 말입니다, 지가 보기에는 말이죠, 요즘 들어 이짝에 어슬렁대는 조개 반도 해적 놈들의 짓이 아닐랑가 싶거든요? 그놈들이 근해의 농어들을 싹 쓸어가니까, 해안에 알 낳으러 올 놈도 싹 씨가 마른 게 아닌가, 요것이 저의 생각입니다. 소공작 전하는 으찌 생각하시는지 알고 싶구만요?"

"요샌 해적들이 고기도 잡나요?"

전하라는 말에 굳이 반박할 정신도 없었다. 굳이 전하 문제가 아니어도 듣는 얘기가 전부 생소했던 것이다.

"와, 해적 놈들이 돈이 되는 거라면 머신들 안 가주가 겠습니까? 아니 그러요? 괴기 아니라 섬도, 우리 요 섬도 통째로 집어삼킬라고 대들 놈들 아니겠스요? 고넘들이 농어 새끼들을 후릿그물루다가 쓸어 담아가지구 싸그리 가주가뿔면 우리 어부들은 머시를 보구 살구. 아, 달구넘의 새끼를 쫓던 강새이 꼬라지가 되야뿔는 거 아이라요, 글씨."

처음에 예의를 갖추려고 애쓰던 어부는 흥분하자 말이 뒤섞이다가 결국 평소 쓰던 말투로 돌아와 버려서, 안 그래도 생소한 얘기를 집중해서 듣고 있던 조슈아는 정신을 차릴 수가 없었다. 이 사람에게 농어를 잡아간다는 자들이 해적인지 이웃 어선인지, 과연 해적질과 어부 일을 동시에 할 수 있는 건지 아닌지 따지는 것은 이미 무리였다.

"저… 그래서 어떻게 했으면 좋겠다는 건가요?"

"으짜기는 으짭니꺼. 고넘아덜을……."

집정관이 손을 내저어 어부의 말을 막았다.

"소공작께서 알아들으실 수 있는 말로 하게."

어부는 당황해서 고개를 꾸벅꾸벅했다.

"아… 아이고, 죄송합니다. 그러니까 제 말은, 칼바위 해안 앞바다에 둑을 쌓아 주십사, 그런 말씀입니다."

"둑이요?"

해적 얘기를 하다가 왜 둑으로 가는 건지는 아무도 몰랐다. 그런 기분을 아는지 모르는지 어부는 열렬히 설명하기 시작했다.

"둑을 쌓으면 우선 폭풍이 올 때 해안이 안전하고요, 또 아그덜, 아니 아이들이 멀리 헤엄칠 때 보호를 해줄 수가 있어서 좋고요, 또 조개나 굴을 딸 때……."

이쯤 되면 해적은 고사하고 농어가 없어졌다는 얘기부터가 사실인지 알 수 없었다. 잠시 섬에 들른 것뿐인 조슈아한테 둑을 쌓자 말자 하는 것부터가 앞뒤가 안 맞는 얘기였지만 말이다. 듣다 못한 조슈아가 입을 열었다.

"잠깐만요. 다른 것보다도 제 생각엔 둑을 쌓으면 농어가 해안에 접근하기가 힘들어질 것 같은데……."

그 때 옆에 앉아 있던 막시민이 팔꿈치로 쿡 찌르더니 귀엣말을 했다. 조슈아는 즉시 알아듣고서 대답했다.

"네. 진지하게 고려해보도록 하겠습니다. 그럼 다음 분."

어부는 고려하겠다는 말에 감읍한 표정으로 물러났다. 막시민은 눈을 가늘게 뜨며 하품을 했다. 이런 식이라면 앞으로도 여러 번 팔꿈치질을 해야

할 것 같았다.

두 번째 사람은 옷을 잘 차려입은 여자였다. 나이는 마흔 살 정도 되어 보였다. 그녀는 무척 우아하게 절을 하더니 입을 열었다.

"소공작 전하께서는 과연 예로부터 내려오는 말씀이 하나도 그른 것 없다는 말을 증명하시옵는 산 증인답게 섬에서 태어난 사람은 물론 대륙의 사람들까지도 길이길이 기릴법한 우아한 풍채로 저희에게……"

펠 집정관이 끼어들어 말을 잘랐다.

"본론으로 들어가게. 기다리는 사람들이 있으니."

아주머니는 기다렸다는 듯이 본론으로 들어갔다.

"네. 소공작 전하, 신부감은 섬에서 고르실 생각이시겠죠?"

이번에도 조슈아는 똑같은 표정으로, 똑같은 대답을 할 수밖에 없었다.

"네?"

"당연히 그러셔야지요. 우선 우리 페리윙클 사람들은 대륙의 어느 나라보다 뛰어나고, 당연한 일이지만 아가씨들도 그렇기 때문에, 페리윙클에서 제일 훌륭한 아가씨를 고르시면 세계 제일의 아가씨를 신부감으로 맞이하게 되시는 것이죠. 그거야말로 고귀한 소공작 전하께 더없이 어울리는 일이고요. 또한 전하께서도 벌써 열일곱이시니 슬슬 미래를 준비하셔야 될 때이고, 섬 사람들이라면 누구나 전하의 훌륭한 결혼식을 몽매에도 바라마지 않을 것이고……"

막시민은 여전히 눈을 가늘게 뜨고 턱을 괸 채 어디쯤에서 이야기를 잘라야 할지 궁리하고 있었다. 조슈아에게 맡겨 두면 한 사람과 한없이 논박을 주고받다가 날이 저물고 말 테니까. 게다가 이 아주머니는 막시민조차 고민하게 만드는 만만찮은 장광설의 달인이라 섣불리 끼어들 틈을 찾기가 힘들었다.

하지만 열일곱이면 결혼을 생각해야 한다는 주장이 정당한가는 둘째 치고, 섬 사람들이 결혼식 구경을 하고 싶어한다고 해서 결혼을 해야 한다는 괴 논리는 넘어 간다 쳐도, 이야기의 흐름이 자기한테는 딸이 넷 있는데 하나같이 꽃처럼 예쁘고 상냥하며 정숙하고 매력적이라는 쪽으로 이어져가는 것만은 참고 들어줄 수가 없었다.

막시민이 한숨을 내쉬며 귀엣말을 하자 조슈아가 웃음을 참으며 말했다.

"네. 충고 말씀 잘 들었습니다. 그 문제는 추후 아버님을 모시고 와서 더 진전시켜 보도록 하겠습니다."

물론 아주머니도 무척 만족한 표정으로 물러났다.

세 번째는 두 사람이었는데, 척 봐도 사이가 나빠 보였다. 한 사람이 재빨리 먼저 말했다.

"소공작 전하, 뵙게 되어 감읍하옵고, 다름이 아니라 저는 섬에서 가장 중요한 산업인 진주 양식을 하는 사람이올시다."

그 말을 하자마자 다른 사람이 끼어들었다.

"진주 양식이 제일 중요하다고 누가 그랬소?"

"그건 섬 사람이라면 누구나 다 아는 상식 아닌가."

"아니, 당신 생각이면 상식이 되는 거요? 적어도 난 그렇게 생각하지 않소이다. 그리고 나쁜 아니라……."

"그럼 설마 자녠 산호 채취가 더 중요하다고 생각하는 건가? 바다에 그저 뿌려져 있을 뿐인 산호는 오늘 안 캐면 내일 캐도 되고, 올해 안 캐도 내년에 캘 수 있는 거잖나? 하지만 진주는……."

"그렇게 쉽게 할 수 있는데 수익이 높으니 당연히 산호 채취가 중요한 산

업이고말고! 내가 보기에 진주는 공들여 양식이랍시고 해 놓으면 절반은 쓸 모없는 쓰레기가 나오고, 나머지의 또 절반은 찌그러져서 제 값도 못 받는 게 나오고, 남은 것 중에서 또 절반은 작아서 쓰지도 못하는 것들이고, 알짜는 기껏해야 손에 한 움큼 쥐면 끝 아니오?"

"어허, 이 양반! 섬 사람들이 다 아는 사실을 혼자만 아는 양 떠드시나? 그렇게 한 줌 얻게 되는 진주가 얼마나 값지고 입이 딱 벌어지도록 비싼 건지 아나? 자네가 그 가치와 노고를 아느냐 말이야! 그건 양식업자들의 피땀이 서린 것은 물론이고, 선대 아르님 가문의 어르신이 만든 비법이란 걸 잊어선 안 돼! 그 분께서 비법을 만드셨기에 우리가 대륙에서 유일하게 진주를 양식할 수 있는 것 아니냐 말이야! 감사한 줄 알아야지!"

"내가 진주 양식업자요? 내가 왜 감사해?"

듣다보니 이쯤해서 말리는 누군가가 나타날 것 같다는 생각이 들었다. 한눈파는 체 하던 막시민도 동조하는 눈빛을 보냈다.

"소공작께서 보고 계신데 싸우다니, 다들 정신이 어떻게 된 게로군. 어서 빨리 전말을 말씀드리고 정리하지 않으면, 두 사람은 무시하고 다음 사람의 이야기를 듣도록 하겠소."

싸우던 두 사람이 고개를 숙여 가며 설명을 시작했다가, 다시 상대의 말을 반박하다가 하며 전달한 내용은 '진주 양식장을 만든 장소에 질 좋은 산호가 많이 있다'는 간단한 것이었다. 두 사람은 현명한 판결을 바라는 눈으로 조슈아를 열렬히 바라봤다.

물론 조슈아는 오늘 참 별 얘기 다 듣는구나 하는 표정, 막시민은 네 주제에 무슨 재판이냐, 하는 표정, 그리고 옆에서 하품하던 리체는……

"친절하신 집정관님, 목도 마르고 한데 뭐 입맛 다실 거라도 없나요? 뭐어, 저만 그런 건 아닐 것 같고요."

리체가 조슈아를 곁눈질하자 집정관은 무표정하게, 그러나 두말없이 사람을 불러 간식거리를 갖고 오도록 시켰다. 그는 조슈아를 별로 좋아하지 않는 듯했지만, 자신의 역할이나 책임은 잘 알고 있었다.

그 동안 막시민은 판결을 궁리해서 전달했다. 이번엔 그래도 선택지가 있었다.

선택1. 둘 다 쫓아내고 해저생물들에게 평화를 되돌려 준다.

　　　부작용으로는 둘 다 판결에 불복할 우려 있음.

선택2. 반 갈라서 반은 진주 양식장, 반은 산호 채취를 한다.

　　　부작용으로 역시 둘 다 판결에 불복할 우려 있음.

선택3. 잘 생각해보겠다고 한다. 부작용 없음.

"좀더 잘 생각해 보겠습… 현장에 가본 뒤에 판결하겠습니다."

두 사람은 자기들의 문제를 소공작이 알아줬다는 것에 만족하며 물러났다. 사실 막시민이 보기에 오늘 행사가 거둘 수 있고, 또 거둬야만 하는 효과는 그것뿐이었다. 태어나서 지금까지 한 번도 와본 일이 없는 섬에 잠깐 들른 소공작이, 단지 그 가문의 이름을 타고났다는 이유만으로 섬의 크고 작은 문제들을 해결해 줄 수 있다고 믿는 건 말도 안 되는 일이고 말이다.

이런 식으로 시작된 접견은 느릿느릿 점심시간까지 진행되었다. 그쯤 되자 '현명한 판결'을 제조하던 막시민도 지쳐서 잠깐 테이블에 엎드렸다가 잠들어버렸다. 그 사이에 조슈아가 어떤 답을 해주었는지는 아무도 모르는 비밀로 남게 되었다.

하지만 막시민은 백 몇 번째쯤 온 민원인 세 명이 소리 높여 싸우는 바람에 도로 깨어나고 말았다. 그는 자기를 잠에서 깨울 정도로 대단한 섬 사람들에게 감탄하면서 동시에 경쟁심을 느꼈기 때문…이 아니라 줄어들 기색이 없는 줄을 보고서 맥이 빠져 투덜거렸다.

"남의 민원도 좋지만 우리 민원은 언제 들어주는데?"

막시민이 말한 건 물론 납골당 묘지에 가는 문제였다. 저택에 들어가자마자 집정관에게 말했지만 일에는 순서가 있는 거라며 떠밀려 어느새 이 자리에 앉게 돼버렸던 것이다. 처음에는 둘시아 부인이 구원자가 돼 줄지도 모른다고 생각했는데, 그녀는 다른 준비를 할 게 있다며 어디론가 사라져버렸다. 그게 연회 준비 같은 게 아니기만 바랄 뿐이었다.

"묘지 말씀입니까?"

웬일로 집정관이 막시민의 말에 반응을 보였다.

"그곳은 일찌감치 입구를 완전히 막아 놓아서, 가봤자 들어가실 수 없을 텐데요."

"네?"

조슈아는 깜짝 놀란 얼굴이었다. 막시민도 당황해서 미간을 찌푸렸다. 소공작 일행이 다른 얘기를 하기 시작하자 민원인들도 금세 싸움을 멈추고 구경할 태세를 갖췄다.

"아니, 그런 짓을 누가 했죠? 언제인가요? 우리 가문 사람인가요?"

이 순간 떠오르는 사람은 한 명뿐이었다. 하지만 그런 짓을 하도록 섬 사람들이 내버려둔다는 건 있을 수 없는 일이었다. 아르님 공작 본인이 와서 명령하지 않는 한.

그러나 집정관은 도리어 의아한 표정을 지었다.

"그거야 오래 전에, 소공작의 할아버님께서 이곳을 떠나실 때 그리하신 것 아닙니까?"

이번에야말로 크게 놀란 조슈아는 막시민과 얼굴을 마주보았다. 리체도 말했다.

"그럼 그 후로 아무도 못 들어갔단 얘기잖아?"

막시민이 다그쳐 물었다.

"잠깐, 그러면 본체도… 이거 어떻게 되는 거야? 제대로 입구를 막아버린 게 확실한가? 뒷문도 없고? 아무도 못 들어가고?"

"가 봐야 알지, 내가 여기서 어떻게 알아?"

셋의 눈이 집정관을 향하자 집정관이 대답했다.

"달리 들어갈 수 있는 입구는 없습니다. 당시에는 이 섬에 다시 돌아오지 않겠다는 의지를 아노마라드 국왕에게 보이는 것이 중요했기 때문에 그런 일을 하셨겠죠."

"그 후로 아무도 막힌 입구를 부수거나 한 일이 없고요?"

조슈아가 다짐하듯 물었다.

"없습니다."

막시민이 일어섰다.

"직접 안 보고는 못 믿겠는데. 안내 좀 해 줘 봐요. 자세히 살펴보게."

집정관은 사람들 쪽을 곁눈질했지만, 조슈아도 일어났다. 이어 리체가 일어나자 어느새 막시민 대신 테이블에 엎드려 잠들어버린 마일스톤을 빼고는 모두 일어선 셈이 되었다.

조슈아는 나가기 전에 사람들을 향해 말했다.

"중요한 문제가 있어서 잠시 묘지에 다녀와야겠군요. 잠시만 기다리시면

갔다 와서 여러분의 이야기를 마저 들어드리겠습니다."

물론 그 말은 심각한 실수였다.

납골 묘지는 저택에서 멀리 떨어지지 않은 언덕 위에 있었다. 바람이 많이 부는 곳이었다.

용도를 모르고 보았다면 한 번 들어가 보고 싶어질 정도로 우아한 건물이었다. 작은 십자 형태로 만들어진 기단 위로 탑 세 개가 이어져 지붕을 이뤘고, 중앙의 큰 탑에는 규칙적인 돌기들이 빙 둘러져 꼭대기까지 이어졌다. 파사드(facade)는 삼각형 박공지붕과 사람이 올라갈 수 없는 장식용 테라스로 이뤄져 있었다.

그 아래가 문인데 본래는 사람들을 조그맣게 조각한 장식으로 둘러져 있었던 모양이나, 회반죽 같은 것으로 절반 이상 막혀 있었다. 그 회반죽에 가려져 문은 아예 보이지도 않았다.

집정관이 말했다.

"두 층으로 되어 있어서 1층에는 납골이, 지하에는 묘지가 있다고 알고 있습니다."

조슈아는 고개를 끄덕이며 회반죽 앞으로 다가갔다. 그 위에는 굳기 전에 눌러 박은 듯한 금판이 있었다. 금판에 음각으로 글씨가 새겨진 것이 보였다.

과거가 사라진 자리에서 아노마라드와 아르님의 자손들은 세세토록
손잡고 번창할 지어다.

공작 아르트와 폰 아르님

조슈아는 허리를 굽히며 금판을 만져보았다. 손끝이 글씨들을 더듬어갔다. 어디의 공작이라는 말조차 쓰지 않았다는 것이 어쩐지 씁쓸했다. 이어 파사드를 한참 올려다보다가 납골 묘지 주위를 한 바퀴 돌았다. 측면에는 클로버 형태의 머리를 덩굴 조각으로 두른 긴 창이 여러 개 있었다. 그러나 그것도 겉모양일 뿐, 뚫려야 할 곳은 건물 안쪽에서 대고 박은 듯한 철판으로 전부 막혀 있었다.

조슈아는 펠 집정관을 향해 몸을 돌렸다.

"내가 보기에도 누군가 뚫고 들어간 흔적은 없는 것 같군요. 지하는 튼튼하겠죠?"

"지하 바닥과 벽은 돌입니다. 뚫으려 했다면 묘지 전체가 흔들렸을 겁니다. 무너졌을 지도 모르지요."

"그럼 한 가지만 더 묻지요. 여기에는 아르님 가문 사람 모두가 묻혀 있나요? 다른 곳에 묻힌 사람은 없고요?"

집정관은 양손을 펼쳐 들어 보였다.

"그런 걸 왜 물으시는지 모르겠지만, 비취반지 성으로 옮기신 후에는 그 쪽에⋯⋯."

"그건 알아요. 그 전에, 내 할아버지 윗대로 아르님 성을 가졌던 사람은 모두 다 여기에 있습니까?"

집정관은 하늘을 쳐다보며 잠시 생각하는 기색이더니 말했다.

"모두 다는 아닐 겁니다. 초대 공작의 증손자셨던 갈리페르 폰 아르님께선 필멸의 땅으로 가신 뒤로 소식이 없었으니까요. 어디에 묻혀 계신지 아는 사람은 아무도 없죠."

"그 외에는 모두 다?"

집정관은 조슈아가 왜 이렇게 고집스럽게 묻는지 이해가 안 가는 얼굴이었다.

"네. 제가 아는 한은 그렇습니다."

"어떻게 확신할 수 있죠?"

"기록을 보여드릴까요?"

조슈아는 대답 없이 다시 묘지를 한 바퀴 돌았다. 뒤따라오던 리체가 말했다.

"그럼 우리 헛걸음한 거야?"

막시민도 나름대로 납골 묘지 주위를 돌며 살펴봤지만, 누군가 뚫고 들어간 흔적은 찾아내지 못했다. 조슈아 옆으로 돌아온 막시민은 아무 말 없이 생각에 잠겨 있었다. 그때 조슈아가 무슨 생각인지 집정관을 향해 그만 돌아가 보라고 손짓했다.

집정관은 고개를 저었다.

"소공작께서도 돌아가셔야 됩니다."

"난 조금 후에 따라가죠. 오래 기다리게 하진 않을 테니 안심하세요."

그런데 뜻밖으로 펠 집정관이 고집을 부렸다.

"아니, 그렇게는 안 됩니다. 제가 기다렸다가 모시고 가겠습니다."

"괜찮다니까요."

"소공작께서 괜찮으셔도 전 아닙니다."

조슈아가 눈썹을 찌푸리자 집정관이 말을 이었다.

"만일 돌아오시지 않으시면 전 사람들을 달랠 능력이 없습니다."

"내가 도망가기라도 할 것처럼 보입니까?"

집정관은 놀랍게도 이렇게 대답했다.

"알 수 없는 일이죠."

"……."

조슈아는 팔짱을 낀 채 눈을 내리깔았다가, 곧 고개를 번쩍 들었다.

"좋아요. 그럼 이제부터 일어나는 일에 놀라시진 말고요."

"무슨 일을 하시려는 건가요?"

조슈아는 대꾸 없이 납골 묘지 쪽으로 돌아섰다. 집정관이 미심쩍은 시선을 보내고 있는데, 갑자기 낯선 목소리가 들렸다.

「불렀어?」

집정관은 주위를 두리번거렸다. 조슈아가 대꾸하는 소리도 들렸다.

"그래. 안쪽을 좀 살펴보고 싶은데."

「어렵지 않지.」

"누군가 들어온 흔적이 없는지 잘 살펴봐. 훼손된 관이 없는지도 보고."

「잠시만 기다리시라고.」

조슈아가 몸을 돌리자 눈을 부릅뜬 집정관이 보였다. 그가 그렇게 눈이 큰 지 처음 알았다.

"지금 누구와 얘기하신 겁니까?"

"죽은 사람요."

집정관은 눈을 깜빡거렸다. 그러나 아무리 둘러봐도 방금 곁에서 대답한 듯했던 사람의 모습은 찾을 수 없었다.

"주, 주, 죽은 사람이라고요?"

"놀라지 마시라고 미리 말씀드렸는데."

"어, 어, 어떻게 죽은 사람과 이야기하십니까?"

조슈아는 빙그레 웃었다. 조금은 심술궂어 보이는 미소였다.

"데모닉들은 모두 강령술사였다고 알고 있는데?"

잠시 후, 다시 목소리가 들려왔다

「없는데.」

"흔적이 없어?"

「바닥에 쌓인 먼지의 두께를 보니 적어도 몇 십 년 동안 들어온 사람은 없는 것 같아. 관을 살펴볼 필요도 없었어.」

조슈아는 한쪽 어깨를 으쓱하더니 말했다.

"다시 가서 관도 살펴봐."

「사람은 들어오지 않았다니까.」

조슈아는 들은 체도 하지 않고 말을 이었다.

"가서, 내가 말하는 이름의 관들이 제대로 있는가 살펴봐. 이카본 폰 아르님, 갈리페르 폰 아르님, 조프리 폰 아르님, 아라벨라 폰 아르님, 도미니크 폰 아르님, 카밀 폰 아르님, 페일블루 폰 아르님, 데스디나 폰 아르님, 데이퍼스 폰 아르님, 수이즈 폰 아르님, 라스무스 폰 아르님, 크리스타벨 폰 아르님."

최근에는 유령에 꽤 익숙해진 리체가—카드릴 섬에서 유령들이 배 밑창을 고쳐준 덕택이었다—겁도 안 내고 참견했다.

"저 많은 사람을 어떻게 혼자 다 외우니? 조슈아 너니까 할 수 있지."

조슈아는 입끝을 잔뜩 올리며 미소지었다.

"넌 여기 온 유령이 한 명이라고 생각하니? 자, 각자 세 명씩 외웠지?"

진짜로 다른 유령의 목소리가 들렸다.

「외우긴 했는데, 유령이라면 모를까, 사람이 먼지를 밟지 않고 들어올 수 있다고 생각하는 거야?」

"내가 가서 살펴보라고 하면, 대꾸하지 말고 가."

그러자 유령이 웃었다.

「흐흐, 그래야 공작답지. 알았어.」

펠 집정관은 유령과 대화하는 조슈아를 바라보며 아예 얼어붙었다. 그도 과거 데모닉들에게 영매 기질이 있었다는 이야기는 책에서 읽은 일이 있었다. 그러나 실제로 보지는 못했고 무엇보다도 영매라고 해서 백주대낮에 유령을 불러 이야기하고, 심지어 명령할 수도 있으리란 상상은 해보지

못했다.

그는 점점 뒷걸음질쳤다. 조슈아는 신경 쓰지 않았다. 저러다가 가버린다 해도 별 상관없었다.

유령들은 한참 만에 다시 돌아왔다. 조슈아에겐 그들 중 누군가는 다가오고, 다른 자는 회반죽에 기대어 서고, 또 누군가는 바닥에 앉거나 하는 것이 잘 보였다.

"어때?"

「흔적 없어. 관은 다 못질되어 있고, 무엇보다도 최근에 관을 움직였다면 주변의 먼지가 그대로 남아 있지 않겠지. 그런데 말이야.」

"그런데?"

「최근에 그 관들을 연 사람은 없는 것 같은데… 비어 있는 관은 있더군.」

모두의 눈이 커졌다. 조슈아가 다그쳐 물었다.
"비어 있다고?"

「그래. 관 속에 사람 부스러기가 아니라 밀겨였는지 뭔지 모를 부스러기밖에 없던 관이 있더라고. 유령이라면 말이야, 사람 가루는 분명히 알아볼 수 있거든? 아주 쓸모가 많으니까. 어쨌든 다시 말해 처음부터 빈 관을 넣었다는 거야. 그렇게 밖에 해석이 안 돼. 아, 나도 물론 놀랐고말고.」

리체는 사람 부스러기라는 말이 끔찍하게 들려서 얼굴을 찌푸렸다. 그런데 유령의 목소리가 이상하게 날카로워진 듯했다.

조슈아가 물었다.

"그래. 그 관은 누구의 것이지?"

「이카본… 이카본 폰 아르님.」

누구보다도 조슈아가 멍해졌다. 이카본이 이곳에 묻힌 게 아니라니?

"도대체… 어찌된 일이지? 다른 사람은 몰라도 이카본만은 여기 묻혔다는 이야기를 오래 전부터 읽었는데? 모든 책에 다 그렇게 씌어 있었어. 그게 속은 거란 말이야? 그 당시의 사람들도?"

「놀라운 일이지. 놀라운 일이고말고. 어디론가 잘도 숨어버렸지. 어디로 갔을까? 어딜 가서 죽었을까? 모두를 속이고… 이젠 시체조차 제자리에 없단 말이지.」

유령의 감정은 목소리에 바로 반영되었다. 가벼운 불쾌감만으로도 꿈속에서 나올법한 쇳소리로 변하는 것이다. 막시민이 리체의 표정을 흘끔 살피고는 말했다.

"됐어. 끝났으면 빨리 보내."

어차피 조슈아하고만 얘기하는 놈들이라 자기 말에 귀도 기울이지 않을 줄 알았다. 그런데 다른 유령이 대답하는 소리가 들렸다.

「잔소리 안 해도 간단다, 아가야. 안녕.」

"……"

조슈아와 리체가 동시에 돌아보니 말문이 막혀 입을 벌리고 있는 막시민이 보였다. 리체는 조금 전까지 겁을 내던 것도 잊고 웃음을 터뜨리고 말았다. 막시민은 곧 발끈해서 소리쳤다.

"누군 공작이고 누군… 그 따위로 부르지 마!"

"이미 갔어."

조슈아가 말하자 막시민이 인상을 찌푸리더니 따졌다.

"너 말이야, 내 눈에 안 보인다고 가지도 않았는데 갔다고 속이는 거지? 지난번에도……"

그 즈음 뒷걸음질치던 집정관은 걸음을 멈추고 생각에 잠겨 있었다. 사방에서 들리던 낯선 목소리는 부인할 수 없을 정도로 뚜렷했다. 복화술일까 싶어 관찰해 봤지만, 소공작과 낯선 목소리가 함께 들릴 때가 있어서 이 가설은 포기했다. 그렇다면 정말로 유령의 목소리란 말인가?

어쩌면 그럴 지도 모른다.

펠 집정관은 옛 기록을 꼼꼼하게 읽는 사람이었다. 그는 가문을 물려받을 소공작이 데모닉이라는 것을 전부터 알고 있었고, 그런 일이 한 번도 성공한 일이 없다는 것도 물론 알고 있었다. 한때 후계자였던 데모닉이라 하더라도 결국은 어긋난 가지가 되어 사라졌다는 것을 잘 읽어 알고 있었다.

그러나 단 한 명의 예외가 있다는 것도 알았다. 가문의 창시자, 이 핏줄 자체를 만든 사람 말이다.

이카본 폰 아르님도 유령들과 이야기했는지는 기록이 남아 있지 않았다.

다른 데모닉들의 경우는 조금씩 기록이 있었는데, 일종의 광기로 치부되기도 했던 듯했다. 또는 광기의 전조라고, 그런 식으로 씌어있었다.

펠 집정관은 다시 한 번 조슈아를 바라보았다. 두 명의 친구들과 함께 웃으며 이야기하는 조슈아의 모습에서 광기의 전조를 느끼긴 힘들었다. 집정관은 다시 한 번 자신이 자세히 읽었던 기록들을 되뇌어보았다. 데모닉들은 한 번도 공작이 되지 못했고, 사람들에게 유령을 보았다고 말할 즈음에는 정신 착란이 오기 시작했고, 어느새 누구와도 대화하지 않게 되면서, 서서히 자신만의 세계 속에 고립되었다…….

"사람들을 다 속이고 다른 데 묻혔다라…. 그럼 그 사람을 어디 가서 찾지?"

리체가 납골 묘지를 올려다보며 중얼거렸다. 탑 꼭대기에는 새들이 한가롭게 앉아 지저귀고 있었다. 막시민이 말했다.

"섬 사람들을 수소문해 봐야겠지. 달리 물어볼 데도 없으니 말이야. 혹시 옛날 전설 같은 걸 기억하는 할머니나, 그런 사람이 있는가 알아보자고."

조슈아가 눈을 내리깔며 말했다.

"그런데… 정말로 이카본일까?"

"그 사람 관만 비어 있다면서? 다른 가능성이라도 있어?"

"아니, 그런 얘기가 아니고. 나 기분이 이상해서. 인형을 만든 재료가 하필 창시자…, 우리 가문을 존재하게 한 그 사람이라고 생각하니까 좀 그렇네. 뭐랄까… 딱 잘라 표현하긴 그렇지만……."

뜻밖으로 리체가 말했다.

"모독당한 기분?"

그렇게 보아선지 조슈아의 뺨이 해쓱해 보였다. 그러나 잠시 후 조슈아

는 고개를 들며 말했다.

"일단 돌아가자. 기다리는 사람들이 있으니."

둘은 더 말하지 않고 고개를 끄덕였다. 조슈아는 뒷걸음질로 꽤 멀리까지 간 집정관을 불렀다.

"같이 가요!"

리체가 테이블에 쌓여 있던 서류와 줄이 까마득하던 민원인들을 생각했는지 자못 우려 섞인 목소리로 말했다.

"부를 게 아니라 지금이라도 도망가는 편이 나을지도."

6. 상복을 입은 소녀

> *그 여자는 아주 오래 전에 죽었어. 그런데도 살아 있어.*
> *나는 그녀를 위해 상복을 입었어. 그때부터 지금까지 죽.*
> *난 본래 딱 3년만 상복을 입으려 했어.*
> *하지만 아직도 그녀가 죽은 지 3년이 흐르지 않았어.*

테오스티드 다 모로는 창가에 앉아 지는 해를 바라보았다. 창은 좁고 높았다. 격자 창틀이 미로 정원을 갈라놓았고, 빛과 그림자가 또다시 저들만의 영지를 나눠 가졌다. 곳곳에 검은 그늘이 생겨났다.

테오는 그늘에 누군가 숨어 있지 않을까 생각하는 사람처럼 유심히 바라보았다. 나무 틈에서 치마를 입은 누군가가 나타났을 땐, 팔을 약간 움직이기까지 했다.

그러나 치맛자락의 주인은 채마밭에서 돌아오는 하녀였다. 숨바꼭질을 하겠다고, 술래는 이미 잊고 가 버렸는데도, 용케 찾아낸 나무 틈바구니에 발이 저리도록 숨어 있는 소녀가 아니었다.

테오는 고개를 흔들며 일어났다. 돌아서자 등 뒤에 애니스탄이 서 있었다. 언제부터 있었는지 깨닫지도 못했다.

"왔으면 부를 것이지. 왜 그러고 있었어?"

"불렀어."

테오는 어깨를 으쓱했다.

"못 들었어. 어쨌든 앉아."

애니스탄은 맞은편 의자에 앉았다. 손에는 책 한 권을 들고 있었는데 곁에 내려놓았다. 테오가 종을 울려 하녀를 부르는 동안 애니스탄이 말했다.

"무슨 생각을 그렇게 골똘히 해?"

"죽은 사람 생각을 좀 했어."

애니스탄은 주위를 둘러보더니 어깨를 움츠렸다.

"옆에서 부르는 소리도 못 들을 정도로 죽은 사람 생각에 잠겼다는 건… 그 사람이 곁에 와 있는 거라던데."

"그럴 지도 모르지."

사무적으로 가볍게 대꾸한 테오는 곧 몸을 앞으로 기울이며 물었다.

"그래, 무슨 일이 있어?"

"사람이 찾아왔어."

"그래? 중요한 사람이면 데려오지 않고."

"네 의견을 먼저 물어야 할 것 같아서."

테오는 웃었다.

"되게 신중하게 얘기하네. 누군데 그래?"

"그 사람… 네가 고용한."

테이블에 놓인 검은 사탕 통을 집으려 하던 테오의 손이 움찔, 멈추었다. 그제야 애니스탄이 무척 긴장하고 있다는 것도 알아보았다. 테오는 곧 평정을 가장하며 물었다.

"왜지? 임무를 완수하더라도 직접 찾아올 필요는 없다고 해 뒀는데. 더구나 임무를 끝내고 보고하러 온 거라면 네가 이런 식으로 얘기할 리가 없고. 우리와 거래할 정보라도 생긴 건가?"

"테오."

애니스탄은 테오가 천천히 사탕을 꺼내 입에 넣고, 늘 그렇듯 얼굴을 찌푸리는 것을 보았다. 그리고 사탕 통의 본래 주인은 어느새 저 사탕을 먹지 않는다는 것을 떠올렸다.

"꼭 그에게 맡겼어야 했을까."

"이제 와서 무슨 소리야?"

"지금이라도 그만둘 순 없을까?"

"너 왜 그래? 무슨 얘길 들은 거야?"

애니스탄은 고개를 흔들며 손을 모아 쥐었다.

"테오, 내 얘기를 들어봐."

어린 시절 테오는 세상에 대한 분노를 감추려 애쓰면서도 감추지 못해 늘 불안정해 보였고, 애니스탄은 그런 테오를 이끌고 감싸는 존재였다. 그러나 애니스탄이 스스로도 성공하리라 예상치 못했던 인형을 만들어내고, 달아나려 했으나 결국 돌아온 뒤로 둘의 관계는 역전되었다.

테오는 언제부터인가 애니스탄의 말에 귀를 기울이지 않았다. 귀담아 듣는 체 했지만, 듣기도 전부터 그의 말은 약한 마음에서 나오는 것일 뿐이라

고 치부하고 있었다. 전적으로 틀린 판단만은 아니었다. 인형이 존재하게 된 뒤 애니스탄은 마음이 약해졌다. 마치 원치 않던 아이를 갓 낳은 어머니처럼, 세상 모든 일에 신경이 곤두서 있었다.

테오가 애니스탄을 조언자로 여기지 않게 된 후로 둘의 사이는 미묘하게 멀어졌다. 표면적으로는 둘도 없는 친구이자 조력자였지만, 마음속에서는 이미 동등하게 여기는 마음이 흐려져 있었다. 그래왔던 테오가 애니스탄의 눈을 보며 의지를 느낀 건 실로 오랜만이었다. 그동안 눈여겨보지 않아서 느끼지 못한 것뿐이었을까?

"그의 말을 들어줘선 안 된다고 생각해."

"그가 뭘 제안했는데?"

"이건 마법의 문제야. 그러니 넌 잘 모를 거야. 내가 느끼는 위협이 어떤 건지 설명해도 정확히 알 수 없을 거야. 그러니 이번에는 내 말을 들어 줘."

테오는 입술을 오므리며 신경질적으로 대꾸했다.

"도대체 무슨 일인데? 그 자가 무슨 소릴 했어? 그것부터 말해 봐. 뜬구름 잡듯 얘기하지 말고."

일부러 낸 신경질이었다. 그대로 있다가는 정말로 애니스탄의 말을 들어주게 될 것 같았기 때문이었다. 어떤 건지 알지도 못한 채 마음부터 움직일 순 없었다. 아직 먼 길이 남은 그의 계획을 끝까지 이루려면, 애니스탄이 달래주던 어린 시절의 자신이어선 안 되었다.

"그 자의 손… 말이야."

"그래, 그 자의 손이?"

애니스탄은 맞잡은 양손을 더 세게 쥐었다.

"전부터… 궁금했어. 한 손으로 검을 오래 쓰다보면 팔이 조금 길어진다거나 그런 일은 있다고 하지만 사람의 손이, 연마한다고 그렇게 커질 수 있다고는 생각되지 않았어. 저절로 일어날 수 없는 일이잖아."

"그래서? 그 자의 손이 어떻게 만들어졌든 우리가 알 바는 아니잖아?"

"테오, 난 마법사야. 너처럼 생각할 순 없었어. 그래서 비슷한 기록이 있는지 찾아봤지. 그렇게 찾은 책이 이거야."

애니스탄은 책을 테이블에 올려놨다. '마법 왕국의 멸망'이라는 표제가 보였다. 테오는 책을 집어 드는 대신 말했다.

"지금 갑자기 이 책을 다 읽을 순 없잖아. 손님이 왔다면서. 네가 요점을 얘기해 봐."

"제목만 봐도 알 수 있을 거야. 가나폴리의 일이야. 너도 조금은 알 거야. 가나폴리가 멸망하기 전에 나타났던 네 가지 악의 무구, 그것을 사용했기에 파멸했던 마법사……."

"물론 알고 있어. 하지만 그게 그 자와 무슨 관계가 있어? 그건 가나폴리의 일이야. 까마득한 옛날에 멸망한 나라라고. 그 자는 살아 있는 사람이고. 그가 가나폴리에서 태어나 지금까지 천 년도 넘게 살아오기라도 했단 말이야?"

"그가 가나폴리와 관계가 없다는 쪽을 믿을 바엔, 차라리 지금 네가 한 말을 믿겠어."

테오는 당황해서 말문이 막혔다. 애니스탄은 초조하게 책장을 넘겼다. 이윽고 원하는 곳을 찾아낸 애니스탄이 책을 펼친 채로 돌려 밀어 주었다.

"거기에 보면, 악의 무구는 온전한 상태로 마법사의 몸에서 떨어졌다고 되어 있어. 그런데 그 중 왕녀 에브제니스가 직접 검으로 쳤던 '황동빛 방패'만은 산산조각으로 부서져 흩어졌지. 그때 주위에 있었던 사람들 중 몇은 그 파편을 맞았고, 몸에 박혔어. 뽑으려 했지만 순식간에 녹아 사라져서

그럴 수 없었지. 그들은 자신도 죽은 마법사처럼 되는 것이 아닌가 두려워
했지만 다행히 미치진 않았어. 그 대신 파편이 박힌 곳의 몸이 괴이하게 부
풀어 올랐지. 하나는 거대한 어깨를, 다른 사람은 팔꿈치를, 또 다른 사람은
큰 발을 갖게 되었고, 그리고 손에 파편을 맞았던 사람은 거대한 손을… 가
진 자가 되었단 말이야."

테오는 불안하게 눈썹을 움찔거렸다.

"그런 옛날이야기가 내 눈으로 본 사람의 일이라고는 믿을 수 없는데."

"하지만 결단코 아니라고 하지도 못할걸."

"다른 마법의 힘 아냐?"

"몸의 일부를 일시적으로 강화하는 마법은 분명 있어. 하지만 사람의 몸
자체를 영구히 바꾸어버리는 힘은 들어보지 못했어. 내가 찾은 이 기록이
유일한 예일 뿐이야."

"그래서 책의 내용이 맞다면? 어떻게 하라는 거지? 그가 너한테 자기 손
을 고쳐 달라고 하기라도 했어?"

"반대야. 그 반대라고."

애니스탄은 초조한 듯 입가를 문질렀다.

"그는 자신의 손을 강화시켜 주길 원해. 그것도 내가 가나폴리의 인형을
만들었다는 것을 알고, 일부러 나를 지목해서 찾아온 거야. 하지만 난 그의
손을 강화할 방법을 알지도 못하고… 또 알더라도 해줄 생각은 없어. 다시
말해 그런 파편이 내 손에 있다고 해서… 그에게 내어줄 수는 없다는 말이
야. 하지만 그 자는 자신이 방법을 알고 있으니 난 힘을 빌려 주기만 하면
된다고 했어. 난 말이지… 두려워."

"무엇이?"

"가나폴리의 멸망을 잊어선 안 돼. 난 그 멸망에 관계된 모든 물건이 두려워. 만일 정말로 그 자의 손이 가나폴리의 멸망과 관계된 '황동빛 방패'의 파편 때문이라면… 난 세상 끝까지라도 달아나고 싶은 심정이야."

테오는 한참 동안 말이 없었다. 그러나 결국 실리적인 관점이 이겼다. 테오는 의자에 등을 기대며 애니스탄을 노려보았다.

"과민하다고 생각하지 않아? 난 네가 조금 더 땅에 발을 딛고 걸어줬으면 좋겠는데. 언제부터인가 네게 뭔가를 기대하는 것이 점점 더 어려워져 간단 말이야."

애니스탄은 고개를 흔들었다.

"잊지 마. 우리에겐… 우리 세상엔 왕녀 에브제니스가 없어."

"젠장, 난 이제 진주나 산호라는 말만 들어도 머리에서 쥐가 날 것 같다."

둘시아 부인이 차린 우아한 식탁 앞에 앉긴 했지만, 셋 다 음식이야 아무래도 좋다는 심정으로 의자 등받이에 기대어 늘어지는 쪽을 택했다. 한나절을 수백 명의 사람들에게 둘러싸여, 그것도 일거수일투족을 주목당하며 보내고 나니 정신적 피로는 물론이고 온 몸의 근육이 뭉치고 뻐근했다.

리체가 한쪽 팔꿈치를 올리고 식탁에 얼굴을 기대며 중얼거렸다.

"농어나 해적도."

"양인지 염소인지 하는 문제도."

"그 뭐라는 두 집안의 땅따먹기 얘기도."

"청금석이 압권이지. 나중에 돈이 생기더라도 청금석은 절대로 안 사기로 결심했다."

조슈아가 약간 웃더니 말했다.

"돈이 있든 없든 어차피 보석 같은 거 사지도 않잖아."

막시민은 하품을 하다말고 조슈아를 슥 쳐다봤다.

"그러니까… 너 같으면 친구가 청금석 광산을 갖고 있는데 그걸 돈 주고 사겠냐?"

"청금석 필요해?"

"시끄러."

식탁에 차려진 음식은 열 사람 정도가 먹어도 남을 정도였다. 특산물인 해산물 요리가 절반 정도고, 육지 음식이 절반 정도였다. 해산물에 익숙하지 않을 지도 모르는 소공작 일행을 배려한 모양이었다. 둘시아 부인과 그녀가 데려온 사람들은 조슈아뿐 아니라 다른 손님들도 귀하게 대했지만, 쏟아지는 관심에 대한 내성이 부족한 막시민과 리체는 무척 피곤해했다.

"마일스톤이 부러워."

마일스톤은 아까 테이블 구석에서 일찌감치 코를 박고 졸더니 결국 긴 의자로 옮겨져 실컷 자버렸다. 그 덕택에 지금은 조슈아 맞은편에 앉아 식욕 왕성하게 게살 오믈렛을 먹고 있었다.

막시민은 고개를 삐딱하게 기울인 채 손가락 끝으로 새우 꼬리를 건드려 보다가 말했다.

"리체가 도망가자고 할 때 말을 들었어야 되는데."

리체가 대꾸했다.

"문제는 이게 끝이 아니란 거라고. 서류 봤지?"

막시민은 곁에서 그를 흉내 내어 새우 꼬리를 건드리고 있는 조슈아를 흘끔 보더니 혀를 찼다. 조금 전부터 반드시 검토할 필요가 없을지도 모르고, 자고 일어나 내일 해도 될지도 모르고, 안 하고 했다고 주장해도 될지도 모른다고 설명해 줬지만, 조슈아는 고집을 꺾지 않았다. 밤을 새워서 서류들을 다 읽겠다는 거였다.

"비록 어쩔 수 없는 사정이 있었다 해도 섬 사람들 입장에서는 아르님 가문이 섬을 버리고 떠난 거나 다름없을 거야. 그런데도 수십 년 동안 꼬박꼬박 세금을 바쳐 왔고, 불만이 있을 법도 한데 반란도 일으키지 않았어. 적어도 내가 왔을 땐 화를 내거나 따졌어야 하지 않을까? 하지만 그들은 날 환영했을 뿐이야. 심지어 자기들의 문제를 해결해 줄 거라고 믿고 찾아왔어. 작은 것이든, 큰 것이든. 그런 사람들을 위해서 서류 몇 십 권 정도 검토하는 것도 거절진 못하겠어. 난 둑도 쌓아줄 수 없고, 해적들을 잡아줄 수도 없어. 심지어 여기 계속 머물러 줄 수도 없어. 내가 해줄 수 있는 게 고작 이런 것 정도라고."

"내일부터는 섬을 돌면서 소문 조사도 해야 될 텐데, 밤샘이라니."

"그 출생 기록부로 뒤통수를 후려갈기면 사람 하나쯤은 손쉽게 잡겠던데."

리체까지 새우 꼬리를 꾹꾹 누르다가 중얼거렸다. 막시민은 팔꿈치를 식탁에 짚은 채 양 손을 펼쳐 보였다.

"그런 살인 무기가 무려 다섯 개나 있잖냐? 이 섬에는 왜 이렇게 사람이 많이 태어나는 거냐?"

"동생이 여섯 명 있는 사람이 할 얘긴 아닌 것 같은데."

조슈아가 킥킥 웃기 시작하자 막시민은 화를 냈다.

"내가 동생들을 만든 게 아니라고!"

"너희 집안 출생기록부를 점검하셨을 코츠볼트의 영주님한테 감사하는 마음을 가져."

"우리 동네엔 영주님 따윈 없고 수도원장님 밖에 없어!"

둘의 말다툼을 듣던 리체가 킥 웃다가 새우를 눌러 바닥에 떨어뜨리고 말았다. 막시민은 곧 대꾸를 궁리해냈다.

"그래도 코츠볼트에는 수도원장님의 손이 닿으면 연주창이 나을 거라고 믿고 쫓아오는 사람은 없었단 말이다."

조슈아는 얼굴을 붉혔다.

"믿음이 병을 낫게 할지도 모르지. 어쨌든 외면할 순 없었어."

연주창을 고쳐달라는 것뿐만이 아니었다. 집에서 키우는 닭들에게 번진 원인불명의 병을 쫓아 달라거나, 바다에서 헤엄치다가 잃어버린 결혼반지를 꼭 되찾고 싶다거나, 올해에는 우리 딸이 시집을 갈 수 있는지 궁금하다거나, 심지어 내년에는 농어 풍년이 들게 해달라는 이야기까지, 정말 다재다능한 공작을 기대하는 사람들이었다.

리체가 새로운 새우를 집어 들어 한 입 씹더니 말했다.

"여기 사람들은 공작이 재판관이자 의사, 탐정, 예언자, 주술사라고 믿고 있잖아. 어쩌겠어? 그들을 다스리려면 기대에 부응해서……."

막시민이 말을 받았다.

"마법의 말 한 마디를 해주라고. '생각해 보겠습니다'라고."

조슈아는 웃었지만, 그냥 웃어넘길 수만은 없는 문제였다. 그는 오늘 처음으로 심각하게, 아버지와 할아버지가 내버려둔 섬에 대해 생각해보았다. 과거의 지배자들이 어떻게 했기에, 과연 무엇을 듣고 자라왔기에 소년에 불과한 자신에게 이렇게 많은 것을 기대할까. 또 얼버무리는 데도 화를 내거나 실망하지 않을까. 그들은 정말로 조슈아가 언젠가 둑을 쌓아주고, 조개반도 해적도 몰아내고, 딸들이 행복한 결혼을 할 수 있게 해 주고, 심지어 그가 머리에 손을 얹어 준 소년의 연주창도 나을 거라고 믿고 있을까? 그렇게 믿으면서 모순이나 의심은 느끼지 않을까?

만일 정말로 그렇다면 자신은 어떻게 해야 할까?

늦은 저녁 식사가 끝나자 막시민과 리체는 하품을 했다. 종일 시달린 터라 돌아가 자고 싶은 생각밖에 없었다. 막시민이 조슈아에게 물었다.

"너, 정말로 밤새워서 서류 읽을 거냐?"

조슈아는 덩달아 하품을 하긴 했지만, 입을 다문 뒤에는 분명하게 고개를 끄덕였다.

"응."

맞은편에는 커다란 초상화가 있었다. 비취반지 성에 있는 것들보다 더욱 크고, 한 사람이 아니라 여러 명이 그려진 그림이었다. 초 스물한 개와 램프 두 개만으로 밝혀진 방에서 그림은 금빛과 어둠으로 물들어 있었다.

새벽 2시.

조슈아는 쉽게 당겨 앉기도 힘든 커다란 의자에 푹 파묻혀, 혼자 힘으로는 털끝만큼도 움직일 수 없을 것 같은 육중한 책상에 놓인 책을 읽었다. 그러다가 눈이 아파 고개를 들 때면 저도 모르게 그림을 보게 되었다. 그림 속에서 얼굴을 알아볼 수 있는 사람은 한 명밖에 없었다. 비취반지 성에 초상화가 있었던 이카본.

그 외의 세 사람은 누구인지 알 수 없었다. 이상한 일이었다. 원칙대로라면 저 사람들은 이카본의 세 맹우들이어야 했다. 그러나 그들 중 켈스니티의 얼굴이 없었다. 어찌된 일일까.

켈스니티를 불러 물어볼 수도 있었지만 지금은 그만두기로 했다. 아직

보아야 할 책과 서류가 많았다. 이제 겨우 출생기록부들을 다 본 참이었다. 이름과 날짜로만 이뤄진 출생기록부는 보통 지루한 책이 아니었다. 그러나 조슈아는 초인적인 애정을 짜내어 하나하나 다 읽었다.

그러나 이 시각쯤 되니 조슈아도 아침부터 밤까지 사람들에게 시달렸던 몸을 누이고 눈 좀 붙이고 싶은 생각이 간절해왔다. 참았던 졸음이 슬금슬금 몰려왔다. 조슈아는 출생기록부를 치우고 토지 대장을 꺼내 다섯 장쯤 넘기다가 저도 모르게 책장 사이에 얼굴을 박고 깜빡 잠이 들었다.

얼마나 시간이 흘렀을까. 조슈아는 어깨가 따뜻해진 것을 느끼고 오히려 깨어났다. 처음엔 눈만 가늘게 떴을 뿐이었다. 촛불이 흐릿하게 흔들리는 것이 보였다. 그 다음에는 예의 초상화가 보이고, 그 아래 서 있는 그림자가 보였다.

조슈아는 몸을 일으켰다. 어깨에 덮였던 담요가 미끄러져 의자 등받이로 떨어졌다. 상대가 미소를 보냈다.

「깨어났구나.」

"켈스… 언제부터 거기 있었어?"

「한 시간은 안 됐어.」

"깨우지 그랬어요. 계속 자면 안 되는데."

「안 그래도 곧 깨울까 하고 있었어.」

조슈아는 미소를 지으며 주위의 책들을 둘러봤다.

"할 일이 많은데."

그러나 조슈아는 다시 토지 대장을 들여다보는 대신 켈스니티와, 그 뒤의 초상화를 보았다. 그 자리에 서 있으니 마치 초상화 속에 한 자리를 차지한 듯 보이는 모습이었다.

"아까부터 저 그림을 보면서 궁금했는데, 저기 그려진 다른 사람들은 누구죠?"

켈스니티는 고개를 저었다.

「나도 몰라.」

"모르다니, 이카본 공작과 함께 있었던 사람들인데 모른단 말이에요?"

「저들은 이카본과 함께 있던 사람이 아니야. 실제 존재했던 사람인지도 모르겠어. 저 그림에는 사연이 있지.」

켈스니티는 걸음을 옮겨 제일 왼쪽에 그려진 사람 앞으로 가 섰다.

「이 자리에는 본래 내가 그려져 있었어.」
"그러면…, 일부러 당신을 지우고 다른 사람을 그려 넣었단거야?"

「지웠다기보다는 그림 위에 겹쳐 그린 거지. 잘 봐.」

켈스니티는 비교해보라는 듯 조금 떨어져 섰다. 그제야 살펴보니 그림에 그려진 사람은 얼굴이 다를 뿐, 어깨며 팔, 손, 체격은 켈스니티와 거의 흡사했다. 조슈아는 의혹에 사로잡혔다.

"도대체 누가?"

켈스니티는 대답하는 대신 왼쪽에서 두 번째 있는 사람을 가리켰다.

「이 자리에는 아나로즈 티카람이 있었지. 그리고 이카본의 오른쪽이 스초안 오블리비언. 본래는 그런 그림이었어.」

"그런 그림이었는데, 누가 감히 그걸 고칠 수가 있었죠?"

조슈아는 의자를 힘껏 밀며 자리에서 일어났다. 그리고 촛대를 하나 집어들고 그림 앞으로 가 섰다. 켈스니티였던 사람의 얼굴을 자세히 비춰보자 과연 덧칠된 자국이 눈에 띄었다. 등 뒤에서 켈스니티의 대답이 들렸다.

「오블리비언. 그가 고쳤어. 본래 이 그림을 그렸던 사람도 오블리비언이었어. 그는 화가였으니까. 자기 그림을 고친 거지.」

조슈아는 몸을 홱 돌려 켈스니티를 마주보았다.

"도대체… 왜?"

「맹약이 깨어졌기 때문에. 아나로즈가 사라지고 내가 죽고 나서 혼자 남은 오블리비언은 이 그림을 이렇게 고쳐놓은 다음 떠나버렸어. 다시는 이카본 곁으로 돌아오지 않았지.」

"……."

조슈아는 할 말을 잃고 다시 그림을 올려다보았다. 그제야 그림 속에서 미소짓고 있는 사람이 이카본 하나라는 걸 알 수 있었다. 다른 사람들은 아무 표정이 없었다. 마치 데드마스크처럼.

"왜 이 그림을… 떼지 않고 그냥 뒀는지 이해가 안 돼. 이 방은 역대 공작들이 썼던 집무실이라던데, 심지어 여기에 두다니. 후손들은 저게 맹우들의 얼굴이라고 생각했을 것 아닌가요. 아니, 그보다 이카본은 어째서 저 그림을 견뎠던 거죠? 저 그림을 볼 때마다 괴로웠을 텐데, 왜 치워버리지 않았을까?"

「이카본은 오블리비언이 와서 직접 고칠 때까지는 그림을 그대로 놓아두겠다고 했다더군. 대신 비취반지 성에 새로운 그림을 그리게 했지. 너도 보았던 그림.」

조슈아는 고개를 흔들었지만 어쩌면 그 마음도 이해할 수 있을 듯한 기분이 들었다. 깨어진 맹약, 떠나버린 약속의 사람들, 혼자 남겨졌던 이카본은 혹시라도 돌아올지 모르는 단 한 명의 친구를 위해 저 괴로운 그림을 참고 견뎠을 지도 모른다. 한때는 정성을 쏟아 그렸던 그림인데, 그걸 망쳐버리고 떠난 친구는 얼마나 괴로웠을까 생각하면서. 저 그림은 맹약이 깨어지도록 만든 그에게 친구가 내린 벌이었다. 마음에 남기고 간 난도질이었다. 그런 그림을 떼어버리면 그때야말로 다시는 돌아오지 않을 지도 모른다고 생각하면서… 하지만 친구는 돌아오지 않았다.

거기까지 생각하던 조슈아는 이상한 점을 깨달았다.

"저, 켈스. 그런데 당신은 이 이야기를 어째서 알고 있죠? 당신은 비취반지 성에서 죽었고, 그 후로 그 성을 못 떠났을 텐데? 당신이 죽은 후에 고쳐진 이 그림에 대해서, 그리고 이카본이 떼지 말라고 했다는 것까지, 어떻게 알 수가 있어?"

켈스니티가 미소를 짓자, 그림 속의 미소 없는 표정과 묘한 대조를 이뤘다.

「어제 이곳에 와서 어떤 사람을 만났지. 이제부터 네게 소개하려 하는.」

켈스니티가 문 쪽으로 돌아서는 순간 약속이나 한 것처럼 딸깍, 하고 문이 열렸다. 어둠 속에 키 작은 윤곽이 보였다. 이쪽으로 걸어오기 시작하면서 문이 닫혔다. 직접 닫은 것은 아니었다.

조슈아의 눈에는 분명히 보였다. 문을 닫은 자가 있었고, 걸어오는 자가 있었다. 문을 닫은 자는 문 뒤로 스르르 사라져버렸다. 분명 유령이었다. 다가오는 발소리는 구두를 신은 듯 또각또각 울렸다.

유령의 안내를 겁내지 않는 자는 책상 앞까지 걸어와 멈춰 섰다. 촛불이 방문자의 얼굴에서 어둠을 걷었다. 어슴푸레한 불빛 아래 드러난 것은 고작 열두어 살 정도로밖에 보이지 않는 어린 소녀의 모습이었다.

"누구……?"

소녀는 당황한 조슈아를 올려다보더니, 두 손으로 치맛자락을 펼치며 인사했다.

"안녕하세요, 데모닉 조슈아."

그리고 고개를 돌려 옆을 보더니 말했다.

"다시 뵙네요, 켈스니티."

조슈아는 한 마디도 못한 채 그 자리에 못박혔다.

무릎을 살짝 덮는 검은 드레스는 상복처럼 검었다. 치맛자락 아래로 파니에(panier)의 검은 레이스가 살짝 엿보였다. 가슴 언저리에는 작은 꽃무늬들이 규칙적으로 수놓아져 있었지만, 드레스 빛깔과 똑같은 검은색이어서 거의 알아보기 힘들었다. 그 외에는 목 언저리에 가느다란 금빛 리본이 하나 달려 있을 뿐이었다.

소녀의 머리는 금발이었다. 그런데 평범한 금발과는 달랐다. 마치 서서히 탈색되고 있는 것처럼 백색에 가까운 금빛 곱슬머리였다. 조슈아의 검은 머리가 점차 회색으로 변해 온 것처럼.

끝이 살짝 들린 낮은 코, 조그맣고 뾰족한 입술, 숱 많은 앞머리를 단정하게 잘라 가린 이마, 그리고 조슈아와 똑같은 검은 눈동자가 있었다. 보면 볼수록 기이한 심정이 솟아났다. 숨겨진 비밀이 갇힌 곳에서 나오려 요동치는 느낌이었다.

"당신은 누구죠?"

"제 이름은 아우렐리에."

소녀는 잠시 사이를 두더니 턱을 쳐들고 조슈아를 쏘아보았다.

"아우렐리에 폰 아르님이에요."

〈6권에서 계속〉

◇

부
록

◇

- 룬의 아이들의 세계

룬의 아이들의 세계에 대하여

〈대륙의 국가들〉

* 아노마라드(Anomarad) 왕국

대륙 서부의 대부분을 차지하는 강력한 나라. 파노자레 산맥(Panossare Mts.)이 좌우로 가로지르는 남부는 대륙에서 가장 살기 좋은 땅으로 알려져 있다. 975년부터 10년간 공화국이었던 역사를 가지고 있으나 985년부터 다시 왕정으로 돌아섰다. 동쪽 변경에 트레비조(Trebeezo), 잔(Jhan), 티아(Tia)의 세 식민령을 거느리고 있다.

수도는 켈티카(Keltica). 로젠버그 호수의 지류인 블루엣 강(Bluette River)이 도시를 통과하고 있다.

* 오를란느(Orlanne) 공국

아노마라드 북부에 위치한 북방성 기후의 작은 나라. 아노마라드 국왕에게 신하의 예를 갖추고 있으나 내정은 독립되어 있다.

수도는 오를리(Orlie). 로젠버그 호수의 지류와 연결되어 있다.

* 렘므(Lemme) 왕국

대륙 동북쪽으로 뻗어나간 님 반도(Nym Peninsula)와 그 주위의 도서(島嶼) 지방을 중심으로 성장한 해양국가. 전형적인 북방 해양성 기후를 가지고 있으며 아노마라드에 대적할 만한 국력을 가진 유일한 나라이다. 님 반도 북부와 엘베 섬(Elbe Island) 일대에는 캄자크 족을 비롯한 몇 개 부족의 고대 야만인들이 살고 있어서 여러 번의 내전을 겪었다. 이후 이들은 현

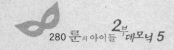

재 토벌되기보다는 오히려 렘므 인과 특이한 공생 관계를 이루며 해안 국경을 지켜 주는 역할을 하게 되었다.

수도는 엘티보(Eltivo). 로젠버그 호수에서 뻗어 나온 트레네 강(Trene River) 하류에 자리잡고 있다.

＊ 트라바체스(Travaches) 공화국

대륙 남쪽 중앙의 조개반도(Seashell Peninsula)를 대부분 차지하고 있으나 동쪽의 카투나 산맥(Katuna Mts., 남부 드라켄즈 산맥의 일부)으로 해안이 둘러싸여 해운업은 발달하지 못했다. 산맥의 영향으로 남부임에도 스텝형 초원이 국토의 대부분을 차지하고 있으며 파벌 전쟁으로 얼룩진 변형 공화정으로 인해 내정이 몹시 어지럽다. 외형적으로는 영주들이 선제후를 뽑고, 선제후들이 종신 통령을 뽑는 제도를 갖고 있으나 실질적인 공화정과는 거리가 멀다.

수도는 론(Ron).

＊ 산스루리아(Sansruria) 왕국

아무도 접근하려 하지 않는 대륙 중앙의 '필멸의 땅(Mortal Land)' 너머 동쪽 해안에 자리잡은 나라. 지리적인 요인 탓에 외국과의 왕래가 거의 없어서 특이한 신정일치의 왕정이 발달했다. 렘므 왕국과는 어느 정도의 교류가 있으나 구체적인 모습은 아직까지도 베일에 가려져 있다.

수도는 그들이 신봉하는 신의 이름을 딴 산스루(Sansru).

＊ 루그두넨스 연방(Rugdurnense Union)

대륙 동남부의 메리골드 반도(Marigold Penin.)와 사파이어 만(Sapphire Gulf), 아쿠아 코럴 제도(Aqua Coral Islands)에 흩어져 있는

도시국가들의 연방체.

  처음에는 루그란과 두르넨사의 두 도시국가가 합치며 루그두넨스라는 이름이 되었지만 오랜 변천을 겪은 결과 현재는 다섯 국가로 이루어진 연방이 되었다. 그러나 연방이 성립될 당시 작은 도시에 불과했던 나라들이 점차 영토형 국가로 성장함에 따라 연방의 결속력은 매우 느슨해졌다. 연방의 존립이 불투명해질 정도로 심한 대립이 있었던 십여 년 전에 연방 수도가 폐지되었으며 현재는 각 소속국가의 수도(즉, 최초의 도시국가가 생겨났던 곳)에서 돌아가며 1년씩 수도 역할을 맡고 있다.

  – 레코르다블(Lekordable) : 메리골드 반도의 북쪽 대부분을 차지하는 나라. 연방 내에서 가장 넓은 영토를 가지고 있지만 북쪽으로 '필멸의 땅'과 접경하고 있어 국토의 절반 가량이 쓸모 없는 황무지와 사막에 불과하다. 유목민적 생활 전통 때문에 용병이 발달하여 대륙 전체에서 가장 강력한 용병단들을 가지고 있다. 이러한 용병단들 가운데 일부는 정권조차 좌지우지할 정도로 강력한 세력을 떨치고 있다. 내부에는 연원을 알 수 없는 소수민족들이 그들만의 종교와 풍습을 유지하며 일부 분포해 있으나 대부분은 탄압의 대상이다.

  – 두르넨사(Durnensa) : 메리골드 반도와 조개 반도 사이에 위치한 사파이어 만을 끼고 서쪽으로 발달한 상업 국가. 본래 상인 연합체에서 출발한 국가로, 현재도 두르넨사 상인들은 대륙 전체에 각자가 개척한 점조직 상업망을 공유하며 서로 협력하고 있다. 연방 내에서 가장 부유한 나라이기도 하다.
남부 해적들의 근원지인 조개 반도를 끼고 있어서 일찍이 해적들과 손을 잡고 공생하는 관계가 되었다. 이들 해적들은 일반적으로 국적이 없는

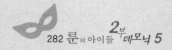

자유민이면서도 종종 두르넨사의 의뢰를 받고 타 국가의 선박들을 공격하곤 한다. 만약 항의가 들어와도 해적에게 국적이 없는 것을 내세워 교묘하게 회피하기 때문에 책임지지 않는 해적 국가로 악명이 높다.

– 팔슈(Palshu) : 사파이어 만의 동쪽에 위치한 작은 나라. 두르넨사의 방계 왕가가 세운 곳으로 현재도 두르넨사를 주인의 나라로 섬기고 있다. 매년 두르넨사에 공물을 바치는 대신 해적들의 비호를 받으며 살아가고 있다.

– 루그란(Rugran) : 메리골드 반도의 허리에 위치한 작은 나라. 연방 내 국가들 가운데 가장 먼저 출현한 나라로 오랜 역사와 예술적 전통을 지니고 있어 연방의 문화적인 종주국 역할을 하고 있다. 15세에서 19세까지 모든 젊은이가 출전하여 기량을 겨룰 수 있는 전 대륙적 검술 대회인 '실버스컬(Silver Skull)' 의 연원지이기도 하며 루그란 국왕은 현재도 연방 차원에서 열리는 많은 행사들의 주관자이다. 그러나 국력은 점차 쇠퇴 일로에 있어서 조만간 활로를 모색하지 않으면 두르넨사나 하이아칸 등에 밀려 2류 국가가 될 지 모른다는 불안감을 안고 있다.

– 하이아칸(Haiacan) : 메리골드 반도의 남쪽과 아쿠아 코럴 제도 전체를 영유하고 있는 나라. 농사를 지을 평야는 많지 않으나 아름다운 산과 호수, 섬과 해안이 곳곳에 펼쳐져 있는 까닭에 여행객들이 많이 몰려들며, 특히 각 국 귀족들의 별장을 정책적으로 유치한 결과 크게 융성하고 있다. 가장 늦게 연방에 합류했으나 현재는 두르넨사와 어깨를 겨룰 정도로 부유한 나라가 되었다. 내부에서 연방 잔존 여부에 대해 가장 격렬한 찬반 양론이 제기되고 있는 나라이기도 하다.

〈대륙의 지리〉

* 필멸의 땅(Mortal Land)

대륙 중앙의 거대한 황무지. 렘므, 산스루리아, 레코르다블 등과 모두 국경이 닿아 있을 정도로 영역이 광대하지만, 어느 나라도 감히 침범하여 영토를 넓히려 하지 않는 곳이다. 까마득한 옛날 이곳에 고대의 마법 왕국 '가나폴리(Ganapolie)'가 세워져 있었다고 전해지는데 가나폴리가 원인이 정확치 않은 마법 전쟁으로 멸망한 뒤 이 땅은 산 자를 품지 않는 곳, 즉 '필멸의 땅'이 되었다. 언데드(Undead)나 섀도우(Shadow)로 변한 고대의 인간들이 아직까지도 이 땅에서 떠돌며 옛 가나폴리의 보물을 노리고 들어오는 자들을 용서 없이 살해한다. 그 안에 감춰진 비밀들은 아직 인간에게 허락되지 않았다.

또한 이 땅은 알 수 없는 이유로 인해 매년 조금씩 넓어지고 있다고 한다.

* 드라켄즈 산맥(Drakens Mts.)

대륙 중앙을 종단하는 거대한 산맥을 널리 통칭하는 이름. 산맥의 규모가 워낙 크고 지형도 다양해서 각 지방에서는 그들의 땅에 뻗은 드라켄즈의 이름을 각각 다르게 부르고 있을 정도이다. 님 반도 일대의 만년설 지역을 비롯, 북부로 갈수록 높고 험준해지며(최대 해발 8천 미터) 남부로 내려오면 비교적 낮고 완만해진다(평균 1천 미터). 이 산맥의 존재는 메마른 필멸의 땅과 기름진 아노마라드의 국토를 갈라 주는 방파제와 같은 역할도 하고 있다.

* 로젠버그 호수(Rosenberg Lake)

서북쪽에 자리잡은 대륙 최대 규모의 호수. 블루엣 강과 트레네 강의 발원지이며 안쪽에는 실버리프(Silver Leaf)와 폴른스타(Fallen Star)를 비롯한

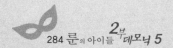

몇 개의 큰 섬들이 존재하고 있다. 아노마라드와 오를란느, 렘므를 잇는 상권의 중심지이며 드라켄즈 산맥을 뚫고 이어지는 고갯길을 이용하여 만든 로젠버그 관문은 아노마라드와 렘므를 잇는 가장 큰 관문으로 알려져 있다.

＊페리윙클 섬(Periwinkle Island)

아노마라드 남쪽 먼 바다에 자리잡은 일명 '이카본 군도(群島)'에서 가장 큰 섬. 오래 전 아노마라드 왕국이 건국되던 때 왕가와 손잡고 나라를 일으킨 아르님 공작 가문의 옛 영지이다. 강한 군사력으로 무장된 독립 국가나 다름없는 곳으로, 아르님 가문이 그곳을 떠난 후로는 아노마라드에서도 존재하지 않는 섬으로 여기고 있다.

＊노을섬(Red Sky Island)

이카본 군도에 속한 작은 섬. 오래 전 주술사들의 섬으로 유명했던 곳이지만 현재는 무인도이다.

＊블루 코럴 섬(Blue Coral Island)

하이아칸의 왕성 소드-라-샤펠과 해안 하나를 사이에 두고 있는 작은 섬. 위치상의 이점 때문에 귀족들의 별장지로 크게 각광받아 관광에 관련된 특이한 업종이 발달된 섬이다.

〈기타〉

＊ 마법/검술 학원 네냐플(Nenyaffle)

남부 아노마라드의 파노자레 산맥 서쪽에 위치한 마법과 검술을 교육하는 학원. 본래의 명칭은 네냐-야플리아(Nenya-Yaffleria)이지만 누구나 네냐플이라고 부른다.

오랜 역사와 전통에 걸맞게 높은 수준의 교육으로 유명하며, 대대로 대륙 최고로 일컬어지는 마법사들이 학장직을 맡아 왔다. 마법, 연금술, 고문학, 수학, 음률, 검술 등에 걸쳐 아홉 명의 마스터들이 있으며 이들 모두는 각 분야에서 최고라는 명성을 지닌 훌륭한 선생들이다. 평민과 귀족을 구별하지 않고 받아들이지만 입학 시험이 꽤 까다로우며, 승급 시험 낙제생들을 곧장 퇴학시켜 버릴 정도로 엄격한 학제로 인해 상당한 악명도 얻고 있다.

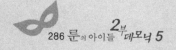

룬의 아이들 2부

데모닉 5

Children of the Rune -Demonic

초판 발행 | 2005년 6월 17일
초판 36쇄 발행 | 2012년 9월 17일

저자 | 전민희
펴낸이 | 서인석 펴낸곳 | (주)제우미디어
출판등록 | 제 3-429호 등록일자 | 1992년 8월 17일

121-829) 서울시 마포구 상수동 324-1 한주빌딩 5층
Tel: 02) 3142-6845 Fax: 02) 3142-0075
www.jeumedia.com
cafe.naver.com/jeunovels

S.T.A.F.F
기획 | 제우미디어 출판기획1팀
표지 및 내지편집 | 제우미디어 디자인팀
표지일러스트 | 디자인팀, 나영학 내지일러스트 | 김여정
맵디자인 | MUD3033
도움주신 분 | 김창원, (주)넥슨

파본은 본사나 구입하신 서점에서 교환해드립니다

ISBN | 978-89-85966-85-6
ISBN | 978-89-85966-80-1(세트)

전설의 시작,
전민희 판타지의 탄생

룬의 아이들 시리즈로
현재 한국 최고의 판타지 작가 중 한 명으로 평가 받고 있는
전민희 작가의 데뷔작이자
공전의 히트를 기록한 「세월의 돌」 복간판

「세월의 돌」은 단순한 복간이 아닌 전민희 작가 특유의 필치로 소설에 새로운 빛을 선사하였다. 기존에 세월의 돌을 읽어본 적이 있는 열성 팬이 다시 읽더라도 새로운 소설을 읽는 듯한 느낌을 받을 정도로 세련된 솜씨로 가필을 하였고, 새로운 에피소드를 추가하여 더 멋진 작품으로 재 탄생하였다.

조지 루카스 감독이 '스타워즈 에피소드 Ⅳ'를 현재의 디지털 기술로 재 탄생시킨 것처럼 「세월의 돌」도 새 모습으로 갈아 입었다. 「세월의 돌」은 가장 먼저 쓰인 작품이지만 전민희 작가의 독특한 세계관인 아룬드 연대기의 세 번째 이야기에 해당하는 작품이다. 세상에서 가장 훌륭한 집화상을 꿈꾸던 소년 '파비안'의 모험 이야기를 통해서 가볍게 읽히지만 깊이 있는 작품 세계를 선보이고 있다.

총 8권의 분량으로 복간되는 이번 작품을 통하여 전설을 현실에서 만나게 되는 기쁨을 누리게 될 것이다.

■ 전민희 作　　■신국판　　■가격 9,000원　　■절찬 판매중　　■전 8권 / 각권 360페이지 내외

세월의 돌

■ 문의: 제우미디어 02-3142-6845

제우미디어